Richard Wunderer

Hochzeit in Felseneck

Richard Wunderer

Hochzeit in Felseneck

Roman

rosenheimer

Titelbild: Kurt Schubert, Prien am Chiemsee
Druck und Bindung: GGP Media, Pößneck
Printed in Germany

ISBN 3-475-53317-0

Zum Hereinkommen in die Wirtsstube mußte sich der Fremde seitlich drehen, denn auf dem Rücken schleppte er einen ziemlich großen Rucksack. Über die Brust spannte sich der Janker zu eng, so daß ihn die Kellnerin mit Kennerblick für einen Kraftlackl einschätzte. Dennoch wirkte er nicht bedrohlich, sondern eher gutmütig. Er sagte mit einer dunklen, weichen Stimme: „Grüß euch!"

Der Borek-Wirt selbst antwortete: „Grüß dich. Hockst dich halt. Heut sind bei mir alle Plätze frei. Was trinkst?"

Dem Fremden war es sichtlich unangenehm, daß er als einziger Gast sagen mußte: „Eigentlich nichts. Ich hab nur fragen wollen..."

„Was?"

Die forsche Art des Wirts machte ihn unsicher. Leise redete er fertig: „Wo's halt eine Arbeit gibt, tät ich fragen. Ich pack bei jeder an."

Nach einem raschen Blickwechsel mit seiner Kellnerin antwortete der Franz Borek: „Ich wüßt nichts."

Ruhig wandte sich der Fremde wieder zum Gehen und entschuldigte sich von der Tür her noch: „Ich hab nur gemeint, am Sonntag könnt ich im Wirtshaus ein paar Bauern treffen."

„Heut nicht", antwortete ihm rasch die Gerti, damit er nicht so weggehen sollte, aber zu ihrer Enttäuschung verlangte er gar keine nähere Erklärung.

Statt dessen fragte er den Wirt: „Wenn ich den Bürgermeister aufsuchen könnt?“

Der Borek richtete sich selbstbewußt auf. „Ich wüßt nichts, tät er dir sagen. Ich bin nämlich in einer Person der Wirt und der Bürgermeister von Kritzen. Wer bist nachher du?“

„Becker Stefan, mein Name“, sagte der Fremde sein Sprücherl herunter. „Daheim sind wir auf dem elterlichen Hof zu viele. Deshalb such ich mir einen Platz als Knecht.“

„Akkurat im Herbst? Die Bauern haben ihr Arbeitsjahr abgeschlossen, und über den Winter halten sie nur ihre Leut. Da nehmen sie bestimmt nicht noch einen Fremden auf. Alsdann, bei uns in Kritzen tätest du dir vergeblich die Schuh luckert rennen.“

„Dank dir für die Auskunft“, sagte der Stefan Becker und wirkte mit all seiner Kraft recht hilflos. Schon hatte er die Türklinke in der Hand.

„Versäumst grad du ’was?“ putzte ihn der Borek zornig zusammen. Dann setzte er etwas milder fort: „Du gehst noch fünf Kilometer weiter, bis du in ein gottverlassenes Nest kommst, das auch noch zu meiner Gemeinde gehört. Felseneck heißt es, weil dort sogar auf den Feldern mehr Felsen als Kartoffeln wachsen. Deshalb nützen Maschinen nicht viel, und die Bauern brauchen allerweil Leut, die sich für sie den Buckel krumm arbeiten. Der Spätherbst ist richtig zum Holzen. Bestimmt kann einer von denen noch einen starken Knecht brauchen.“

Gleich war der Stefan wieder voll Zuversicht. Ohne den Wirt zu fragen, trug ihm die Gerti an: „Wenn du vorher ’was essen willst? Einen Teller Suppe haben wir allerweil.“

Da konnte der Bürgermeister-Wirt auch nicht zurückschieben und fügte sogar hinzu: „Krautfleisch mit Kartoffelschmarren, von mir als Wegzehrung spendiert.“

Schon zögerte der Stefan. Hätte er sich in dieser Minute an den Tisch vom Borek Franz gesetzt, so wäre manches in seinem Leben anders gelaufen. Wie bei jedem Menschen spielten auch bei ihm die kleinen Zufälligkeiten Schicksal. In ihm schlug halt sein Bauernstolz durch, und der ließ ihn sagen: „Vergelt's Gott, Herr Bürgermeister, aber Bettelbub bin ich keiner. Außerdem leidet's mich kein bißl mehr da, denn ich muß wissen, wie's mit mir weitergehen wird.“

Schon war er zur Tür draußen, und der Wirt knurrte hinter ihm her: „Ich könnt wetten, der hat seit Tagen nichts Warmes mehr in den Magen gekriegt. Sein Janker ist vor fünf Jahren recht neu gewesen, und die Schuh hat er wahrscheinlich einer Vogelscheuche ausgezogen. Aber allerweil noch ein hochnaserter, patziger Bauernsohn! Gerti, mir sagt ein Gefühl: Mit dem kommt etwas Ungutes zu uns. Wenn nicht gar ein Unheil!“

Der Stefan Becker ging mit weit ausholenden Schritten auf die Berge zu. Schon stand die Sonne recht hoch am Himmel. Ein klares Licht ließ die schwarzfetten Schollen der gepflügten Erde glänzen, malte in das Herbstgras silbrige Fäden und machte, daß die Fichtenzweige gründgolden schimmerten. Wie ein helles Band zog sich die Straße hinauf zu den Wäldern, hinter denen grau und rötlich Felswände aufragten.

Ziemlich bald nach Kritzen hörte der Stefan hinter sich das Schlagen von Pferdehufen, Männerlachen, übermütiges Geschrei und Peitschenschnalzen. Zur Vorsicht machte er einen Schritt seitlich über den Straßengraben hin, und schon preschten zwei mächtige Pferde daher. Sie zogen einen Wagen, auf dem vier junge Männer saßen. Als die den Stefan stehen sahen, steckten sie die Köpfe zusammen.

„Brr! Öha!“ schrie der Bursch auf dem Kutschbock und zog die Zügel an. „Verschnaufen tut euch gut, bevor's richtig losgeht!“

Ein Mann um die dreißig neigte sich zum Stefan her. Lustige grüne Augen hatte er und einen feuerroten Haarschopf, und er fragte freundlich: „Willst aufsteigen? Wir fahren dich hin!“

Warum lachten die schon wieder so übermütig? Der Stefan Becker zögerte. „Ihr wißt doch gar nicht, wohin ich will.“

„Geht alles in Ordnung“, beruhigte ihn der Rotkopferte. „Mit deinem Rucksack schaust du wunderbar echt aus. Steig auf! Wir rücken zusammen, und schlecht gefahren ist noch allerweil besser als gut gegangen.“

„Das tät ich auch sagen“, mußte ihm der Stefan recht geben. Hände packten zu und zerrten ihn auf den Wagen. Es wurde dann gleich ziemlich wild, denn der Kutscher schnalzte ein paarmal mit der Peitsche. Die Pferde zogen so an, daß nicht viel fehlte, und sie hätten das Geschirr zerfetzt oder den Wagen gegen einen Felsen geschleudert. Zu dem Rothaarigen an seiner Seite sagte der Fremde: „Becker Stefan, mein Name. Ich komm von weit her und such Arbeit. Wenn ihr vielleicht 'was wüßtet?“

„Er sucht Arbeit“, wiederholte der an seiner Seite. „Ich bin der Hans und kann dir sagen: Alles trifft sich sehr glücklich für dich.“

Den Burschen auf dem Kutschbock schüttelte es nur so vor Lachen, bis ihm der Hans einen Stoß in den Rücken versetzte. Inzwischen fragte der Stefan weiter: „Glücklich? Das könnt ich brauchen. Ich nehm jede Arbeit, auch für wenig Lohn."

Der Hans holte seinen Geldbeutel hervor. „Taugt dir auch weniger Arbeit für recht viel Geld?"

„Eigentlich nicht", verblüffte ihn der Stefan mit seiner Antwort. „Dabei stinkt nämlich meistens 'was."

Damit kränkte er die vier, doch der Hans beruhigte ihn: „Gar nie! Wir machen uns nur eine Gaudi. Dabei sollst du uns helfen. Für einen Zehner. Da, nimm, schieb ihn ruhig ein! Auch wenn du nicht mitspielen willst, kannst du ihn behalten. Ich tät sagen: Zum Einstand in Felseneck."

Er steckte ihm den Schein einfach in die Brusttasche vom Janker. Weil dem Stefan somit ohnehin keine Wahl blieb, fragte er: „Was hab ich zu tun?"

Vorerst zog der Hans seine silberne Uhr hervor und ließ den Deckel aufklappen. „In genau fünf Minuten..., in genau vier Minuten werden über den Waldweg dort vorn drei Männer kommen. Stefan, du mußt nichts anderes tun als sie fragen: ‚Bittschön, wie spät ist es?' Das ist schon alles gewesen."

„Ihr tut denen nichts an?" vergewisserte sich der Stefan.

Daraufhin lachte der Hans: „Geh weiter, schauen wir aus wie Räubersleut? Aber wenn du die Hosen voll hast, kannst du's bleiben lassen, und wir reden nicht mehr drüber."

„Es gilt", entschied sich der Stefan. Zum Überlegen wäre ohnehin keine Zeit mehr geblieben. Er kriegte einen leichten Stoß in den Rücken und ließ sich vom Wagen gleiten. Langsam ging er auf den Waldweg zu. Schon hörte er Lachen. Die Männerstimmen kamen schnell näher. Auf einmal standen drei Burschen vor ihm. Sie schauten beinahe wie Jäger aus. Einer von ihnen trug eine kreisrunde hölzerne Schützentafel.

„Bittschön", murmelte der Stefan und wußte plötzlich nicht weiter. Wie leergewischt war sein Hirn, denn ihn bremste eine ungute Vorahnung. „Ich soll nur fragen: Wie spät ist es?"

„Beim Gongschlag genau!" flachste der mit der Tafel. „Fritz, sag's du ihm, denn ich kann meine Zielscheibe..."

Im nächsten Augenblick brachen drei Gestalten aus dem Buschwerk. Sie hatten über die Köpfe schwarze Strümpfe gezogen, in die nur für die Augen Schlitze ausgeschnitten waren. Fäuste schlugen zu, und in die Schmerzensschreie mischte sich das Wutgeheul. Der Stefan lehnte kraftlos am nächsten Fichtl. Schon rannten die Maskierten johlend davon.

„Saukerle!" schrie derjenige, dem sie die Holztafel entrissen hatten. „Wenn ich euch erwisch, gibt's blutige Köpf! So eine Gemeinheit, eine gemeine!"

Hinter den Bäumen ein Peitschenschnalzer, und Pferde jagten davon, wie wenn der Böse hinter ihnen her gewesen wäre. Der ohnmächtige Zorn nützte den Überfallenen nichts mehr, es war zu spät.

„Ich muß herauskriegen, wer!" grollte der Fritz und rieb sich die Lippen. „Aber die sind dahin."

Ein anderer drückte mit dem Zeigefinger gegen seine Zähne. „Gott sei Dank, keiner wackelt. Solche Feiglinge! Wenn wir die finden, nachher...!"

Er hob einen Prügel vom Boden auf und ließ ihn bedeutungsvoll durch die Luft pfeifen. Der erste Bursch stöhnte wieder: „So eine Schand! Aber wir hätten daran denken müssen. In zwei Stunden fängt das Schützenmahl an. Bis dahin holen wir meine Zieltafel zurück, und wenn wir alle Kritzener ausrotten müssen!"

Seine beiden Freunde waren gleich einverstanden. „Los, Burschen, jetzt wird gerauft, daß die Fetzen fliegen!"

„Langsam mit dem Roß!" bremste ausgerechnet der unglückliche Schütze. „Schaut euch den komischen Vogel an, der nicht mit davongeflogen ist. Den quetschen wir aus, bis er Rotz und Wasser heult!"

Langsam erfing sich der Stefan von seinem Schrecken und leierte sein Sprücherl, diesmal in Kurzfassung, herunter: „Ich heiß Stefan, komm von weit her und tät Arbeit suchen."

Der Fritz hielt ihn an den Aufschlägen vom Jankerkragen eisern fest, aber wieder mahnte der Schütze zur Besonnenheit und fragte: „Gehörst du 'leicht gar nicht zu den Lottern?"

„Bestimmt nicht!" Erst als daraufhin der Fritz sogar noch fester zudrehte, fuhr der Stefan verzweifelt zornig auf: „Ein Heldenstückl, wenn ihr drei auf einen losgeht!"

„Ich bin der Gustl Hannauer, und ich glaub dir auf dein treuherziges G'schau. Damit du dich auskennst: Heut haben wir in Felseneck unser Preisschießen gehabt. Dabei bin ich der Schützenkönig geworden."

„Glückwunsch", murmelte der Stefan noch ein bißl atemlos.

Der Gustl fuhr fort: „Daß uns die Kritzener meine Siegerscheibe geraubt haben, ist eine Schand für alle Schützen vom Dorf und eine besonders arge für mich. Jetzt bleibt uns keine andere Wahl, wir müssen sie zurückkaufen."

„Zurückkaufen?" Der Stefan konnte sich nicht vorstellen, wie das hergehen sollte.

„Mit Wein, Bier oder Schnaps. Halt mit einem Lösegeld. Aber damit wir verhandeln können, müssen wir die

Lotter erst finden. Alsdann, Stefan, hör mir gut zu." Und den Fritz schrie er plötzlich an: „Laß deine depperten Händ von ihm! Der ist zu der ganzen Geschichte 'kommen wie die Jungfrau zum Kind!"

„Ich kann wirklich nichts dafür", beteuerte der Stefan noch einmal. „Mir haben sie nur gesagt, daß es um eine Gaudi geht."

„Richtig. Es ist ein Spiel, aber keiner will als Verlierer dastehen. Hilf mir sie finden! Dafür versprech ich dir, daß ich dir einen Arbeitsplatz verschaff. Wenn ich aber heut beim Schützenmahl sagen muß, daß wir durch deine Mitschuld überfallen worden sind, nachher machst du am besten um Felseneck einen großen Bogen und laßt dich dort nicht anschauen. Jetzt red: Was ist dir aufgefallen?"

Vorerst sagte der Stefan kein Wörtl von den roten Haaren des Anführers, sondern kramte aus seiner Erinnerung Nebensächliches hervor: „Zwei prächtige Roß' in einem Geschirr mit Messingnieten und Glassteinen..."

„Kenn ich!" unterbrach ihn gleich der Gustl Hannauer. „Fritz, du holst meinen Pferdewagen. Wir warten hier. Der Stefan kommt mit uns als Vermittler zwischen den Parteien. Gelt, denkst daran, was ich dir versprochen hab!"

„Verstanden", murmelte der, und in dieser Stunde bereute er zum ersten Mal, daß er sich ausgerechnet das gottverlassene Dorf Felseneck für seine Arbeitssuche gewählt hatte.

Auf die Fahrt im Pferdewagen zurück nach Kritzen kamen der Fritz und ein älterer, grauhaariger Bauer mit. Der Gustl sagte, das sei sein Vater. Es dauerte nicht lang, bis sie in das scheinbar menschenleere Dorf einfuhren. Wie ausgestorben lag es da. Mit einem scharfen Zügelruck hielt der Hannauer Gustl die Pferde vor dem Wirtshaus an und sagte: „Vater, du bleibst vorsichtshalber im Wagen sitzen, denn sonst raubern uns die Kritzener auch noch die Ross'."

Er wollte halt den Vater keiner Gefahr aussetzen, aber der entschied so, daß es dagegen keinen Widerspruch gab: „Ich komm mit!"

Der Fritz zog den Stefan am Jankerärmel unentrinnbar weiter wie ein Lamm auf die Scherbank. Mit einem Fußtritt öffnete er die Tür zur Schankstube, wo es auch jetzt keinen Gast zu sehen gab. Die Kellnerin verdrückte sich erschrocken in den letzten Winkel. Aus der Tür vom Extrastüberl kam der Franz Borek heraus.

„Grüß euch", sagte er betont freundlich. Und dann noch besonders zum Grauhaarigen: „Schön, daß du dich wieder einmal bei mir anschauen läßt, Hannauer. Was darf es sein?"

Ein paar Augenblicke lang war es in dem Raum grad totenstill, bis der Sohn, der Gustl Hannauer, befahl: „Stefan, sag's du ihm: Wir wollen nicht seinen verpantschten Wein und auch keine Wahlreden als Bürgermeister. Red!"

Der Borek-Wirt machte, als hätte er erst jetzt den Fremden wiedererkannt und spielte noch immer den Guten. „Da schau ich aber! Jede Freundlichkeit zahlt sich aus, denn du bringst mir liebe Gäste ins Haus!"

Der Hannauer-Vater schnitt mit einer herrischen Geste alles Herumreden ab. „Keine Zeit verlieren! Hör mich an, Borek: Zum ersten Mal ist mein Gustl Schützenkönig von Felseneck geworden. Akkurat da habt ihr ihm die Zieltafel mit dem Siegerschuß gestohlen..."

„Geraubt!" verbesserte ihn der Borek Franz mit einem Lacher. „Das ist alter Brauch, Ludwig. Willst uns deswegen bös sein, nur weil es diesmal deinen Buben trifft? Vor zwei Jahren habt ihr uns die Schützentafel geraubt. Wir haben sie für ein Faßl Bier und zehn Liter Rotwein zurückkaufen müssen."

Sein Sohn, der unglückliche Schützenkönig, befahl dem Stefan: „Frag du den Oberrauber, wieviel."

„Wieviel?" Dem Stefan kam das Herumfragen einigermaßen kindisch vor, aber so war es halt Brauch zwischen Kritzen und Felseneck.

Der Wirt und Bürgermeister schaute vielsagend auf die Uhr und ließ sich mit der Antwort genüßlich Zeit. Dann entschied er: „Hannauer, wenn du deine Siegertafel zurückhaben willst, nachher kostet dich das zwei Fässer Bier und zwanzig Liter Roten."

„Das ist...!" brauste der Fritz wütend auf.

„Mund halten!" Der Hannauer-Vater schuf Ruhe. Und zum Borek: „Als Obmann vom Schützenverein Felseneck sag ich dir: Du bist ein schäbiger Halsabschneider und Erpresser! Bei der nächsten Wahl hau ich jedem von meinem Dorf das Kreuz ab, der dich noch zum Bürgermeister wählt. Einverstanden, wir bringen..."

Zu Ende reden konnte er nicht mehr, denn da sprang die Tür zum Festsaal auf. Allen voran stürmte der rothaarige Hans in die Gaststube, der Sohn vom Borek. Als der Wortführer schrie er: „Gustl, es freut uns recht, daß wir dir den Streich haben spielen können! Aber das Bier und den Wein mußt du erst gar nicht zu uns nach Kritzen herunterbringen. Wir kommen mit euch, und alle miteinander werden wir bei deinem Schützenmahl bestimmt das Wegsaufen erpacken!"

„Pfüat dich, alter Freund", sagte der Hannauer-Vater zum Franz Borek.

„Pfüat dich, Hannauer. Und gelt, grüß mir deine Frau und die Burga. Das Dirndl und mein Hans! Nicht vergessen!"

Der Hannauer versprach, was das Grüßen betraf. Sonst aber meinte er: „Mein Segen und deiner macht's noch nicht. Damit aus den zwei jungen Leuten 'was wird, muß schon dein Hans schneidiger rangehen!"

Mit einem komisch übertriebenen Seufzer flachste der Borek-Wirt: „Weißt ohnehin noch, Ludwig, was wir zwei in der Jugend für Traumichnichtse gewesen sind!" Die beiden älteren und noch lang nicht alten Männer lachten grad teuflisch.

Wie der Hannauer Gustl den Pferden die Zügel freigab, sah er den Stefan ganz verlassen an der Tür vom Wirtshaus stehen. Also schrie er ihm zu: „Gelt, du Obergescheiter, jetzt hast du deinen Hintern zwischen zwei Stühlen! Aber ich hab dir 'was versprochen, und heut sollst du auch nicht wie ein Hund leben. Steig auf!"

In Felseneck war die einzige Hauptstraße so mit Menschen verstopft, daß bei dem Gedränge nicht einmal ein Rauschiger hätte umfallen können. Nur weil der Fritz die Pferde recht schneidig antrieb, bahnten sie sich einen Weg zum Kirchenplatz. Der Stefan Becker duckte sich im Wagen still an der Seite des Hannauer hinunter. Im Dorf mußte sich die Kunde von den Ereignissen wie ein Lauffeuer verbreitet haben, denn immer wieder hörte er sagen: „Das ist er. Ja, der!"

Unfreundlich schaute ihn keiner an. Die Weiberleut wirkten eher neugierig, ein paar Dirndl lachten ihm zu, und eines spitzte sogar die Lippen zu einem Luftbussel vor.

Mitten auf dem Hauptplatz stand die Kirche, daneben die Schule. In weitem Kreis säumten die anderen Häuser den Hauptplatz: Bauernhöfe, das Postamt, davon ein bißl abseits der Kramerladen einer Marie Schup, und nicht zu übersehen ein schöner Pfarrhof. An all dem fuhr der Fritz vorbei. Erst beim Gasthof, Besitzer Jörg und Trude Sutter, lenkte er die Pferde durch das Tor und eine gepflasterte Einfahrt auf einen Wirtschaftshof. „Der Sutter Jörg hat die Landwirtschaft nur nebenbei, aber dafür ist er ein prächtiger Wirt. Da kommt er schon."

Der alte Hannauer rief dem Mann entgegen: „Wie ich es mir gedacht hab: Der Borek Hans hat meinem Gustl die Preisscheibe geraubt, aber wir kaufen sie zurück. Gelt, schlägst halt zwei Faßl Bier an und holst zwanzig Liter Roten aus dem Keller. Hoffentlich gibt's deswegen heut nicht noch eine Rauferei. Ich mag's nicht, wenn die Rauschzapfen dreinhauen, denn sogar ein Bauernschädel kann unter einem Maßkrug zerbrechen."

„Komm, Stefan", sagte der Gustl und schubste ihn weiter. Zwischen zwei Schuppen hinauf kamen sie in den Wirtshausgarten. Kaum entdeckten die Leute den Schützenkönig, brachen sie in ein Freudengeschrei aus, und jeder wollte ihm die Hand schütteln.

Auf einem roh zusammengezimmerten, mit Tannenreisig geschmückten Podium saßen ein paar Musikanten in ledernen Kniebundhosen, mit Wadelstutzen und Haferlschuhen. Die weißen Hemden hatten sie an der Brust weit aufgerissen, denn wie die spielten, stieg ihnen die Hitze auf. Jeder hatte seinen Doppelliter Bier bei den Füßen stehen, aber auch der kräftigste Schluck verzischte schon in der Kehle.

Bei einem schmetternden Tusch sprang der Hannauer-Vater mit jugendlichem Schwung aufs Podium und schrie: „Liebe Freunde... So zum Teufel, Ruhe! Maul halten, hab ich gesagt!" Damit brachte er sie erst zum Lachen, dann zum Schweigen, und er konnte ankündigen: „Wir kriegen noch Gäste aus Kritzen. Unter der Führung von ihrem Oberbazi bringen sie die Zieltafel, auf der heut mein Gustl Schützenkönig geworden ist." Den aufbrausenden Jubel dämpfte er abermals mit kernigen Worten und verlangte: „Empfangt die Kritzener Raubersbuben freundlich. Da sind sie schon!"

Ein Heidentumult brach los mit Schreien, Pfeifen, Klatschen und Jubeln. Allen voran trug der Borek Hans hoch erhoben die Schützentafel. Hinten nach kamen seine Freunde. Zwei schleppten einen Wäschekorb, der dritte eine mächtige Buckelkraxen. Als der Hans dem Gustl nun endlich die Zieltafel mit dem Meisterschuß zurückgab, wurde es totenstill. Alle fühlten sich so feierlich. Mitten drein flachste der neue Schützenkönig: „Jetzt kann ich es dir gestehen, Hans: Alles von uns mit List eingerichtet! Die Zieltafel haben wir uns absichtlich rauben lassen, damit ihr armseligen Höhlenbewohner aus Kritzen kosten könnt, wie gut ein Rotwein aus Felseneck schmeckt! Da werden sie künftig alle zu uns saufen kommen, und dein Vater kann sein Wasserwerk zusperren!"

Beifall und Protestgeschrei steigerten sich zum Orkan, aber diesmal verschaffte sich der Borek Hans mit einer weit ausholenden Armbewegung Gehör. Ein letzter Sonnenstrahl brachte seinen roten Haarschopf zum Leuchten, und aus seinen grünen Augen sprang ein ganzes Feuerwerk von Übermut. Er schrie: „Eingeborene von Felseneck! Damit ihr wenigstens einmal im Jahr 'was Gescheites zum Beißen bekommt, haben wir euch fünfzig gebratene Gickel, vier Stelzen und eine halbe Sau mitgebracht. Eh klar, daß wir bei den zwei Faßln Bier und beim Roten vom Hannauer alle zusammenhelfen müssen, denn mit einem Zug von Rauschköpfln tät ich mich nicht mehr zum Vater nach Kritzen heimtrauen!"

Ein grad ohrenbetäubendes Geschrei bejubelte den Frieden zwischen Kritzen und Felseneck.

„Hockst dich halt an unseren Tisch“, forderte der alte Hannauer-Bauer den Stefan auf. „Leut, zusammenrükken! Er ist ohnehin schmal'pickt. Damit es gleich alle wissen: Ihm verdankt mein Gustl, daß er die Preistafel schnell und ohne blutige Nasen zurückbekommen hat. Dafür wird er ihm helfen, einen Arbeitsplatz in unserem Dorf zu finden. Wer also einen fleißigen, tüchtigen Knecht braucht, kann's mir sagen!“

Alle Menschen waren hier voll gutem Willen. Das bewiesen vor allem die Dirndl, die gleich eng zusammenrückten. Der Stefan setzte sich zwischen zwei.

„Ich bin die Erika vom Hannauer-Hof“, sagte an seiner linken Seite eine recht gut G'stellte. „Den ganzen Sommer über wirtschaft ich als Sennerin. Nur zum Schützenfest bin ich ins Dorf gekommen. Morgen geh ich noch vor dem ersten Sonnenstrahl zurück auf die Kernhofer-Alm.“

Rechts vom Stefan saß eine, die sich Burga nannte. Erst fielen ihm ihre großen braunen Augen auf, in denen auch grüne Funken schimmerten. Das kastanienfarbene Haar war in zwei dicken Zöpfen geflochten und zu einem Kranz aufgesteckt. Sie war noch recht jung, schlank und schlaksig. Immerhin reichte sie dem Stefan die Hand und sagte ganz unbefangen: „Dein Glück, daß du die Preistafel zurückgebracht hast. Es wär vielleicht schad um dich gewesen, denn unsere Schützen hätten dich zerlegt! Ich bin recht froh, daß alles so gut ausgegangen ist.“

„Und ich erst! Ohne die Tafel hätt ich mich nicht mehr zu euch ins Dorf getraut. Dabei ist es gar nicht meine Schuld gewesen, wenn sich der Gustl seine Siegerscheibe hat wegnehmen lassen wie ein kleiner Bub den sauren Apfel.“

„Stefan!" empörte sie sich, aber in ihren Augen blitzte auch ein Funken Lustigkeit. „Der Gustl ist mein Bruder. Ich bin die Hannauer Burga, und 'bald du dich genug gestärkt hast, darfst du einmal mit mir tanzen."

Er konnte ihr nicht einmal sagen, wie sehr er sich darauf freute, denn da drängte sich ein seltsames Weib zwischen sie beide. Es war in bunte Fetzen gekleidet, mit vielen Fransen und Rüschen am Rock, und am Hals schepperten bald noch mehr Goldreifen als an den Handgelenken. Angemalt war die Fremde wie ein Farbenkastl. Flink grapschte sie nach der Hand von der Burga, die sie gleich als Bauerntochter erkannt hatte, lachte, süßelte und flüsterte: „Schönes Fräulein, liebes, gutes Fräulein. Ich sag dir für die Zukunft lauter Gutes. Lauter Glück!"

„Geh weiter!" wollte der Hannauer-Bauer vom anderen Ende des Tisches her die Zigeunerin verjagen.

„Laß sie doch, Vater!" vermittelte die Burga. „Sie muß sich auch ein Bratl verdienen. Also, was liest du aus meiner Hand?"

Das Gesicht der Zigeunerin bedeckte sich mit goldigem Wohlwollen. Ihre Fingerspitzen zeichneten die Linien im Handinneren der Burga nach. „Reiches Fräulein wird bald heiraten!"

„Und ich hab meine Aussteuer noch nicht fertiggestickt!" jammerte die Burga Hannauer zur Gaudi los. Die Umsitzenden lachten, denn keiner nahm die Worte der Zigeunerin ernst.

Störende Zwischenrufe machten der nichts aus, und sie schwärmte unbeirrt weiter: „Eine glückliche Braut mit ein paar Tränen. Ich seh einen sehr großen Hof, einen schönen Bräutigam, einen jungen Bauern!" Weil der Stefan grad neben der Burga saß, packte die Zigeunerin auch seine Hand, fragte aber zur Sicherheit: „Ist das der Bräutigam?"

„Nein, das...", stammelte der.

Noch bevor er den Irrtum aufklären konnte, flüsterte die Burga übermütig: „Könnt sein! Alsdann, was liest du aus seiner Hand?"

Die Zigeunerin brauchte ein bißl Gewalt, um seine Faust aufzumachen, und von der anderen Tischseite her schimpfte der Gustl: „Für einen halben Gickel verkuppelt dieses Weibsbild doch glatt meine Schwester mit dem Stefan!"

Ein unterdrückter Schmerzensschrei. Die Fremde verzog das bunt angeschmierte Gesicht, wie wenn sie sich an der Männerhand verbrannt hätte und kreischte: „Weg da! Halt mich nicht fest! Leid und Tränen und keine Hoffnung auf dem kurzen Weg. Elend steht dir ins Haus! Ich seh Blut, und der Tod schaut dir über die Schulter!"

Der Stefan hockte da, wie wenn ihm jemand mit dem Prügel über den Kopf gedroschen hätte. Auch die Dirndl schauten recht ängstlich drein. Erst der Hannauer Gustl machte dem Spuk ein Ende und befahl: „Gebt der Vettel einen ganzen Gickel und dazu einen Liter Roten, aber ich will sie da nicht mehr sehen! Die könnt einem mit ihrem Hexengeschrei alle gute Stimmung verderben. Los, verschwind!"

Die Wahrsagerin keifte ein paar Worte, packte mit ihren krallenartigen Nägeln das Brathendl und rannte davon. Auf den Wein vergaß sie in der Geschwindigkeit. Das Gelächter der festlich gestimmten Menschen aus Felseneck verfolgte sie bis zum Dorfausgang.

Recht erstaunt bemerkte die Burga, wie verdattert der Stefan neben ihr hockte. Um ihm zu helfen, fragte sie noch einmal: „Willst jetzt mit mir tanzen?"

Und wieder kam es nicht dazu, denn da tauchte der Borek Hans mit seinem rotblonden Haarschopf aus der Menge auf. Er zog die Burga an der Hand von ihrer Bank weg und fragte erst im nachhinein: „Magst ohnehin mit mir tanzen?"

Vom Tanzboden her schaute sie noch einmal zum Tisch zurück, und weil man dem Stefan die Enttäuschung zu deutlich vom Gesicht ablesen konnte, lispelte eine Dirn recht anzüglich: „Mein Gott, um mich sollt einmal so ein G'riß sein wie um die Burga. Der einzige Unterschied zwischen uns: Sie ist die Tochter von unserem Bauern, ich bin nur seine Stalldirn."

Ohne besondere Neugierde erkundigte sich der Stefan: „Wie heißt nachher du?"

„Hanni Dorfinger. Wenn du mich einmal besuchen willst: beim Hannauer-Bauern, auf der Gartenseite das dritte Kammerfenster von links. Ebenerdig, du brauchst nicht einmal eine Leiter." Sie plapperte das nur so zur Gaudi heraus, lachte übermütig und hatte schon alles angebracht, was sie dem Neuen sagen wollte.

Die Musikanten setzten zum nächsten Stück an, aber der Borek Hans gab die Burga noch nicht frei. Damit ihn die Weiberleut für keinen größenwahnsinnigen Deppen anschauten, der schon am ersten Tag hinter einer Bauerntochter herrannte, fragte der Stefan die Dorfinger-Dirn: „Willst du mit einem tanzen, der's gar nicht kann?"

Die strahlte über das runde Gesicht und verhieß ihm: „Ich bring dir gern alles Notwendige bei!"

Sie gingen zum Tanzboden, wo man gerade einen langsameren Landler spielte. Als die Burga den Stefan entdeckte, winkte sie ihm lachend zu. Gleich ratschte die Hanni: „Die passen wirklich gut zusammen, unsere Burga und der Borek Hans vom Kritzener Bürgermeister." Eigentlich wollte der Stefan einwenden, daß er das gar nicht so finde, da drückte sie sich eng an ihn, damit sie ihm zuflüstern konnte: „Die sollen ein Paar werden. Übers Jahr oder früher."

„Schon abgesprochen?" Der Stefan fuchste sich, weil er nicht wußte, was ihn an dieser Vorstellung störte.

„Nicht grad abgesprochen." Die Hanni tanzte wirklich gut. Nach einer Weile lispelte sie: „Schau dir nur die an! Die Schwarzhaarige mit dem grantigen Gesicht, die dort allein hockt."

Noch interessierte den Stefan Becker der Tratsch von Felseneck wenig, denn er hätte nie geglaubt, daß man auch um ihn eines Tages mit dem schlechten Faden ein tödliches Netz spinnen könnte. Immer wieder schaute er nach der Burga aus, die schon längst mit einem anderen Burschen tanzte. Nur der Hanni zuliebe fragte er: „Was ist der Schwarzhaarigen über die Leber gelaufen?"

„Mußt gar nicht über sie spotten", wies sie ihn zurecht und warf einen ängstlichen Blick zu ihr hin. „Das ist die Schup Marie. Ihr gehört der einzige Kramerladen im Dorf. Eine Goldgrube, sag ich dir."

Der Stefan versäumte wieder den richtigen Augenblick, die Hanni beim Ende des Musikstücks zum Tisch der Hannauer-Leute zurückzuführen. Dafür mußte er auch noch den nächsten Tanz mit ihr durchstehen. Aus lauter Dankbarkeit erzählte sie weiter: „Der Schup Gotthelf selig, der ihr Vater gewesen ist, hat sich von draußen eine Fremde als Weib geholt. Schön ist sie gewesen und bösartig. Ich hab sie nicht mehr gekannt, aber die Leut sagen es halt."

„Die Leut sagen oft zuviel."

Spätestens jetzt hätte die Hanni merken müssen, daß ihn die tragische Geschichte der Marie Schup gar nicht besonders interessierte. Nur um seine Aufmerksamkeit von der Hannauer-Tochter abzulenken, redete sie unaufhaltsam weiter: „Das Unglück hat den Schup-Kramer in seiner Ehe von der ersten Stund an verfolgt. Seine Frau hat ein Dirndl kriegt, und er hätt so gern einen Buben gehabt. Er ist ein Zornbinkel gewesen, sein Weib hat genau so bös zurückgeschrien. Deshalb ist ihm einmal die Hand ausgerutscht, und sie hat ihn dafür aus der Schlafkammer gesperrt. Für immer. Ein Elend, sag ich dir. Der Kramer, halt ein Mannsbild...! Die Leut erzählen, daß er sie im Stadel mit Gewalt hingeschmissen hat. Muß aber nicht wahr sein."

„Muß nicht wahr sein." Der Stefan verwünschte das redselige Dirndl nicht weniger als die unermüdlichen Musiker.

Weil ihr die Schnattern recht schnell ging, konnte sie ihre Geschichte bis zum Ende erzählen: „Von der erzwungenen Lieb ist sie wieder schwanger geworden, wieder ein Dirndl. Wie das auf die Welt gekommen ist, hat die Hebamme vor Schreck geschrien: Das hat der Teufel gemacht, der Teufel! Gelt, könnt sein, daß sie damit auch nur den gewalttätigen Kramer gemeint hat. Das arme Kindl hat auf dem Kopf keine Haar gehabt, aber dafür lauter violette Flecken! Später sind der Doktor und der Lehrer wild fuchtig geworden, wenn die Schulkinder hinter der kleinen Marie Schup ‚Hexen-Miaz' nachgeschrien haben. Die dort mit dem grantigen Gesicht sitzt, das ist sie. Ihre Mutter ist davon, der Vater ist tot."

„Gelt, das langt weit!" unterbrach sie endlich der Stefan recht undankbar. Damit meinte er die Geschichte von so viel Unglück und auch das Tanzen. Zu seinem Glück legte die Musik endlich eine wohlverdiente Pause ein.

Um die Burga drängten sich wieder ein paar Einheimische. Deshalb bemühte sich der Stefan erst gar nicht um sie, setzte sich beim Kastanienbaum auf einen Stuhl und schaute dem lustigen Treiben zu. Aber die Reden der Dorfinger Hanni hatten ihn so nachdenklich gemacht, daß er sich fragte, wie viele von den Lachern echt sein mochten. Sein Blick wanderte zur Schup Marie hinüber, die inmitten des Wirbels noch immer allein geblieben war. Weil sie gar so zusammengesunken dahockte, schaute es aus, als habe sie einen verwachsenen Buckel. Mit ausdrucklosem, versteinertem Gesicht starrte sie auf die Leute. Sie verwartete eine Zeit, die ihr kein bißl Fröhlichkeit brachte. Auch wenn sie ihr schwarzes Kraushaar immer wieder in die Stirn zupfte, kamen darunter die Ränder von schwarzvioletten Flecken hervor. Man hätte meinen können, sie friere in der Schwüle dieses Herbstabends, denn sie zerrte vorne den Ausschnitt ihrer Dirndlbluse zusammen und kreuzte die Arme über der Brust.

Der Stefan Becker wußte gar nicht, warum er nach einer Weile aufstand und zu der alleinsitzenden Kramerin hinging. Grad wie wenn ihn ein Hexenzauber angezogen hätte! Die Marie drehte ihm nicht einmal dann das Gesicht zu, als er sagte: „Ich bin der Becker Stefan. Mir gefällt's bei euch in Felseneck. Willst mit mir tanzen?“

Nur langsam erwachte sie doch aus ihrer Erstarrung. Sie schaute ihn prüfend an. Dazu kniff sie die Augen zusammen, so daß sich zwei Strahlenkränze von Fältchen herum bildeten. Ein Windhauch schob ihr das Haar aus der Stirn. Ihre Stimme klang ungut, gepreßt und ablehnend, fast feindselig. „Warum willst ausgerechnet mit mir tanzen?“

So eine Frage hatte er nicht erwartet. Bedächtig, wie

das seine Art war, antwortete er: „Ich hab nur gemeint. Willst?"

Sie schüttelte den Kopf, wie wenn sie hätte nein sagen wollen, aber sie murmelte: „Mein Toni. Weil er auch mit so einem stinkenden Teufelskübel... Magst wirklich?"

Den Stefan freute es auf eine besondere Art, daß er ihr Mißtrauen überwunden hatte. Darum lachte er fröhlich: „Aber freilich! Warum hätt ich dich sonst fragen sollen?"

Sie zuckte mit den Achseln, was manches bedeuten konnte. Als sie von ihrer Bank aufstand, krümmte sie sich noch vor, aber dann richtete sie sich auf, und man sah in ihrem Dirndlkleid, daß sie keine so schlechte Figur hatte. „Gehen wir halt."

Auf dem Tanzboden fielen dem Stefan die erstaunten, ein bißl spöttischen Blicke der anderen Paare auf. Um das nicht sehen zu müssen, schaute er die meiste Zeit seiner Tänzerin ins Gesicht. Gar nicht so zuwider. Vielleicht an die vierzig, aber jede Kränkung hatte ihr ein paar Falten eingekratzt, und die Mundwinkel hingen, von Weltverachtung heruntergezogen, abwärts.

Sie tanzte nicht gut. Ihr fehlte die Übung und jede Bereitschaft, sich in die Führung durch einen Partner zu fügen. Ausgerechnet deshalb brachte sie der Stefan nicht gleich nach dem ersten Stück wieder an ihren Platz zurück. Das wäre ihm zu grausam vorgekommen, und so fragte er: „Willst noch einmal?"

Ihr Einverständnis zeigte sie durch ein freudloses Hochziehen der Schultern an. Sie redete nichts, und erst gegen Ende des Tanzes fiel ihm etwas ein, nämlich: „Schön ist euer Dorf. Und die Landschaft rings herum. Jetzt müßt ich nur noch Arbeit finden."

Sie nickte gleichgültig. Aber plötzlich zuckte sie zusammen und richtete sich auf. „Der Toni! Der Bub von meiner Schwester selig!"

Eine stille Freude legte sich über ihr Gesicht. Ohne ein weiteres Wort befreite sie sich aus Stefans Armen. Leute, die ihr im Weg standen, drängte sie einfach zur Seite und ging auf einen jungen Mann zu. Der nahm sie um die Mitte und drehte sie übermütig einmal im Kreis, wofür sie ihm verschämt ein Bussel auf die Wangen drückte.

Der Stefan kehrte zu den Tischen zurück, wo er einen leeren Platz fand. Jetzt sorgte er sich schon, wo er die Nacht verbringen würde, denn einstweilen drängten sich keine Bauern an ihn, um ihm einen Arbeitsplatz aufzuschwatzen. Den Hannauer Gustl sah er auch nicht mehr. Der war vorhin mit der Hanni Dorfinger zu den Scheunen des Wirtshauses hinunter gegangen.

Als er nach einer Weile die Burga Hannauer wieder auf dem Tanzboden entdeckte, walzte sie ausgerechnet mit dem Stadtmenschen, den die Schup Marie so sehnsüchtig erwartet und Toni gerufen hatte. Er war ein recht feiner Binkel, nur nach Felseneck paßte er wie die Faust aufs Aug. Er trug einen Anzug aus hellgrauem Flanell, ein dunkelblaues Hemd und eine weiße Krawatte. Die Schuhe liefen vorne nach modernstem Schnitt spitz zusammen. Sein Haar war so blauschwarz wie das der Kramerin, aber nicht gekraust, sondern mit viel Pomade an den Kopf geklebt. Und tanzen konnte er! Das mußte ihm der Stefan Becker neidlos zugestehen. Sogar auf dem Tanzboden von Felseneck machte er zwischendurch neben seiner Partnerin moderne Steppschritte, wie man sie sonst nur im Kino sah. Dem Stefan gefiel so eine Zapplerei überhaupt nicht, aber er sah ein, daß er vielleicht nicht ganz unparteiisch urteilte. Der Burga imponierte der Toni mit seinem städtischen Getue mächtig, wofür der

Stefan vor sich hingrollte: „Statt daß wenigstens sie mir mit einem Arbeitsplatz helfen tät. Wenn schon ihr Bruder sein Versprechen von einer Stund zur anderen vergißt!“

Auch die Schup Marie stand wieder abseits von der Gaudi. Sie lehnte an einer Linde, beobachtete das Geschehen, aber diesmal war ihr Gesicht beinahe freundlich.

Nach einer Weile ließ der Toni die Burga doch aus seinen gepflegten Händen, an denen ein paar goldene Ringe blitzten. Mit einem übermütigen Sprung schwang er sich über das Geländer vom Tanzboden, so daß er unmittelbar vor der Marie zu stehen kam. Die hakte sich bei ihm unter, und gleich darauf verschwanden sie in der Dunkelheit der Dorfstraße.

„Du stehst noch allerweil da?“ lachte die Burga recht leichtfertig und kam auf den Stefan zu. „Sag nur, du hast die ganze Zeit auf mich gewartet!“

„So tät ich das nicht sagen.“ Er unterdrückte im letzten Augenblick eine hochnaserte Antwort. So etwas hätte er sich gar nicht leisten können.

Die Burga wischte sich mit einem Taschentüchl über die Stirn. „Der Toni ist ein pfundiger Tänzer. Der macht einem Dirndl richtig heiß.“ Ganz nebenbei fragte sie noch: „Willst es auch einmal versuchen, oder reden wir lieber gleich mit meinem Bruder?“

Grad weil er so lang und sehnsüchtig auf einen Tanz mit ihr gewartet hatte, entschied er jetzt: „Ein paar Worte mit deinem Bruder wegen einer Arbeit wären mir wichtiger als die Herumhupferei.“ Zu seiner Genugtuung merkte er, daß sie sich über die Zurückweisung ärgerte. So etwas war die Tochter von einem großkopferten Bauern bestimmt nicht gewohnt! Dann wollte er doch einlenken: „Wenn du aber tanzen willst? Dein Bruder ist vielleicht noch mit der Dorfinger Hanni...“

„Was?“ Ihr Stimme klang plötzlich scharf.

„Spazieren. Ich hab sie zur Wiese hinuntergehen gesehen. Deshalb hab ich gemeint...“

Sie unterbrach ihn: „Mein lieber Stefan, spiel bei uns nicht den Obergescheiten! Red nie zu viel, denn Reden ist bestenfalls Silber, Schweigen ist Gold. Zieh keinen Schnofel, ich mein's dir nur gut. Was meinen Bruder betrifft, so hockt der bestimmt längst daheim bei der Arbeit.“

Sie ging schon voraus. Noch immer waren recht viele Leute auf der Straße. Mit einiger Mühe wäre es dem Stefan möglich gewesen, an ihre Seite zu kommen, aber wie sie den Kopf stolz zurückwarf und sich stocksteif aufrecht hielt, wurde ihm klar, daß sie die Bauerntochter herausspielte. Deshalb fügte er sich und blieb immer einen halben Schritt hinter ihr.

Bald kamen sie zu einem Hof, der schon von der Straßenseite her reicher aussah als die anderen. Im Vorgarten blühten kinderkopfgroße Dahlien, dazwischen schauten die Goldgesichter der Sonnenblumen heraus. Das Wohnhaus war ebenerdig wie alle in Felseneck, wo nur das Gasthaus vom Sutter-Wirt und der Pfarrhof Stockwerke hatten. Hinter zwei Fenstern brannte Licht, worauf die Burga auftrumpfte: „Was du zusammenredest! Der Gustl ist daheim.“

Das große Hoftor zwischen dem Wohnhaus und dem Stallgebäude war versperrt, aber sie kamen durch die kleine Tür auf den Wirtschaftshof. In der Eile zählte der Stefan zwölf beleuchtete Stallfenster. Damit er sich nicht erstolpern sollte, nahm ihn die Burga an der Hand und führte ihn zur Haustür. Im Vorhaus flackerte eine schwache elektrische Funzel als Kerzenersatz vor einer kleinen Marienstatue. Als müßte sie sich für das bißl Kitsch entschuldigen, sagte die Burga: „Wenn's der Mutter schwer ist ums Herz, bittet sie da um Hilfe."

„Ist wer da?" fragte die Stimme des Gustl Hannauer aus der Küchentür.

„Ich bin's mit dem Stefan." Die Burga schubste ihn durch die große Küche weiter in die Stube.

„ Guten Abend", murmelte der Stefan befangen. „Ich tät nicht stören, nur weil du gesagt hast, daß du etwas wegen einer Arbeit für mich..."

„Versprochen ist versprochen!" bestätigte ihm der Gustl, aber er wirkte eine Spur verlegen. „Hockt euch. Burga, du kannst ihm ein Buderl zur Kostprobe geben. Wacholder? Obstler oder einen Zwetschkernen?"

Der Stefan setzte sich auf die Stuhlkante, aber den Schnaps lehnte er ab. „Dank dir, Gustl. Am liebsten trink ich Brunnwasser oder Milch."

„Wie du willst. Also, ich hab bei einigen Bauern herumgefragt. Im Herbst nimmt niemand gern Leut auf. Tut mir leid für dich, Stefan. Auf unserem Hof bin ich noch nicht Bauer. Der Vater meint halt auch..."

„Ich versteh", wollte ihn der Stefan aus der Verlegenheit befreien. „Aber dazu hätt ich mich gar nicht hocken müssen, das hättest du mir auch im Stehen sagen können."

Der junge Hannauer dämpfte ihn gleich kräftig nieder: „Einen Schmarren verstehst du! Was ich versprech, halt ich allerweil." Und nach einer Weile: „So wird's gehen. Für die nächsten zwei Wochen bleibst du bei uns. Damit ist der Vater einverstanden. Höchste Zeit für den Almabtrieb, denn in der Höhe kann's jederzeit anschneien, und dann müssen wir das Vieh mit Lastautos herunterbringen. Außerdem sollten wir die Hütte für den Winter dicht machen. Im Spätherbst gehen die Bauern ins Holz, und wenn genug Schnee liegt, bringen sie es ein. Dabei kannst du uns helfen, vorausgesetzt, daß du inzwischen nichts Besseres gefunden hast. Gelt, heutzutage muß es sich jeder richten. Aber irgend etwas findest du in Felseneck bestimmt."

„Dank dir, Gustl, dank dir!" Der Stefan konnte sein Glück kaum fassen.

Der winkte weitere Dankesworte ab und sagte knapp: „Morgen ist Montag, die Arbeitswoche fängt um fünf in der Früh an."

Für den Stefan waren solche Worte schöner als Musik. Er fragte gleich bei der Gelegenheit: „Soll ich von nun an Bauer zu dir sagen?"

Der Gustl blätterte schon wieder in den Papieren. Ohne aufzuschauen, wehrte er ab: „Hab ich dir nicht vorhin gesagt, daß ich gar nicht der Bauer bin? Vater und Mutter sind hier die Bauersleut. Dir tät ich sagen: Du hast heut schon eine weite Wanderschaft und einen aufregenden Tag hinter dir. Geh schlafen. Ich laß dir eine Kammer aufbetten."

Lang bevor ihn der Marschner Ulli mit seinem heiser bellenden Schreien aus der Bettstatt gejagt hätte, war der Stefan schon auf. Draußen dämmerte es noch nicht einmal. Der Anfang von einem neuen Leben!

Als der Stefan in die Küche kam, saß der alte Hannauer-Bauer schon am Tisch und löffelte. Er hielt dem Neuen die Hand hin. Viele Worte waren nicht seine Sache. Er sagte: „Tut mir leid, daß es nur für zwei Wochen ist, aber bei uns im Bergland kommen auch die großen Höfe knapp durch. Burga, schöpf ihm die Schüssel ordentlich voll, denn der ist mir einmal zu dünn! Gleich zu Anfang, Stefan: Ich schenk dir nichts und werd dich bei der Arbeit ordentlich hernehmen. Das geht meinen Leuten so wie meinen Ochsen. Dafür soll's keinem an etwas fehlen, und geschunden wird man auf meinem Hof auch nicht."

„Ich versprech, Bauer..."

Der Stefan konnte das nicht fertig sagen, weil in dem Augenblick die Bäuerin in die Küche kam. Auch gut gestellt, aber bei ihr kam zur Kraft noch eine mütterliche Güte, die man ihr schon von den Augen ablas. Grad daß sie dem Stefan nicht übers Haar streichelte, als sie sagte: „Wirst es bestimmt packen. Wenn ihr daheim selbst eine Wirtschaft habt, kennst du die Arbeit. Burga, mir nur einen halben Hafen voll."

Ein wenig blaß schaute die Bäuerin aus.

„Ja, Mutter." An diesem Morgen trug die Hannauer Burga ein Arbeitskleid ohne viel Putz. Bestimmt war es schon ein paar Jahre alt. Das Mieder spannte sich stramm über zwei Äpfel und umschloß eine recht schmale Mitte. Der Stefan konnte nicht den Blick von ihren Händen nehmen, die auch bei der Arbeit hübsche, weiche Bewegungen hatten.

„n'Morgen." Die Zottel Frieda hockte sich an den Tisch. Mehr redete die Magd nicht, und manchmal reichte das für den halben Tag.

Dafür polterte der Marschner Ulli schimpfend herein: „Da kann man sich die Finger abhauen, die Hanni gibt einfach keine Antwort und der Gustl auch nicht. Wie wenn..."

Das langte der Burga. Sie warf dem Knecht einen warnenden Blick zu und sagte zu ihrem Vater: "Gelt, der Gustl und die Hanni arbeiten seit einer Stund im Stall. Das Vieh muß versorgt sein, wenn wir heut alle auf die Alm gehen."

Gleich schaute der Hannauer Ludwig wieder freundlicher drein und sagte lächelnd zu seiner Frau: „Der wird einmal ein guter Bauer, unser Gustl. Schützenkönig und Gemeindejäger! Er hat die Arbeit gemacht, du mußt uns nur noch für den Abend was Starkes kochen."

Erst jetzt bemerkte der Stefan die tiefen Schatten unter den Augen der Bäuerin. Ein erster, oberflächlicher Blick täuschte einen halt gar so oft. Recht gesund konnte die Hannauerin nicht sein. Da sprang die Tür auf, und der Gustl kam in die Küche. Nach einem Gruß für alle rief er dem Stefan zu: „Da schau ich aber: Unser neuer Bauer löffelt schon. Recht so, Stefan. Davon wirst du dir heut ohnehin wieder eine Menge herunterarbeiten! Feuertaufe für dich!"

„Wo ist die Hanni?" fragte die Mutter behutsam.

Der Gustl lachte fröhlich und unbefangen: „Die Hanni hat vorhin so lieb mit den Ferkeln gespielt, daß sie jetzt geschwind in den Waschtrog gestiegen ist. Mit so einem Gestank lassen wir sie nicht in die Küche!"

„Da bin ich aber schon", rief die Hanni ein paar Minuten später von der Tür her. „Das geht bei mir schnell. Grad wenn man sich als Dirn bei der Arbeit alle Haxen ausreißt, erntet man nichts als Spott. Wißt ihr, was der Gustl vorhin gesagt hat? Er hat gesagt, bei einer Sauhatz tät der Hund nur meiner Spur nachrennen!"

Mitten in das fröhliche Scherzen schrie der Hannauer-Bauer: „In zehn Minuten gehen wir los! Ich wart auf niemanden. Verstanden?"

Der Stefan Becker stand dann als erster bereit, gleich nach ihm kam der Bauer mit den anderen Leuten. Am Anfang ging es zwischen Wiesen dahin, später weiter auf Feldwegen. Auch über zwei bewaldete Hügel war der Weg noch nicht beschwerlich, aber an manchen Stellen wurde er steinig. Der Stefan schätzte, daß es nicht einfach sein werde, eine größere Rinderherde hier herunterzutreiben. Die Hanni kam an seine Seite, und weil ihr das Mundhalten gar so schwer fiel, plapperte sie unentwegt. „Hoffentlich geht's heuer ohne Verlust ab. Im Vorjahr hat der Bauer getobt, weil zwei Kalbinnen verlorengegangen sind. Noch eine Stund, nachher sind wir auf der Alm."

Während dieser Stunde stiegen sie die ganze Zeit bergan, erst durch Hochwälder, später über Latschenfelder. Der Stefan schaute auf die Berge und sagte zur Hanni: „Ich komm aus dem Hügelland, und mir ist, wie wenn mir die Felsen gleich auf den Schädel tuschen würden."

Sie mußten noch einen steinigen Weg hinaufklettern, aber nachher stand der Stefan fassungslos vor Staunen da. Wie ein köstlicher grüner See in einer Steinwüste breitete sich die Kernhofer-Alm mit ihrem noch immer saftigen Gras zwischen den Felswänden aus. Die Morgensonne malte in das Grau des Steins einen goldenen Schein. Wolken schwammen im dunkelblauen Himmel so niedrig dahin, daß man meinte, sie würden gegen die Bergspitzen prallen und wie Seifenblasen zerplatzen. Hoch oben kreiste ein Raubvogel ohne Flügelschlag, bis er sich plötzlich wie ein Stein niederstürzen ließ.

Auf dem Almboden zogen Rinder gemächlich als hell- und dunkelbraun glänzende Flecken dahin. Schönes Vieh, und gut beisammen! Als der Bauer mit seinen Leuten zur Sennhütte hinüberging, glänzte sein Gesicht vor Zufriedenheit. Nach der Katastrophe im Vorjahr würde heuer sicherlich alles gut ablaufen.

Der alte Kilian saß auf der Bank vor dem Haus. Er mußte auch zur Begrüßung des Bauern nicht aufstehen, weil ihn im Herbst manchmal das Rheumatische arg plagte. Diesmal hockte er ganz armselig da. Er rührte sich auch nicht, als ihm der Bauer behutsam auf die knochige Schulter klopfte und ihn lobte: „Alles schön beisammen. Wo ist die Erika?"

Wenn der Kilian nicht reden wollte, machte er den Mund nicht auf. Mit dem zurückgebogenen Daumen deutete er nach rechts über die Schulter. Der Bauer ging ein Stück hinauf zu dem Schuppen, wo Heu und Geräte aufbewahrt wurden. Seine Leute trabten hinter ihm nach. Bei der Ecke der Scheune stand plötzlich die Erika vor ihnen, das Gesicht tränenüberronnen. Weil ihre Lippen so arg zitterten, brachte sie nur schwer verständlich heraus: „Gestern noch. Den ganzen Sommer über kein Stückl Vieh verloren, und jetzt: am letzten Tag den Haxen 'brochen!"

Das war schon arg, und gleich schwand aller Sonnenschein aus dem Gesicht des Bauern. Zornig fuhr er auf: „Jedes Jahr! Wie wenn der Teufel die Händ im Spiel hätt!"

Die Sennerin mußte ihren ganzen Mut zusammennehmen, damit sie wenigstens flüsternd gestehen konnte: „Ausgerechnet... die Muckl."

Der Hannauer wurde erst kasweiß, dann lief er grad violett im Gesicht an. Inzwischen murmelte der Gustl dem Stefan zu: „Das trifft den Vater! Die Muckl hat er narrisch gern, denn..."

„Bauer, ich kann nichts dafür!" jammerte der Hüterbub wie in Todesangst los. Er versteckte sich hinter der Erika und klammerte sich mit seinen fünfzehn Jahren noch allerweil an ihrem Kittel fest. „Ich hab aufgepaßt und aufgepaßt, aber irgendwann ist sie doch hinübergeteufelt zur Edelweiß-Wand. Ausgerechnet auf eine Steinplatte hat sie steigen müssen, und schon ist es geschehen. Ich kann nichts dafür, Bauer!"

„Schrei nicht, wie wenn ich dich umbringen wollt!" fuhr ihn der Hannauer scharf an. Und zur Sennerin: „Zum Aufkranzen haben wir kein Recht mehr. Mir ist überhaupt alle Freud vergangen." Er schluckte sogar an Tränen, die ihm aufgestiegen waren. „Leut, nach einer Stund Rast gehen wir's mit dem Treiben an."

Alle waren recht zusammengeschlagen. Auf dem Weg zurück zur Sennhütte redete keiner. Die Hanni richtete die Brotzeit her, und weil der Hüterbub froh war, wenn er dem Bauern aus den Augen kam, holte er bereitwillig zwei Kannen Most aus dem Felsenkeller. Der Hunger kam dann mit dem Essen, nur der Bauer und der alte Kilian rührten nichts an.

Inzwischen war der Stefan mit der Sennerin beim Stadel geblieben. Er fragte: „Zeigst mir einmal die Muckl?"

„Nein!" Die Winterberger Erika verstellte ihm die Tür. „Lassen wir das arme Vieh zufrieden. Der Haxen wird nicht mehr, und wenn der Schlachter..."

Sie flennte los, aber so schnell gab der Stefan auch nicht auf. Er blieb dabei: „Nur anschauen. Vielleicht kann ich ihr helfen. Wir haben daheim einen ganz kleinen Hof, und für uns bedeutet jedes Stück Vieh ein halbes Vermögen. Den Doktor können wir uns auch nicht für jeden Schmarren leisten, und den Schlachter lassen wir erst ganz zuletzt kommen. Dafür hab ich beim Vater eine ganze Menge gelernt. Einmal hat sich mein ältester Bruder den Fuß gebrochen. Da haben wir ihn zu viert festgehalten, und der Vater hat ihm den Knochen wieder eingerichtet. Bua, hat der geplärrt! Nachher haben sie ihm zwei Brettl als Schienen drangebunden und Kräuter aufgelegt. Das ist schneller geheilt als beim

Doktor, und heute rennt der Lois wenigstens so gut wie ich."

„Nein", sagte die Erika noch einmal.

Da kam von der Seite her die Stimme der Burga. Als Bauerntochter bestimmte sie: „Zeig ihm die Muckl! Vielleicht... Weißt du's? Wenn er doch seinem Bruder geholfen hat."

„Deine Verantwortung!" sicherte sich die Sennerin ab, die sich an diesem Tag wirklich nicht gut vorkam. Und zum Stefan: „Tust sie halt nicht unnötig abmartern, denn der Schlachter kommt frühestens morgen."

Der Anblick war grauslich. Die Kuh lag in einem kleinen Verschlag auf der Seite. Vor Schmerzen verdrehte sie die Augen. Offener Bruch am rechten Vorderbein. Vor lauter Mitleid kriegte die Burga zu wenig Luft. Sie flüsterte, als könnte sie die Muckl verstehen: „Wenn der Gustl sein Gewehr mit hätt!"

Mit einem Kopfnicken gestand der Stefan ein, daß auch er keine Hoffnung hatte. „Die könnt den Weg hinunter nie packen. Das wär eine sinnlose Schinderei. Aber..." Er kniff die Lippen schmal zusammen, wie immer dann, wenn er scharf nachdachte. „Auf welchem Weg kommt der Schlachter auf die Alm?"

Dazu sagte wieder die Erika: „Der Biebering hat einen Geländewagen und fährt einen weiten Bogen über die Wirtschaftsstraße vom Forst. Zum Treiben wär's viel zu weit, und das Vieh hätt auch nichts zu saufen."

In den Augen des Stefan Becker schimmerte eine erste schwache Hoffnung: „Wenn er mit seinem Geländeauto einen Viehtransporter heraufschleppt? Weißt, so einen schmalen, wie sie ihn für Reitpferde hernehmen." Er redete sich immer mehr in Begeisterung. „Erst müssen wir ihr den Haxen einrichten und schienen, wie's mein Vater mit dem Lois gemacht hat. Wir sind genug Leut, daß wir die Muckl festbinden, halten und verarzten können. Nachher treiben sie das Vieh ins Tal, und ich bleib da. Morgen schickt ihr den Biebering mit so einem Spezialwagen herauf. Zu dritt oder viert werden wir die Kuh in den Wagen bringen. Wenn wir sie um die Brust an Gurten aufhängen, muß sie nicht stehen. Haben wir sie erst unten im Stall, so hilft ihr bestimmt der Tierarzt."

„Bist gar ein Obergescheiter!" schrie ihn die Erika an und rannte schon zum Bauern.

Nur ein paar Minuten war der Stefan allein mit der Burga im Stall. Keiner von ihnen redete. Erst als sie schon die Schritte vom Bauern und ein paar Dienstleuten näherkommen hörten, sagte die Burga leise: „Eigentlich weiß ich gar nicht, warum ich dir das zutrauen sollt, aber es könnt dir doch gelingen."

„Dank dir für die gute Meinung", gab er genauso leise zurück. „Die Muckl müßt halt bis ins Tal durchhalten und überleben."

„Red nicht so viel!" unterbrach ihn eine herrische Stimme grad derb. „Keine Zeit verlieren! Vielleicht kann ich dann den Biebering noch bei der Nacht heraufhetzen. Mußt nur sagen, was du brauchst und was wir tun müssen."

„Ja, Bauer, aber..."

Der verstand das in seiner Ungeduld falsch und fuhr auf den Stefan los: „Erst groß reden und dich aufspielen, aber jetzt gibt's keinen Rückzieher mehr. Wie du's sagst, wird es gemacht. Mein Gustl kommt ohnehin morgen mit dem Biebering herauf. Wenn's schief gegangen ist oder ihr die Muckl nicht in den Wagen bringt, schießt er..." Dem Hannauer Ludwig versagte plötzlich die Stimme.

Inzwischen dachte der Stefan nach, was sein Vater zu

einer solchen Operation gebraucht hätte: „Viele Stricke, weil wir die Kuh bewegungsunfähig festbinden müssen. Tücher, Stroh, schmale Bretter. Los! Wenn's erst zu spät ist…"

Auch der Gustl fügte sich, aber er dämpfte vorsichtshalber alle zu großen Hoffnungen: „Wunder wirken kann der Knecht auch nicht. Dem Vater zuliebe müssen wir es halt versuchen."

Zum Bauern sagte der Stefan: „Ich tät vielleicht auch ein paar scharfe Messer brauchen und einen hochprozentigen Alkohol."

„Ja, Stefan, freilich." Schon rannte der Ludwig Hannauer zur Sennhütte. Weil er recht lang nicht zurückkam, suchte ihn die Burga voller Sorge. Er lehnte am Türstock und nahm gerade noch einen tiefen Schluck aus der Schnapsflasche. Vor seiner Tochter rechtfertigte er sich mit einem gequälten Lächeln: „Nur weil ich einen so schwachen Magen hab. Weißt ohnehin, daß ich beinahe umgefallen wär, wie damals dem Biebering unsere Sau aus'kommen ist."

„Ja, Vater." Sie streichelte ihm über das schweißnasse Haar. „Aber jetzt komm, der Stefan braucht uns."

Keine Stunde arbeiteten die Leute vom Hannauer-Hof. Das Wasser rann ihnen übers Gesicht und den Körper. Einmal glaubte der Stefan, er könnte nicht mehr weiter, weil sich ihm vor Anstrengung alle Muskeln verkrampften. Ärger als die Plage schaffte sie das verzweifelte Brüllen der verletzten Kuh. Plötzlich taumelte der Stefan zurück, daß er mit dem Rücken gegen die Holzwand des Schuppens prallte. Seine Augen waren auf die Muckl gerichtet. Leise und heiser, kaum verständlich sagte er: „Über Nacht wird es sich zeigen, ob sie zum Überleben stark genug ist."

Der Bauer drückte ihm schweigend beide Hände. Dann entschied er: „Die Burga kann ich dir heroben lassen, die anderen Leut brauch ich alle für den Almabtrieb. Verlaß dich: In den Morgenstunden kommen der Gustl, der Biebering und wenigstens zwei weitere Männer. Das müßt langen, daß ihr die Muckl in den Wagen kriegt. Falls überhaupt noch…"

Die verletzte Kuh war so festgebunden, daß sie das Bein nicht bewegen konnte. Neben ihr saß die Burga auf dem Stroh und drückte ihr mit einem Schwamm Wasser ins Maul. Mit der Zeit hörte das krampfthafte Zucken an dem Tierkörper auf. Der Stefan trat vor den Schuppen und holte tief Atem. Schon ziemlich weit unten durchquerte gerade der Zug der Rinder und ihrer Treiber ein weites Latschenfeld. Der Bauer drehte sich noch einmal um, und als er den Stefan stehen sah, winkte er ihm.

„Bis morgen früh", sagte der Stefan leise und hob die Hand.

Es wurde eine lange Nacht. Immer wenn die Muckl in ihren Schmerzen ausschlug, wenn sie brüllte oder aufschrie, schnitt es der Burga und dem Stefan in die Seele. Sie litten die Schmerzen grad körperlich mit und konnten nur abwarten, bis beim Morgengrauen der Schlachter mit seinen Helfern kommen würde.

Der Stefan schleppte Heu ins Freie, die Burga brachte aus der Sennhütte vier Decken. So lagen sie nahe dem Stall. Langsam löste sich auch in ihnen die innere Anspannung. Es war, als strahlte der hohe Sternenhimmel auf sie Ruhe herunter. Bis dann die Burga fragte: „Kannst auch nicht schlafen, Stefan?"

„Kein Aug kann ich zumachen."

In ihren Worten klang echte Sorge mit: „Geh, du mußt todmüd sein, denn du hast die meiste Arbeit getan… Die

Muckl ist ganz still. Ich hör sie nicht einmal mehr schnaufen. Stefan, sie wird doch nicht... Ich sollt nachschauen, aber ich trau mich nicht."

Er ging in den Schuppen und kam gleich wieder zurück. Falsche Hoffnung wollte er ihr keine machen, sondern er sagte nur: „Jetzt liegt sie still, weil sie halt erschöpft ist."

Er kroch wieder unter seine Decken. Als er sich zur Burga hinüberdrehte, sah er bei dem schwachen Sternenschein die zwei silbrigen Tränenspuren in ihrem Gesicht. Als müßte sie sich vor ihm rechtfertigen, erzählte sie, warum ihr Vater ausgerechnet an dieser Kuh so hing: „Die erste Muckl hat vor fünfundzwanzig Jahren meine Mutter in die Ehe gebracht. Dann hat es ein Kalb von der gegeben und immer wieder von der nächsten eines. Muß der Biebering morgen die Muckl..., dann reißt für den Vater ein Vierteljahrhundert ab. Er ist schon ein sonderbarer Mensch; manchmal beinhart, dann wieder batzweich. Wahrscheinlich ist keiner nur so oder so."

Die Nacht wurde nie ganz still. In ihr war Leben. Hier summten die Flügel eines Käfers, dort streichelte ein Windhauch sanft über die Gräser. Der Stefan fragte: „Sag, Dirndl, flennst du gar?"

„Gar nie!" leugnete sie mit erstickter Stimme und drehte das Gesicht von ihm weg. Um sie ein bißl zu trösten, streichelte er über ihre Hand. Dann spürte er, wie sich ihre Finger um seine schlossen. Erst mit der Zeit hörte das nervöse Zucken auf, ihr Griff wurde lockerer. Da wußte er, daß sie eingeschlafen war. Ein Lächeln legte sich über seine Lippen, und in ihm war ein stilles Glück wie schon lang nicht mehr.

Tonlos flüsterte er: „Gute Nacht, Burga."

Beim ersten Morgengrauen weckte ihn ein Motorengeräusch, das immer lauter wurde. Noch ganz in einem unguten Traum gefangen, murmelte der Stefan: „So muß einem zumute sein, wenn er in der Todeszelle Schritte näherkommen hört. Die Muckl!"

Auch die Burga schreckte auf. In ihren Augen stand Angst vor der Wahrheit. Flüsternd bat sie: „Gehst noch einmal du nachschauen? Bevor der Biebering kommt. Ich tät dich schön bitten!"

Fast noch in derselben Minute kam er aus dem Schuppen wieder zurück. „Vielleicht packt's die Muckl. Sie hat recht klare Augen und liegt still."

„Stefan!" jubelte die Burga, wie wenn schon alles gewonnen gewesen wäre. In ihrer Freude packte sie ihn am Kopf und pappte ihm ein Bussel mitten auf den Mund. Er legte die Hände um ihre Mitte. So genau begriff er gar nicht, was er tat. Nach den Aufregungen, den Kränkungen und der halb durchwachten Nacht war das Bussel von den frischen Lippen der Burga wie eine Erlösung. Er gab es ihr zurück, und in seiner Liebkosung lag schon recht viel Zärtlichkeit. Gleich machte sie sich von ihm los und wies ihn zurecht: „Bist mir ganz narrisch 'worden! Was bildest du dir ein? Bei mir ist das nur so von der Freud gekommen!"

Das Geländeauto vom Biebering hielt und zog tatsächlich hintennach einen Transportwagen für Pferde. Der Meister selbst hatte es gelenkt und stieg aus. Groß und breit, wie er war, konnte er jedem Angst machen. Nach ihm zwängte sich sein Bub ins Freie, dem nur der schwarze Vollbart ein düsteres Aussehen verlieh. Dahinter verbarg er seine wahre, ängstliche Natur voller Mitleid mit dem Vieh. Noch ein Knecht war dabei. Zuletzt stieg der Hannauer Gustl aus dem Auto. In der Hand trug er das große Lederfutteral mit seinem Jagdgewehr.

„Grüß euch!“ schrie der Biebering Karl fröhlich. „Was hat's? Bringen wir die Kuh noch hinunter? Notschlachtungen machen mir keine Freud!“

„Ich tät sie ohnehin erschießen“, mischte sich der Gustl ein und warf einen fragenden Blick auf die Burga.

Der stand schon wieder das Wasser in den Augen, und sie bat: „Gelt, ihr geht recht vorsichtig um mit dem armen Vieh.“

Im Schuppen lag die Muckl regungslos auf ihrem Strohlager. Erst vor dem Biebering und seinen Helfern bäumte sie sich aus einer instinktiven Angst auf. Der Gustl legte wie schützend den Arm um die Schultern seiner Schwester, und die flüsterte ihm zu: „Wie's auch ausgeht, wir haben dem Stefan viel zu danken.“

Sie mußten dann recht hart anpacken, damit sie die verletzte Kuh in den Pferdetransporter brachten. Dabei litt die Burga mit, aber der bäuerliche Verstand sagte ihr, daß alles nur geschah, um die Muckl vielleicht doch noch zu retten. Zuletzt legten die Männer dem Tier Gurte um die Brust und zogen es so weit auf, daß es mehr hing, als es auf den Beinen stand.

„Vorsichtig fahren!“ bettelte die Burga.

Solche Blicke aus den Augen eines Dirndls machten sogar den Biebering batzweich, weshalb er gutmütig scherzte: „Meine Händ werd ich unter die Räder legen! Alles dir zulieb, Burga! Aber für dich und den Stefan haben wir im Auto keinen Platz mehr. Höchstens, wir lassen die Kuh heroben! Auf geht's, Burschen!“

Die Burga schaute ihnen nach. Sogar bei der langsamen, vorsichtigen Fahrt über den Almboden schwankte der Anhänger wild hin und her.

Dann ging sie mit dem Stefan hinunter zur Sennhütte. Drei Stunden lang arbeiteten sie ohne Rast, bis alles dicht gemacht war. Die Erika hatte dazu keine Zeit mehr gefunden, der alte Kilian konnte sich nach dem Schrecken ohnehin kaum mehr bewegen, und der Hüterbub hatte die ganze Zeit nur geflennt.

„Wir sollten jetzt gehen", sagte die Burga, und da stand die Sonne schon jenseits der Edelweiß-Wand. Der Stefan nickte. Mehr redeten sie nicht, als fürchteten sie sich vor ihren Gedanken und Gefühlen. Während sie alle Türen versperrte, warf er sich schon den Rucksack mit dem Zeug, das ins Tal getragen werden sollte, über die Schulter. Langsam gingen sie den Almboden hinunter und schauten nicht mehr zum Schuppen zurück. Sie sprachen kein Wort darüber, aber beide dachten sie an den Morgen vor der Hütte. Zwei übermütig glückliche Bussel lang hatten sie die Versuchung und zugleich die Warnung des Schicksals gespürt. Erst viel später, als sie schon durch den Hochwald gingen, war es die Burga, die ihre Hand in seine schob. Sie lächelte ihn ein wenig scheu an, aber er schaute geradeaus, wie wenn er das überhaupt nicht bemerkt hätte. Dennoch stand in seinen Augen ein stilles Leuchten.

Wo der Wald endete und die Felder mit ihren braunschwarzen Schollen begannen, legten sie noch eine kurze Rast ein. Nach einem Rundblick über das Land sagte die Burga: „Es ist schon schön bei uns in Felseneck."

„Wunderschön", stimmte er ihr bei. Aber sein Blick blieb an ihrem Gesicht haften. In Gedanken getraute er sich, über ihr braunes Haar zu streicheln und ihr ein Bussel auf die Stirn zu drücken. Weil sie gleich die Augen zumachte, konnte er ihr auch eines auf den Mund geben. Sie preßte ihm ihre frischen Lippen voll Sehnsucht entgegen. So träumte er mit offenen Augen. Schön, aber es war halt doch nur ein Traum.

Damit die Burga keines von seinen Gefühlen erraten sollte, sagte er recht sachlich: „Gut, daß ich zu euch aufs Dorf gekommen bin. Anderswo hätt ich es wahrscheinlich auch nicht besser getroffen."

Sie lächelte so lieb, wie wenn sie etwas von seinem kühnen Traum geahnt hätte. Auch sie sagte ihm auf ihre Weise, daß sie ihn lieb habe, nämlich: „Ich bin froh, daß du zu uns 'kommen bist. Schon wegen der Muckl."

„Gehen wir", drängte er sie. „Ich muß wissen, wie's weitergeht. Mit der Muckl."

Der Tierarzt von Kritzen wandte alle seine Kunst auf, um die Kuh zu retten. Schon vier Tage später konnte er auf dem Hannauer-Hof sagen: „Sie hat's gepackt. Ein starkes, tapferes Vieh. Weißt ohnehin, Ludwig, daß du recht viel dem Stefan verdankst. Wie der den Haxen eingerichtet und versorgt hat, könnt noch ich manches von ihm lernen. Wenn ihr ihn einmal nicht mehr braucht, kann er zu mir als Helfer kommen."

Der Hannauer Ludwig nickte voll Anerkennung, grübelte vor sich hin und vergewisserte sich plötzlich: „Meinst du das im Ernst, daß du den Becker Stefan brauchen könntest?"

Die Burga war grad mit dem Kaffee für den Viehdoktor in die Stube gekommen. Sie schreckte zusammen, und das beobachtete ihr Vater genau. Ungläubig fragte sie: „Willst du den Stefan nicht behalten? Wenn er uns doch so geholfen hat!"

Das unsichere G'schau von der Burga machte den Bauern so sicher, daß er sie anpfnurren konnte: „Da hat's nichts! Ich hab ihn von der ersten Stund an aufmerksam gemacht, daß er bei uns höchstens zwei Wochen lang bleiben kann. Jetzt soll er sich rechtzeitig im Dorf umschauen. Unten in Kritzen wär's für ihn noch günstiger."

Einen Ludwig Hannauer täuschte niemand, kein Roßhändler, kein Kornhändler und schon gar nicht seine Tochter. Nur einmal noch versuchte die Burga, ihn umzustimmen. Das war zwei Tage später, als sie zu ihm in den Roßstall kam. Er schaute ihr freundlich entgegen. „Schickt dich die Mutter? Oder wer?"

„Eigentlich niemand, Vater. Ich tät dich nur noch einmal recht bitten, daß der Stefan bei uns auf dem Hof bleiben darf. Ihr geht bald in den Wald, und beim Holzen brauchst du allerweil jemanden, der ehrlich anpackt. Auch später zum Einfahren."

Über das Gesicht des Bauern legte sich ein Schatten, aber er ließ das Dirndl ausreden. Erst dann wiederholte er seinen Entschluß: „Jetzt brauch ich keinen."

„Deswegen muß sich der Stefan anderswo einen Platz erbetteln?"

„Deswegen!" Seine Stimme klang so hart, daß die Burga aufgab. Sie verschloß sich und verriet kein bißl mehr von ihren Gefühlen. Ausgerechnet in diesen Augenblicken erwachte nämlich in ihr ein ungewisses Ahnen, daß sich während der letzten Tage für sie etwas ganz Wichtiges verändert habe.

„Das kannst du einem anderen erzählen!" winkte der Jörg Sutter ab, der Wirt von Felseneck. „Da muß es 'was haben mit dir. Grad der Hannauer ist nicht so."

„Was sollt's haben?" wehrte sich der Stefan mehr verzweifelt als zornig. „Zwei Wochen sind ausgemacht gewesen, und zwei Wochen hab ich auf seinem Hof arbeiten dürfen. Die Zeit ist um. Ab Montag such ich einen anderen Platz."

„Wird nicht leicht sein", murmelte der Wirt und ging in Gedanken alle Bauernhöfe durch. „Vorerst trinkst du eine Maß auf meine Rechnung."

Er brachte sich auch eine an den Tisch mit, denn er hoffte, dabei würde ihm das Denken leichter fallen. Mit seinen vierzig Jahren packten er und sein Weib leicht die Arbeit im Wirtshaus. Ihre kleine Landwirtschaft hingegen war kein Musterbetrieb, aber sie bauten und fütterten ohnehin nur, was sie für die Küche brauchten. Das war in Felseneck nicht sehr viel.

Die Tür sprang auf, und die Wirtin kam in die Gaststube. Grad daß sie den Stefan nicht an ihren üppigen Formen erdrückte, aber noch rechtzeitig schaute der Jörg kritisch drein. Sie schrie: „Unser Held! Der Leiblmaier – weißt ohnehin: der Tierarzt – hat in Kritzen überall herumerzählt, daß du fast so viel verstehst wie er. Jetzt bist du gemacht!"

„Oder was!" Weil er sich für seine Verzweiflung schämte, spielte er den Lustigen. „Bei mir fehlt's nicht mehr weit bis zum Millionär. Ich hab einmal in der Zeitung gelesen, die amerikanischen Geldleut haben alle als Schuhputzer oder Tellerwäscher angefangen. Wirtin, brauchst du keinen Tellerwäscher?"

Auch die Trude Sutter glaubte nicht an die Undankbarkeit vom Hannauer und fragte unverblümt: „Stefan, was hast du angestellt? Bist 'leicht über ein Dirndl gestolpert? Aber nur ein Gimpel läßt sich in einer Mägdekammer einfangen!"

„Gar nie, Wirtin!" beteuerte der Stefan Becker mit gutem Gewissen.

Also versprach ihm der Jörg Hilfe. „Heut auf d'Nacht kommen genug Bauern zu mir. Simandl darfst zu mir sagen, wenn ich dir keinen Platz find!"

Die Trude war noch so empört, daß sie verlangte: „Auf der Stelle holst du dein Zeug von dem notigen Hannauer-Bauern. Wir haben eine leerstehende Kammer für dich. Einladung des Hauses, bis du etwas Besseres hast."

„Dank dir, Sutter-Wirtin", murmelte der Stefan und konnte so viel Freundlichkeit kaum fassen. Also würde auch sein Leben weitergehen. Halt so oder so.

Nach dem Vesperläuten konnte er es nicht länger hinausschieben und ging zum Hannauer-Hof. Zufällig wartete die Burga unter der Hauslinde und rief ihn an: „Willst mich 'leicht nicht mehr kennen?"

Überrascht blieb er stehen. „Grüß dich, Burga. Ich hab dich gar nicht gesehen."

Hier konnte sie nicht reden. Darum zog sie ihn am Jankerärmel hinunter zu den Wiesengründen. Bei einer Heuhütte lehnte sie sich an die Holzwand. Er hatte von ihr Freundlichkeit erwartet, aber aus ihren Augen las er eine unerklärliche Feindseligkeit, und sie klagte ihn an: „Hat sich das mein Vater verdient?"

Jetzt endlich langte es ihm. Er fuhr in die Höhe: „Zum Teufel, was tu grad ich allerweil Schlechtes?"

„Deinetwegen nameln ihn die Dorfleut einen grauslichen, undankbaren Menschen!" brach es aus ihr.

Genauso dachte auch er von dem großkopferten Bauern, aber damit sich die Burga nicht unnötig herunterkränken sollte, wiederholte er, was er schon anderen gesagt hatte: „Ich bin zwei Wochen lang bei euch gewesen und hab dafür meinen Lohn gekriegt. Alles hat seine Ordnung, alles ist bestens."

„Alles ist bestens", wiederholte sie. Dabei zitterte ihre Stimme, wie wenn sie recht nahe am Trenzen gewesen wäre. „Wirst aber schon manchmal... die Muckl besuchen?"

„Freilich, Burga. Ich komm bestimmt nicht aus der Welt, denn der Jörg, der Sutter-Wirt, hat mir seine Hilfe versprochen. Jetzt hol ich mir von hier mein Klumpert."

„Ach, gehst schon?" Sie machte einen Schritt zur Seite und hielt ihm die Hand hin wie einem Fremden. „Viel Glück."

„Dank dir. Es ist ohnehin recht schön bei euch gewesen. Beim Gustl. Und dein Vater ist auch noch ein Bauer von der alten Art. Und..."

„Und?" drängte sie ihn zum Weiterreden.

Er nahm seinen ganzen Mut zusammen, redete nicht länger herum, sondern sagte, was sie hören wollte: „Mit dir ist es recht schön gewesen. In der Nacht auf der Alm hab ich dich neben mir atmen gehört. Deine Hand hast du mir gelassen, grad so, wie wenn wir zwei zusammengehören täten. Gelt, ich red lauter Unsinn."

Sie gestand ihm leise voller Sehnsucht: „Ich hör dir recht gern zu. Erst zwei Wochen ist es aus, daß du zu uns nach Felseneck 'kommen bist. Aber wenn du morgen für immer fortgehen tätest, das mag ich gar nicht denken."

Eine ganz sonderbare Aufregung packte und würgte ihn, so daß er nur leise fragen konnte: „Hast du mich 'leicht gar lieb? Weißt schon, was ich mein. Burga, richtig lieb?"

Sie schreckte zurück. „Geh weiter, wie kommst du auf so etwas?" Und gleich mit viel zärtlicherer Stimme: „Mir ist nur, wie wenn wir schon allerweil beisammen gewesen wären. Deshalb tät mir das Auseinandergehen weh. Hand in Hand, wie wir von der Alm heruntergegangen sind, das ist schön gewesen." Der Stefan fühlte sich wie rauschig vor Glück und Traurigkeit zugleich. Einzusehen, daß die Burga Hannauer für ihn allerweil unerreichbar bleiben würde, aber sie hatte doch alles Schöne im Beisammensein genauso gefühlt wie er.

Auf dem Hof traf er ein paar Dienstleute in der Küche. Die Zottel Frieda drückte ihm seinen Rucksack in die Hand. Beim Gustl bedankte er sich für die freundliche Hilfe.

„Tut mir leid, Stefan“, sagte der einigermaßen verlegen, „ich bin halt noch nicht der Bauer.“

Den Hannauer Ludwig fand er im Stall.

„Dank dir schön, Bauer“, sagte er und vergaß für ein paar Minuten seine Sorgen. Die Muckl stand schon recht tapfer auf allen Vieren.

„Ich dank dir noch einmal“, gab der Hannauer zurück und streichelte bedeutungsvoll über den seidig glatten Hals der Kuh. „Es tut mir ehrlich leid, daß du nicht bei uns bleiben kannst. Auf keinen Fall.“

Zum versöhnlichen Ausklang bat der Stefan ohne jede Hoffnung: „Wenn du einmal einen Helfer brauchst, wirst an mich denken?“

„Ja.“ Mehr versprach der Bauer nicht demjenigen, der seinem Gustl die Siegestafel zum Schützenfest zurückgebracht und ihm seine liebste Kuh vor der Notschlachtung gerettet hatte.

„Ich brauch aber niemanden“, lehnte jeder Bauer ab, den der Sutter auf einen Arbeitsplatz für den Fremden anredete. Mehr war aus keinem herauszubekommen.

Nur den Wimper Vinzenz brannten seine Magengeschwüre im Bier so arg, daß er grantig schrie: „Red mir kein Loch in den Bauch, Jörg! Gar so ein Tausendsassa kann der Becker auch nicht sein, denn sonst hätt ihn der Hannauer nicht schon nach zwei Wochen wieder hinausgeschmissen!“

„Hat er doch gar nicht!“ widersprach ihm der Wirt, aber nach einem Blick in das Gesicht des Wimper gab er es auf.

Der Stefan zog den Jörg an die Seite und sagte: „Ihr seid recht liebe Leut, du und deine Frau. Aber ein Gnadenbrot schmeckt mir auch von euch nicht. Könnt ich euch wenigstens ein bißl mit der Arbeit helfen?"

„Das ist eine Red!" stimmte der Wirt gleich hocherfreut zu. „Du kümmerst dich ums Vieh. Uns gehören die Schweindl und zwölf Schaf in der Pferch."

Gleich machte der Stefan Ordnung im Stall, aber das schaffte er in einer Stunde. Gute Wirtsleute waren die Sutter, doch in der Landwirtschaft und beim Verständnis fürs Vieh fehlte es weit. In seiner Freude arbeitete der Stefan für ein paar Tage im voraus und kam doch schon gegen zehn am Abend in die Gaststube zurück. Da hörte er gerade den Oberhofer Fritz, einen Freund vom Gustl, sagen: „Bei mir nicht, Sutter. Ich kenn den Hannauer. Der würde keinen grundlos im Stich lassen. Dazu noch, wenn der ihm einen so großen Gefallen erwiesen hat. Mit dem Becker hat's was. Das wissen nur du und ich nicht."

Leise zog der Stefan die Tür wieder ins Schloß und stieg in seine kleine Kammer hinauf. Dort hockte er sich auf die Bettstatt. Vorerst drang aus der Gaststube zu ihm noch Streiten her, aber mit der Zeit beruhigten sich die Stimmen. Männer sangen Volkslieder, die alle schwermütig klangen, wie hier eben das Land mit seinen Menschen war.

„Sperrstund!" hörte er dann den Sutter Jörg recht energisch rufen. „Für heute muß es Schluß sein mit dem Saufen. Aufs Wiederkommen nicht vergessen, Leut! Gute Nacht, allseits. Gute Nacht, Gustl!"

Erst als das Haus leer war und der Wirt alle Türen absperrte, kam der Stefan noch einmal die Treppe herunter. Mit einem Achselzucken sagte der Jörg: „Tut mir leid, aber heut hab ich noch keine feste Zusage 'kriegt. Morgen ist auch ein Tag."

Der Stefan schaute sich um. „Könnt ich nichts helfen? Ausfegen, die Gaststube in Ordnung bringen. Essen ohne genug Arbeit ist für mich eine Straf, denn das geschenkte Brot schmeckt bitter."

„Morgen. Wenn du mir helfen willst, bin ich dir dankbar, denn am Sonntag ist viel Betrieb. Und noch etwas möcht ich dir sagen: Nimm nicht alles so schwer. Die Sonn geht allerweil wieder auf. Auch für dich, Stefan."

Am nächsten Tag, am Sonntag, änderte sich für den Stefan Becker scheinbar nicht viel. Er ahnte halt nicht, daß er längst auf einem Schicksalsweg weiterging, der ihn zu Elend und Tod führen sollte. Zeit zum Davonrennen blieb ihm ohnehin keine mehr. Er träumte voller Sehnsucht von der Burga Hannauer und achtete zu wenig auf die Anzeichen, daß ihm jemand in Felseneck einen unguten Faden spinnen könnte. Nur manchmal sagte er zum Sutter Jörg, dem er vertraute und den er für seinen Freund hielt: „Ich versteh's nicht. Wem hab ich 'was getan? Wie wenn ich gegen eine Mauer rennen tät! Jeder tut mir ins Gesicht freundlich, aber sie sperren vor mir die Haustüren zu."

Seine Stimme klang so verzweifelt, daß ihm die Sutter Trude vorschlug: „Wenn du nichts kriegst, kannst du auch bei uns bleiben."

Weiterhin redete der Wirt alle an, die zu ihm kamen: den Lehrer, den Postler, die großen und die kleinen Bauern sowie ein paar Handwerker. Immer dieselbe Antwort: Im Winter hätten sie es auf dem Dorf schwer genug, auch ohne daß sie einen Fremden mitschleppten. Nach einer Woche gab der Jörg auf und sagte zum Stefan: „Willst in Felseneck bleiben, so mußt du vorläufig bei mir einstehen. Mir kann nämlich keiner vorschreiben, wen ich nehmen darf und wen nicht."

„Ich weiß nicht, Jörg", zögerte der Stefan.

Die Trude pfefferte ihrem Mann ohnehin zu spät den warnenden Blick hin. Ihr blieb nur die Weiberlist, und so greinte sie: „Das hast du davon, Jörg! Erst redet er von großer Hilfsbereitschaft, aber weil wir ihm nicht gleich die Hunderter auf den Tisch blatteln können, pfeift er auf uns!"

„So ist das auch wieder nicht", verteidigte sich der Stefan, und damit war entschieden, daß er bis auf weiteres den Hausknecht vom Sutter-Wirt machen würde.

Jeden Morgen kochte er liebevoll sorgfältig den Sautrank und trieb die paar Schafe ins Freie. Dann hatte er nicht mehr viel Arbeit. Das machte ihn unglücklich und ließ ihm das Warten grad unerträglich erscheinen. Aber am dritten Tag geschah, was er so herbeigesehnt hatte.

Da kam nämlich unten am Wirtschaftshof die Burga über den Wiesenweg. Sie blieb stehen. Nur ein Leuchten in ihren großen braunen Augen verriet die Freude.

„Da schau ich! Du bist noch da, Stefan?" Sie kriegte rote Röserl auf den Wangen. „Ich hab gemeint, du wärst fort, weil du dich gar nicht mehr bei uns auf dem Hof anschauen läßt."

„Ich hab hier meine Arbeit", schloß er sich vorerst einmal ab. Dann gestand er doch: „Ich hab halt in deiner Nähe bleiben..."

„Das freut mich recht."

Mit diesen kargen Worten gestanden sie einander viel. Das machte dem Stefan Mut, so daß er inmitten von den Schafen und Schweindln flüsterte: „Burga, am Sonntag vormittag braucht mich der Sutter nicht. Wir könnten... Was ich hab fragen wollen: Wie geht's der Muckl?"

„Eh schon recht gut.“ Sie atmete erleichtert auf, weil er nicht vom Sonntag weiterredete. „Der Vater sagt oft, wie dankbar er dir sein muß. Er wird dir auch ’was schicken.“

„Was?“ Ein Gefühl warnte den Stefan davor, sich zu freuen.

„Ein Geschenk halt, ein paar Markl.“ Plötzlich wirkte die Burga unruhig. Sie schaute sich nach allen Seiten um. In ihren Augen stand neben Sehnsucht auch Angst. „Ich muß gehen.“

„Und am Sonntag?“ fragte er noch schnell aus Furcht, er könnte sie so bald nicht wiedersehen.

„Am Sonntag geht's nicht. Überhaupt...“ Ihre Hilflosigkeit machte sie so zornig, daß sie ihm entgegenschrie: „Laß mich in Frieden, Stefan! Such dir ein Mädel, denn das Alleinsein tut keinem gut!“

Ihre letzten Worte hatten wie erstickt geklungen. Er konnte ihr grad noch nachwinken, schon lief sie den Wiesenweg weiter und bog bei den Weiden ab, hinauf zum Kirchenplatz.

Kurz vor Mittag sagte der Sutter-Wirt zu ihm: „Ich hab mir das Roß vom Oberhofer Fritz ausgeborgt, denn ich hol aus Kornstätten drei Faßl Most. Fahrst mit mir?“

„Ja freilich.“ Der Stefan schloß sorgfältig die Tür zur Pferch und trug den Schafln auf: „Anständig bleiben, macht mir keine Schand!“

Dann ging er mit dem Jörg auf den Hof, wo das Pferd schon vor dem Wagen stand. Der Wirt ordnete an: „Du nimmst die Zügel. Der Gaul macht dir bestimmt keine Schwierigkeiten.“

War das ein Leben! Wieder einmal das Leder von Zügeln zwischen den Fingern halten! Daran jede Bewegung des Tierkörpers spüren. Feinfühlig und behutsam kutschierte er.

Geschwätzig waren sie beide nicht, kaum redselig. Erst als sie schon auf Kornstätten zurollten, sagte der Sutter-Wirt scheinbar so nebenbei: „Ein recht liebes Ding, die Hannauer Burga."

„Ja."

Das langte einstweilen. Zu zweit stemmten sie ein paar Mostfässer auf den Wagen, und bei jedem drehte sich das Roß vorwurfsvoll nach ihnen um. Der Stefan klatschte ihm freundschaftlich auf die Kruppe und tröstete es: „Mußt dich gar nicht aufregen. Der Weg nach Felseneck geht die meiste Zeit leicht bergab."

Auf der Heimfahrt hockten sie wieder schweigsam auf dem Kutschbock. Der Stefan ließ dem Pferd viel Zeit, als ahnte er, daß ihm der Sutter etwas sagen wollte. Erst als der Kirchturm vom Dorf wieder zwischen den Lindenwipfeln auftauchte, fragte der Jörg: „Hast du sie 'leicht lieb?"

„Eigentlich ja."

Zu beiden Seiten der Straße standen schon Häuser. Deshalb mußte sich der Jörg beeilen, um noch das zu sagen, was er unbedingt anbringen wollte. Er lachte, wie wenn es ihm wirklich Freude bereitet hätte: „Das wird ein Geschäft! Die Hochzeit feiert man zum Glück allerweil dort, wo die Braut daheim ist. So komm einmal ich zum Zug. Nicht vor Weihnachten, aber spätestens im Jänner oder Februar."

Dem Stefan wurde ängstlich zumute wie einem, der sich vor dem Weltuntergang fürchtete und wußte, daß er doch nichts dagegen tun könne. Vorsichtig tastete er sich weiter: „Ich kenn wenig Leut von der Gegend."

Der Jörg nahm die Peitsche aus dem Futteral und steckte sie gleich wieder zurück. Sinnlos, wie so vieles im Leben. Nur so aus Verlegenheit. „Den Bräutigam kann ich dir leicht beschreiben. Ich sag nur: rothaarig, grünaugert, lustig und recht nett."

„Der Borek Hans, der Sohn vom Bürgermeister und Wirt in Kritzen."

Das Roß wollte in den altbekannten Weg zum Oberhofer hin einbiegen, worauf der Sutter losschimpfte: „Allerweil in derselben Richtung. Aber was gestern gewesen ist, muß nicht auch heute oder morgen sein! Stefan, die Braut kennst du auch."

„Bist du dir sicher?" Plötzlich schlug ihm das Herz bis in den Hals hinauf. Wie schnell doch so ein Kartenhaus einstürzte!

Der Sutter wollte mit einem schnellen, glatten Schnitt den Schmerz geringer halten und sagte beiläufig: „Das zwischen ihr und dem Hans ist schon lang eine beschlossene Sach."

Ganz unerwartet lachte der Stefan auf. Man hörte die Bitterkeit gar nicht so deutlich heraus, als er sagte: „Jetzt weiß ich wenigstens, warum mich der Hannauer-Bauer von seinem Hof hat forthaben wollen. Und das ganze Dorf hat mitmachen müssen. Alles klar! Alsdann werd ich halt aus Felseneck verschwinden." Er lenkte das Roß auf den Hof, ließ sich vom Kutschbock gleiten und packte sich allein so ein Mostfaß auf den Rücken.

„Spinnst!" schrie ihm der Jörg Sutter erschrocken nach. „Laß dir helfen, oder willst du dir wehtun?"

„Hast mir schon geholfen, Jörg", keuchte der Stefan unter seiner Last. Ganz tief drückte sie ihn herunter. Die Trude riß die Kellertür auf. Sie hörte ihn vor sich hinsagen: „Tut nicht weh. Gar nie!"

Aber noch lang nicht hatte der Stefan Becker an diesem Tag die Kränkungen und Aufregungen ausgestanden. Grad in der Stunde sollte sein Leben auf ein ganz anderes

Gleis umgelenkt werden. Noch näher an die Katastrophe heran.

Sie schleppten die Mostfässer in den Keller. Jeder war tief in seine Gedanken vergraben, geredet wurde nichts. Darum schreckten sie so arg zusammen, als sich oben in der Kellertür ein Schatten zeigte. Die Sutter Trude war's, und die sagte mit einer seltsam belegten Stimme: „Jörg, kommst? Da besucht dich jemand. Weißt es ohnehin."

„Ja, ich versteh." Plötzlich wirkte der Wirt erbarmungswürdig wie ein gehetztes Tier. Beim Weggehen sagte er zum Stefan: „Machst dort hinten sauber?"

„Ja, Sutter."

Eigentlich atmete der Stefan erleichtert auf, als er allein blieb und nicht mehr den Gleichmütigen spielen mußte. Er lehnte sich mit dem Rücken gegen den nassen, kalten Stein des Fundaments. Um ihn war alles dumpf und stumpf. Tonlos sagte er sich vor, was er beschlossen hatte: „Geh ich halt wieder fort. So schön hätt alles angefangen. Aber was zählt schon ein Stefan Becker neben dem Sohn vom Bürgermeister? Schluß, Ende vom Traum! Knechtl, pack dein Klumpert und verschwind!"

Er trug zwei Eimer Mist die Treppe hinauf. Wie wenn er aus einer feuchtkalten Gruft gekommen wäre, spürte er jetzt die Wärme der Herbstsonne über seine Haut schmeicheln. Das goldene Licht zwang ihn, die Augen zusammenzukneifen. Es war halt immer gefährlich, wenn einer vom Dunkeln zu schnell ins Licht kommen wollte!

An der Kellertür drückte er das Vorhängeschloß zu und ging zum Wirtshaus hinüber. Er wollte den Jörg nach der nächsten Arbeit fragen, denn gerade an seinem letzten Tag in Felseneck hätte er das müßige Herumlehnen nicht ausgehalten.

Aus der Gaststube drangen erregte Stimmen bis zu ihm ins Gewölb heraus, und er hörte den Sutter-Wirt sagen: „Ich weiß, daß heute ziemlich ’was fällig wär. Hab nur ein bißl Einsehen! Ich kratz ohnehin jeden Pfennig zusammen und gönn mir rein gar nichts!“

„Leb ich vielleicht in Saus und Braus?“ keifte eine heisere Frauenstimme, die er sofort erkannte. „In schlechten Zeiten muß jeder sein Gelumpe zusammenhalten. Wie du zu mir ’kommen bist, hab ich dir geholfen, jetzt brauch ich mein Geld, wie’s ausgemacht ist.“

Der Stefan wollte bestimmt nicht horchen. Er beschloß, inzwischen seinen Rucksack zu packen und halt später dem Jörg zu sagen, daß er noch heute von Felseneck fortgehen und bestimmt nicht in Kritzen bleiben wolle. Das Herz setzte ihm aus, als sich ein Arm unter seinen schob. Ein Frauenarm! Burga?

Er schaute in das Gesicht der Sutter Trude, die ihn flüsternd beschwor: „Komm mit rein. Wir müssen ihm helfen, denn sonst reißt ihm das grausliche Wucherweib das Weiße aus den Augen!“ Bevor der Stefan noch etwas dagegen sagen konnte, drängte ihn die Wirtin schon zur Tür in die Gaststube hinein. Sie lachte verzweifelt lustig: „Ihr seid noch allerweil nicht einig?“

„Grüß dich, Frau Schup“, sagte der Stefan voller Hochachtung.

Die schaute nur flüchtig von einem Papierl auf, das mit Zahlen vollgekritzelt war. Während sie rechnete, grollte sie dumpf: „Zu mir mußt du gar nicht Frau Schup sagen. Ich bin für alle die Marie, und du brauchst vor mir erst recht nicht zu kriechen, denn du bist mir nichts schuldig. Noch nicht!“

Das sollte von ihren schmalen, verkniffenen Lippen schon ein Spaß sein. Die Trude lachte pflichtschuldigst und fragte in die Runde: „Wollen ohnehin alle einen Enzian? Ich hab mir sagen lassen, dabei redet es sich leichter.“

„Meinetwegen!“ stimmte die Marie rauh zu. „Aber ich zahl mir meinen Schnaps. Oder willst du mir um mein Geld ’was schenken?“

Der Sutter-Wirt nickte seiner Frau zu. Kaum zu glauben, aber von seiner Stirn sickerten ihm große Schweißtropfen in die Augenhöhlen und rollten über die Wangen. Das schaute aus, als würde er vor Verzweiflung weinen. Als die Trude vier Schnapsgläser und die Flasche auf den Tisch gebracht hatte, goß sie ein. Dann mußten sie zuwarten, bis die Schup mit dem Zusammenzählen fertig war. Die fühlte vielleicht den ängstlich neugierigen Blick des Stefan. Sie verrechnete sich, wurde zornig, hob den Kopf und zog ihr schwarzes Kraushaar an der Stirn herunter. Der Jörg nutzte die Gelegenheit und verlangte mit einer ganz unecht klingenden Fröhlichkeit: „Nehmen wir die Stamperl! Auf einen Zug hinunter und dann abbeuteln, wie’s der echte Säufer macht!“

Er und seine Frau leerten die Gläser. Auch die Marie hatte ihres an die Lippen gesetzt, aber sie trank noch nicht. Sie musterte den Stefan mit kaltem, ausdruckslosem Blick. Man konnte meinen, sie wollte von seinen sanften, braunen Augen ablesen, was von seiner Geduld echt sein mochte. Sie schätzte seine Muskeln ab. Das Schnapsglasl verschwand beinahe in seiner großen, starken Hand. Dann sagte sie eigentlich nur zu ihm: „Gesundheit.“

„Wohl bekomm’s!“ Er fühlte sich hilflos wie die Maus vor einer Schlange. Der Blick aus ihren dunklen Augen lähmte ihn grad.

„Alsdann!“ Sie stellte ihr Glas recht hart auf den Tisch zurück. „Zahlst, oder zahlst nicht?“

Der Sutter-Wirt wurde wieder bleich, weil er für ein paar Augenblicke sein Elend vergessen hatte. Er bettelte recht armselig: „Marie, willst unmenschlich sein? Laß mir noch ein bißl Zeit. In meiner Verzweiflung... Willst mich 'leicht umbringen?"

In ihre Augen schlich sich ein böses Lauern. „Willst 'leicht du mich umbringen?" Ihre Mundwinkel zerrten das ganze Gesicht in Falten abwärts. „Denkst halt nach, Sutter. Gibt's nicht genug Möglichkeiten, eine hilflose Alleinstehende zu erschlagen? In dem Geschäft kennst du dich aus, oder?"

Mit einem Röcheln griff sich der Sutter an den Hals, fetzte den Hemdkragen auf und rang nach Atem. Als ihm die Trude helfen wollte, warf er sie mit einem harten Stoß zur Seite. Er flehte: „Nur das nicht wieder, Marie! Die Richter haben mich freigesprochen!"

„Wegen Mangel an Beweisen!" Sie lächelte grausam, voller Freude an seinem Leiden. Mit dem Zeigefinger hämmerte sie auf ein Papier, das auf dem Tisch lag. „Da spielt jetzt die Musi! Mein Geld! Ich will nur kriegen, was mir zusteht, keinen Zerquetschten mehr!"

Die Trude konnte nicht länger still bleiben, hob die Hände und bat: „Sei barmherzig, Marie!"

Ohne den Kopf zu drehen, schielte sie hinüber zur Sutterin und kreischte: „Gerecht bin ich! Allerweil gerecht!"

„Denk daran, Marie, auch Gerechtigkeit kann einen umbringen!" Nachher hätte sie sich für diese Worte den Mund zupappen wollen, aber es war zu spät.

Langsam wandte sich die Kramerin zu ihr hin. Noch nie hatte der Stefan so etwas gesehen, denn sie schaute zum Fürchten aus. Ihre Augen waren starr, fast gebrochen wie die von einer Toten. Das Gesicht verzerrte sich zu einer haßerfüllten Fratze. Kaum die Lippen bewegend, zischelte sie: „Was willst sagen, Sutterin? Spuck's aus, wenn du dich traust!"

In ihrer Angst und Verzweiflung preßte die Trude beide Fäuste vor den Mund. Zurückstecken konnte sie auch nicht mehr. Dann hörte sie sich wie von weit her sagen: „Mein Jörg hat in Notwehr einen Lumpen erschlagen. Aber du hast eine, die dich gern gehabt hat, mit deiner Gerechtigkeit in Schand und Tod getrieben! Barmherzigkeit, Marie, denn sonst könnt wieder jemand sterben müssen!"

Plötzlich zuckte die Kramerin wie in einem Anfall. Mit einer zittrigen Hand griff sie an ihre Wange und hielt sie fest, mit der anderen streifte sie sich über den Hals. Aber sie erfing sich recht schnell wieder. Viel ruhiger als vorher und zu jeder Gewalt entschlossen, suchte sie das Gastzimmer nach etwas ab, das sie für die ausstehende Schuld pfänden könnte: Bilder, Krickerl, ein Hirschgeweih oder Zinngeschirr von den Regalen herunter. Ihr Blick blieb am Stefan Becker hängen.

„Sutter", sagte sie auf einmal so gleichmütig wie der Viehhändler, wenn er einem Bauern seinen Ochsen günstig abschachern will. „Ich könnt' dir deine Schuld stunden. Drei Monate, meinetwegen auch vier oder fünf. Über Weihnachten und Neujahr wirst du in deiner schäbigen Bude doch ein besseres Geschäft machen. Zahltag ist am ersten März, aber da machst du keine Faxen mehr! Bis dahin mußt du mir nur eine Sicherheit überlassen."

„März? Das ging, Marie. Eh klar, daß mir die Hausbälle Geld bringen." Der Sutter Jörg redete sich schon wieder in Hoffnung. Zumindest eine Galgenfrist!

Auch der Trude fiel ein Stein vom Herzen. Wenn nur die Wucherin den Jörg zu keiner Verzweiflungstat trieb! Sie flüsterte unter Tränen: „Gelt, bist halt doch die Goldmarie. Unter der rauhen Schale ein goldenes Herz, das..."

Die Schup schnitt ihr das Gesüßel grad angeekelt ab, indem sie mit starr ausgestrecktem Finger auf den Stefan zeigte: „Den gibst du mir zum Pfand!"

Anstelle vom Jörg antwortete die Trude: „Alles schön und gut, Marie, aber wir haben keinen Leibeigenen zu verborgen. Der Stefan ist ein freier Mensch und kann nur selbst entscheiden."

Der fühlte sich beinahe froh, daß er den Sutterischen das Gutsein vergelten konnte und sagte: „Ich geh vielleicht mit der Schup, 'bald ich weiß, was ich arbeiten soll."

„Stefan, du lieber...", flüsterte die Trude voller Rührung.

Aber die Goldmarie stieß einen häßlichen Lacher aus. „Bild dir nichts ein, Knechtl! Wenn du mit mir unter einem Dach lebst, mußt du keine Angst haben, daß ich hinter einem Mannsbild her wär! Damit zwischen uns gleich alles klar ist: Ich kauf dich für deine Kraft. In meinem Laden gibt's schwere Kisten und Säcke zu schleppen, die ich nicht mehr erpack. Ein Roß hab ich auch, dem du einmal den Herrn zeigen mußt. Alsdann?"

„Ein Roß hast?" Er fragte wie nach der ewigen Seligkeit. „Nachher komm ich gern mit dir, Frau Schup!"

„Marie, hab ich dir gesagt!" keifte sie fuchtig. „Und wenn du dir alle meine Aufträge so schlecht merkst, nachher bleibst lieber gleich da in dem Haus von dem Totschläger!"

Er aber wiederholte beinahe schon glücklich: „Gelt, ich komm mit dir, Marie."

„Das tätest du für mich? Wie soll ich dir das danken?" stammelte der Jörg. Zuletzt hatte er wieder gefürchtet, es könnte mit dem Aufschub seiner Schulden von Gnaden der Marie Schup doch nichts werden.

Die Trude wandte sich ab, damit ihr niemand ins Gesicht schauen konnte. Eine Schande, so ein Menschenhandel! Dazu sagte ihr die Vorahnung, daß zuletzt doch einer vernichtet auf der Strecke bleiben würde. Wahrscheinlich der Stefan.

„Hol deinen Kram!“ befahl die Marie. Seit dem Handschlag mit dem Sutter betrachtete sie den Stefan als ihr Eigentum. „Ich mag's nicht, daß du länger mit dem Totschläger zusammensteckst.“

Sie wartete vor der Haustür, bis er aus seiner Kammer zurückkam. Auf dem Weg vom Wirtshaus zum Kramerhäusl sagte sie: „Ich krieg allerweil, was ich kriegen will.“ Da gingen sie gerade an der Kirche vorbei. „Nur beim Roß komm ich nicht weiter. Zwei Peitschen hab ich an ihm schon fransig geschlagen und nichts erreicht.“

„So geht's halt nicht, Marie. Das arme Pferd...“

„Mund halten, solang ich dich nicht frag!“ fuhr sie ihn so leise an, daß man sie nicht bis zur anderen Straßenseite hin hören konnte, und so gehässig, daß es ihm kalt über den Rücken lief. Sie greinte weiter: „Es gibt Kreaturen, die man hart anpacken muß. Nachher ducken sie sich und fressen einem aus der Hand. Hör zu: Zum Arbeiten und zum Zudreschen hätt ich jeden anderen aufnehmen können und dem Sutter das Geld nicht stunden müssen. Dich brauch ich für einen besonderen Dienst. Wirst gleich verstehen.“

Sie schaute ihn so lang lauernd von der Seite an, bis er fragte: „Was wär das nachher?“

Mit einem zufriedenen Blick musterte sie seine starke Gestalt, dann ließ sie jedes Wort wie ein Gutl auf der

Zunge zerschmelzen. „Du mußt mich beschützen. Gegen Räuber und Totschläger. Ein ganz gewisser Lump hat einem harmlosen Landstreicher das Genick abg'haut, und ich mag nicht auf dieselbe Weise sterben. Dafür frag ich dich noch einmal: Willst bei mir als Knecht einstehen?"

Das Nein lag dem Stefan schon auf der Zunge, als ihm noch rechtzeitig einfiel, daß er nur auf diese Weise in der Nähe der Burga bleiben konnte. Auch sie würde öfters in den einzigen Kramerladen von Felseneck kommen! Noch hatte sie dem Borek Hans das Ja vor dem Pfarrer nicht gelobt. Für das kleinste bißl Hoffnung schluckte er alle Bitterkeit hinunter, konnte sogar lächeln und die Schup daran erinnern: „Hast mich ohnehin schon aufgenommen, Marie. Bei mir gilt ein Wort, und da gibt's kein Herumreden. Die Arbeit werd ich erpacken. Dein Roß bring ich auch ohne die dritte Peitsche in Ordnung. Das Beschützen wird mir besonders leicht fallen, weil ich in Felseneck keinen seh, der dir etwas antun wollte. Jedem aber, der dich wirklich bedroht, reiß ich einen Haxen aus! Zufrieden?"

Sie kniff die Augen zusammen. Schon klickte in ihrem Gehirn die Rechenmaschine, und sie kanzelte den Stefan gleich ab: „Lohn? Was erwartest du dir viel? Die paar Kistl könnt ich mir fast selbst tragen, und im Laden verkauf ich ohnehin alles kleinweis. Wenn du mit dem störrischen Roß keine Schwierigkeiten kriegst, macht es dir auch wenig Plag. Hast recht, nicht einmal dem Sutter, der schon einen erschlagen hat, trau ich die Schneid zu einem zweiten Verbrechen zu. Alsdann, für wenig Arbeit gibt's wenig Geld."

„Hättest auch ein Roßtäuscher werden können, Marie!" lachte der Stefan. „Ich vertrau dir trotzdem, denn du wirst mich nicht um meinen Lohn prellen."

„Wart's ab, Knecht!" Das klang sehr geringschätzig. „Wir sind da. Damit es klar ist: Du gehst mir nie durchs Geschäft, sondern immer über den Hof durchs Magazin."

„Ja, Marie." Diese zwei Worte sollte er in den nächsten Monaten tausende Male sagen.

Das ebenerdige Häusl der Marie Schup hatte einen ausgebauten Dachboden. Nach vorne zu lag der Laden, in dem man sich kaum umdrehen konnte, weil es in den Regalen längst nicht genug Platz für alle Waren gab. Eine Glastür führte in das kleine Zimmer, das als Küche und zugleich Wohnraum diente. Auch dort türmten sich auf der Kredenz Schachteln über Schachteln. In einer Ecke lehnten zwölf Rütelbesen, an der Wand hingen Bündel mit Kuhketten, Kälberstricken und langen Seilen. Nur ein Heiligenbild in einem Goldrahmen, ein kitschiger Druck unter einem Glas mit Sprung, war gesondert aufgehängt. In der Fensterecke stand eine kostbare handgeschnitzte Truhe, die noch Spuren von alter Handmalerei aufwies. Vor den Fenstern hingen bodenlange Vorhänge, so daß man auch bei Tag nicht hereinschauen konnte. Gemütlich war es nur bei dem Bauerntisch mit der Eckbank und zwei Stühlen. Von der weißgetünchten Decke baumelte eine Zuglampe mit einem blauen Porzellanschirm herunter. Ohne die kleinen darauf gemalten Blümerl wäre der schöner gewesen.

„Nett hast du's da", sagte der Stefan und meinte, sie würde sich über das ehrliche Lob freuen. Sie hatte sich breit auf die Bank gesetzt und ließ ihn mitten im Raum stehend warten.

„Das ist mein Zimmer, verstehst!" stutzte sie ihn gleich zusammen. „Hier hast du nichts zu suchen und kommst nur herein, wenn ich dich ruf. Du arbeitest entweder draußen im Magazin oder im Stall. Manchmal wirst du auch im Geschäft aushelfen dürfen. Später einmal. Heut hab ich dich hereinhatschen lassen, weil ich deine Papier einordne. Alsdann, hab ich sie schon?"

Sie nahm ihm einen Ausweis und das Arbeitsbuch ab. Schon wollte sie das kitschige Heiligenbild von der Wand heben, da keifte sie den Stefan noch rechtzeitig an: „Vielleicht drehst du dich um! Oder willst gleich am ersten Tag ausspionieren, wie der eiserne Geldschrank aufgeht? Ich sag dir: Ausraubern tät sich nicht auszahlen, weil ich mein Geld allerweil rechtzeitig auf die Sparkassa bring. Ohne Vorsicht und Mißtrauen wär unsereins seines Lebens nicht sicher. Wenn der Sutter sogar einem harmlosen Landstreicher das Genick gebrochen hat!" Nach ein paar Minuten murmelte sie: „Kannst dich wieder umdrehen. Jetzt nimmst du deinen Rucksack und kommst!"

Sie führte ihren neuen Knecht durchs Magazin in den Hof. An der Rückseite des Hauses stiegen sie über eine offene Holztreppe zum Dachgeschoß hinauf. Die Kramerin stieß eine Tür auf. Vom Speicher aus kamen sie in die Kammer. Die war ein besserer Holzverschlag, aber von innen schaute sie gar nicht so schlecht aus. Eine Wand fiel schräg ab und hatte ein kleines Fenster. Es gab eine Bettstatt, einen schmalen Schrank und sogar einen Waschtisch mit einer Schüssel.

„Den Wasserkrug holst du dir nachher bei mir im Laden. Auf Sauberkeit lege ich großen Wert, denn das gehört zum Geschäft. Falls du im Winter noch bei mir sein solltest, wirst du auch nicht erfrieren. Es zieht zwar durch ein paar Fugen, aber das Eisenöferl gibt eine gute Hitz. Noch etwas: Weiber schleppst du mir nicht herauf, denn mein Haus bleibt sauber! Nach deiner Arbeitszeit kannst du gehen, wohin du willst. Das ist mir ein Ding.

Ab Mitternacht mußt du allerweil in deiner Kammer sein. Das ist die Zeit, wenn ich mich schlafen leg. Hörst du mich um Hilfe schreien, so kommst du herunter. Auch wenn du mir vielleicht nicht mehr helfen kannst, siehst du wenigstens, wer mich umgebracht hat. Dann soll ihn die Gerechtigkeit erwischen!"

So ein Reden war ihm unangenehm, denn Mord oder Totschlag wollte er sich nicht einmal vorstellen. Darum widersprach er ihr: „Geh weiter! Wer tät dich schon umbringen? Kommst dir halt wichtig vor, aber ich kenn niemanden in Felseneck, der dir 'was antun könnt."

Das hätte er nicht sagen müssen. Sie machte einen schnellen Schritt auf ihn zu und packte ihn am Hemd. Wie sie ihn beutelte, hatte sie in der Faust recht viel Kraft. Ganz nahe vor seinem Gesicht funkelten ihre schwarzen Augen, und sie zischte ihn an: „Hast du meine Stubenfenster gesehen? Daneben liegt meine Schlafkammer, armseliger als von einer Dirn. Und doch hab ich überall Gitter anbringen lassen, weil das Diebsgesindel bei der Nacht hat einsteigen wollen."

Dem Stefan kam das Grausen an, denn nie zuvor hatte er ein menschliches Gesicht so voller Haß gesehen. Weil er sich nicht anders zu helfen wußte, rettete er sich ins Flachsen: „Alsdann, wenn einer bei der Schlafkammer einsteigen will, geht er nicht allerweil aufs Umbringen oder Raubern aus! Könnt doch sein..."

Sie ließ seine Hemdbrust los und redete plötzlich ganz leise. Das klang aber noch gefährlicher drohend, und so meinte sie es auch. „Vor einem warn ich dich: Mach dich nie mehr über mich lustig! Daß ich mit achtunddreißig eine schiache alte Jungfer bin, weiß ich selbst. An mir ist schon gar nichts, was einem Mannsbild gefallen könnt, und ich versteh mich auch nicht aufs Schöntun. Aber gerecht bin ich, und wenn ich mir damit die liebsten Menschen umbringen und..." Die Stimme erstickte ihr, bis sie aufschrie: „Mach deine Arbeit, Knechtl! Nachher wirst du den Lohn kriegen, den du verdienst!"

Bei diesen letzten Worten hatte sie sich schon wieder erfangen und richtete sich herrisch auf. Weil sich dabei ihr dunkelblaues Kleid zu eng um ihren Körper spannte, verschränkte sie die Arme vor der Brust. Sie duldete nicht einmal den frechen Blick von einem Mannsbild! Wäre ihre Schwester nur auch so gewesen...

„Um sieben auf d'Nacht mach ich meinen Laden zu", sagte sie und zwang sich zur Ruhe. „Um Viertel nach kannst essen kommen. Wenn du bis dahin deine Arbeit getan hast, bist du nachher frei."

„Ja, Marie."

Als sie schon längst gegangen war, fühlte er sich noch immer benommen. Beim Reden war so viel Böses aus ihr hervorgebrochen! Eine Weile stand der Stefan unschlüssig mitten in der Kammer, dann ging er zum Fenster und stieß die seit langem nicht mehr geputzten, fast blinden Flügel auf. Dort drüben ragte der Kirchturm über die Kronen der Linden hinaus. Links davon erhob sich das Gasthaus der Sutter-Leute, die sich heute noch einmal vom Abhausen freigekauft hatten. Und wenn er nach Norden schaute, sah er ein paar Wirtschaftsgebäude vom Anwesen des Ludwig Hannauer. Er wünschte sich, grad jetzt sollte die Burga lieb an ihn denken.

Beim Abendessen ratschte ihm die Schup Marie die letzten Neuigkeiten von Felseneck herunter. In ihren schwarzen Augen blitzte die Bosheit. „Vorhin ist der Wagen mit dem Hannauer und seiner Tochter zurückgekommen. Wo werden sie schon gewesen sein? Beim Borek in Kritzen. Vor so einer Heirat gibt's genug zu bereden, denn bis zum Jänner ist es nicht mehr lang aus. Ein schönes Paar, die Burga und der Hans." Und weil er darauf noch nichts antwortete, spuckte sie noch mehr Galle aus: „Hoffentlich kriegen einmal ihre Kinder nicht seine roten Haar! Wie Hexenbankerten, die im Dorf das Feuer aufs Dach tragen."

Sie hatte gewonnen, denn nun konnte er nicht länger den Mund halten.

„Ist doch ein Schmarren!" schrie er in ohnmächtigem Zorn auf. Und weil sie ihn gar so triumphierend anlachte, redete er sich aus: „Warum man allerweil die Rothaarigen verspottet! Ich find rote Haar sogar recht schön!"

„Rote Haar schön? Das findet halt die Burga auch." Die Augen der Marie Schup blitzten grad glücklich auf, denn sie hatte genau beobachtet, wie sie dem Stefan weh tun konnte.

Am nächsten Sonntag wurde es recht arg. Die Marie holte ihn zum Frühstück aus seiner Kammer herunter. „Heut gibt's Milchkaffee, und von gestern sind mir vier Weckerl übriggeblieben. Die hab ich im Ofenrohr heiß gemacht, damit sie wieder knusprig werden. Laß nicht wieder alles auskühlen, denn zweimal ruf ich dich nicht!"

Über die Außentreppe, die an eine Hühnersteige erinnerte, kam er herunter. Er ging durchs Magazin, einen mit Waren unordentlich vollgepferchten Raum. Hier roch es nach Petroleum, einem Faß Sauerkraut und nach Salzfischen. Die elektrische Birne war wieder einmal durchgebrannt, weshalb er sich langsam zur Tür in die Stube durchtasten mußte.

„Hock dich auf die Bank!" befahl die Marie vom Kohlenherd herüber. „Am Sonntag mach ich dir die Kuchldirn und zieh dir nichts vom Lohn ab!"

Schweigend schaute ihr der Stefan zu. Schon in den wenigen Tagen hatte er sich das Reden fast ganz abgewöhnt, denn von der Marie handelte er sich ohnehin auch für jedes noch so harmlose Wort eine grausliche Antwort ein. Sie schaffte eigentlich recht flink, schob Holz in den Herd und stierlte die Glut auf. Als die Milch beinahe übergegangen wäre, hob sie schnell den Hafen weg. Bald darauf war die Stube mit dem Duft nach Kaffee und Ersatzkaffee erfüllt. Beim Essen musterte sie dann der Stefan recht erstaunt, denn sie trug schon für den Kirchgang eine ländliche Tracht, und so hübsch gewandet hatte er sie vorher noch nie gesehen. Der Kleiderstoff glänzte wie schwarzer Seidendamast mit einem kleinen dunkelblauen Muster drinnen. Weil das so zur Tracht gehörte, war das Mieder eng anliegend geschnitten. Die Bluse wurde am Hals von einem Bandl zusammengezogen.

„Was glotzt du so!" fuhr sie ihn derb an und zerrte den Ausschnitt noch ein bißl höher hinauf. Über dem Rock trug sie eine Schürze aus echter Seide. Gar nicht so übel. Aber schon im nächsten Augenblick verdarb sie dem Stefan alle freundlichen Gedanken. Sie sagte nämlich voller Verachtung: „Schäbig schaust du aus! Mit dir muß sich unsereins grad schämen. Willst nicht wenigstens am Sonntag ein besseres Gewand anlegen?"

Er lief rot an vor Verlegenheit und gestand: „Tut mir leid, Marie, das ist schon das bessere."

Sie murmelte etwas vor sich hin und fischte aus dem Brotkörbl die zwei einzigen Weckerl, die nicht angebrannt waren. Sorgfältig strich sie Butter auf und holte mit einem kleinen Löffel Marmelade aus einem Glas. Von ihr selbst eingekochte! Keine zehn Minuten später hatte sie ihr Frühstück beendet und befahl: „Jetzt versorg das Roß, damit wir zur Kirch gehen können. Mir ist die Achtermesse allerweil angenehmer als die um zehn. Ich geh nämlich von wegen dem Herrgott hin und nicht, damit mich alle angluren."

So hätte es der Stefan auch gern gehabt, doch als er in den Stall kam, schaute ihm das Roß mit tief herabhängendem Kopf entgegen. Viel mußte es der Stefan nicht untersuchen. Er stürmte ins Kramerhäusl zurück. In der Stube schreckte die Marie zusammen und hängte schnell das Heiligenbild an der Wand gerade. Sie fuhr ihn zornig an: „Anklopfen! Hab ich dich überhaupt gerufen? Gelt, du bist hier der Knecht und sonst gar nichts!"

„Ja, Marie." Dem Roß zuliebe unterdrückte er seine Wut und sagte nur: „Mit dem Kirchgang um acht wird's für mich nichts. Ich bin grad im Stall gewesen."

Sie machte einen so zornigen Schritt auf ihn zu, daß sich ihr Haar an der Stirn verschob. Zum Fürchten schaute sie aus mit den hart funkelnden Augen, und grad aus ihrem Mund klang es so häßlich: „Kann's mir denken, wie du jetzt wieder jammerst. Aber an den paar Striemen verreckt so ein Gaul nicht, und wer bei mir nicht spurt, der kriegt's zu spüren!"

Noch einmal würgte der Stefan seinen Widerwillen hinunter, bis er ruhig sagen konnte: „Die Fesseln sind auch geschwollen und ganz heiß. Ich muß dem armen Luder Umschläge machen. Hättest ruhig langsamer fahren können, denn von deinen Schuldnern rennt dir ohnehin keiner davon."

Grad weil seine Worte so unverschämt waren, keifte sie nicht mehr zurück. Dafür stieß sie ihn beim Vorbeigehen beinahe über das Schaff mit den Salzfischen. Draußen im Stall untersuchte sie die Fesseln des Pferdes so derb, daß dem Stefan die helle Wut aufstieg. Sie befahl ihm: „Bring einen Kübel Wasser! Tabletten sind dort im Schrank. Aus meiner Schlafkammer holst du das Handtuch. Es ist ohnehin schon so schleißig, daß ich es für den alten Gaul hernehmen kann."

Nachdem sie das Pferd versorgt hatte, ging der Stefan erst recht nicht mit ihr. Er tat dem armen Roß ein bißl schön, und als er ihm mit leiser, weicher Stimme gut zuredete, legte es den Kopf an seine Schulter. So standen sie eine Weile beisammen, der geschundene Gaul und der Stefan, der sich wie ein geschundener Ochs im Joch fühlte.

„Jetzt gehst weiter!" befahl ihm die Marie von der Stalltür her. „Du legst es nur darauf an, daß die Leut schon am ersten Sonntag sagen, du kommst bei mir nicht einmal zum Kirchgang!"

Im Vorhaus fuhr sie ihm mit der Kleiderbürste über den Rücken und keifte, sie müsse sich für einen so lumpigen Knecht bis in den Boden schämen. Aber auch ohne solche Reden hätte er sich auf der Dorfstraße wie beim Spießrutenlaufen gefühlt. Zum Glück konnte er sich immer einen halben Schritt hinter ihr halten, wie sich das zwischen der Herrin und ihrem Knecht gehörte.

„Grüß dich, Marie!" sagte der Ludwig Hannauer sehr freundlich zu ihr. Er ging an der Spitze seiner Leute, hinter ihm kamen sein Weib und der Gustl. Dann erst die Burga vor den Dienstleuten. Hier herrschte eine genaue Rangordnung, wie sie das ungeschriebene Dorfgesetz seit vielen Generationen unverändert befahl.

Die Marie Schup nickte ihm gnädig mit dem Kopf zu. Dafür schaute der Stefan grad durstig sehnsüchtig zur Burga und sagte leise: „Grüß dich."

In der Kirche war es ihm besonders peinlich, denn da fühlte er all die neugierigen Blicke, mit denen Bauern und Dienstleute ihn musterten. Die Kramerin saß hoffärtig aufgerichtet auf ihrem Platz. Das blankgeputzte Messingschild mit ihrem Namen in der vierten Bankreihe legte Zeugnis dafür ab, daß sie dem Pfarrer ein Platzrecht ganz nahe beim Herrgott abgekauft hatte. Zum Wohl der Kirchengemeinde Felseneck!

Während der Messe wanderte der Stefan im Seitengang immer weiter vor, einen Schritt nach dem anderen. Aber sobald er sich auch nur ein bißl zur Mitte wandte, blitzten gleich die wachsamen Augen der Ratschweiber auf. Die Burga saß zwischen Vater und Mutter. Ganz klar, daß auch sie gekaufte Plätze hatten, denn anders hätte der Hochwürden sogar von den reichen Bauern nicht so leicht Geld herausbekommen. Kein einziges Mal wagte es die Burga, den Kopf nach ihm zu wenden. Dennoch wußte er, daß sie seine Blicke mit all der Sehnsucht fühlte.

Viel half ihm das nicht, denn gleich nach dem Schlußsegen schob sich die Marie aus der Bankreihe zu ihm her und bestimmte: „Jetzt gehst mit mir zum Sutter-Wirt. Der soll sehen, wie du bei mir lebst!"

„Ja, Marie." Auch wenn sie ihm am Sonntag eigentlich nichts befehlen durfte, mußte er sich fügen. Jedes Dagegenreden hätte er teuer bezahlt.

Auf dem Kirchenplatz begegnete er dann der Burga. Nur ein paar Sekunden lang konnten sie einander in die Augen schauen. Er las von ihren Lippen ab: „Sieben, Brücke."

Schon keifte die Marie zu ihm zurück: „Gehst weiter? Wenn ich dich schon auf ein Bier einlad, möcht ich wenigstens nicht zuwarten, bis die Bauern auf allen guten Plätzen hocken." Und etwas versöhnlicher bestimmte sie: „Nachher gehen wir gleich heim. Du arbeitest am Sonntag nichts, aber auf ein Essen hast du Anspruch. Für heut hab ich eine Schweinshaxen mit Kraut und Knödeln vorbereitet. Gut genug für den Herrn?"

Auch hier drehten sich viele Leute nach der keifenden Kramerin und ihrem Knecht um. Auf manchen Gesichtern stand Mitleid, auf anderen ein spöttisches Lächeln. Um möglichst wenig Aufsehen zu erregen, trabte der Stefan Becker in seinem abgeschabten Gamsfrackl demütig hinter der Marie Schup her. Es gab niemanden, der ihn um etwas beneidet hätte.

Der Sutter-Wirt stellte persönlich den Maßkrug Bier vor den Stefan, und die Marie verlangte: „Mir ein Sodawasser. Das kannst du wenigstens nicht pantschen."

Grad deshalb sagte der Jörg zum Stefan recht freundlich: „Deine zweite Maß geht auf meine Rechnung."

Gleich blitzten die Augen der Kramerin streitbar auf, und sie spottete so laut, daß sie alle in der Gaststube hören mußten: „Auf deine Rechnung, Sutter? Daß ich nicht lach! Kannst du dir um mein Geld noch ein Freibier für das Knechtl leisten?"

Weil sie beifallheischend um sich schaute, lachten die Nächstsitzenden pflichtschuldig. Keiner wollte es sich mit der Schup Marie verderben. Ihr Geld war etwas wie eine Versicherung. Da mußte man den Beitrag nicht schon im vorhinein zahlen und konnte hoffen, daß einen kein Unheil heimsuchen würde. Das Abhausen drohte bei den schlechten Zeiten beinahe jedem kleinen Hof. Deshalb duckten sich alle Bauern vor der Goldmarie, und nicht nur jene, die bei ihr schon hohe Schulden hatten. Der Heller Bertl sagte mit einem schiefen Lächeln: „Schaust du aber heut wieder sauber aus, Marie! In dem neuen Dirndl! Wenn du halt dein Fensterl nicht vergittert hättest!"

„Halt den Mund!" schlug sie lachend mit mühsam unterdrückter Wut zurück. „Gelt, grüß mir dein krankes Weib! Wenn du nachher kein Geld mehr für die Medizin brauchst, kannst du mir endlich das meinige zurückzahlen. Vergiß auch nicht die Zinsen!"

Der Heller zog das Genick ein und flüsterte der aufgemascherlten Dirn an seiner Seite zu: „Jetzt hab ich wieder mein Schmalz 'kriegt von der alten Giftzangen!"

Weil der Stefan das gehässige Sticheln und Stechen nicht ausstehen konnte, saß er wie auf Nadeln. Er atmete auf, als die Marie nach einer Weile sagte: „Jetzt gehen wir heim, wir zwei. Leut, morgen müßt ihr alle wieder in meinen Laden kommen, denn eine arme Kramerin braucht jedes Markl. Pfüat euch!"

Der Stefan grüßte auch. Alle dankten ihm recht freundlich, selbst wenn er von einigen Gesichtern Geringschätzung ablas. Die, nach der er so sehnsüchtig Ausschau gehalten hatte, entdeckte er nirgendwo. Vielleicht war sie schon wieder nach Kritzen gefahren, zum Borek und zu seinem Sohn Hans.

Im Hof vom Kramerhäusl blieb die Marie stehen und schaute unentschlossen auf den Stefan. Dann befahl sie mürrisch: „Kannst ruhig in deine Kammer gehen. Mach sauber, das schadet nie. Zum Essen werd ich dich rufen."

„Ja, Marie."

Er stieg die hölzerne Außentreppe hinauf und tastete sich über den dämmrigen Speicher zu seiner Kammer. Der Schlüssel lag auf dem Türstock. Von sich aus hätte er nicht abgesperrt, denn er besaß nichts, was einem Dieb auch nur das Hingreifen wert gewesen wäre. Dennoch bestand die Marie darauf, daß man es dem Gesindel nicht zu leicht machen dürfe. Seine Kammer war ohnehin gut in Ordnung. Also hatte er jetzt nichts zu tun, zog sich den einzigen Hocker ans Fenster und schaute über die Dächer von Felseneck hin.

„Burga", flüsterte er. Die Sehnsucht wurde ihm halt immer wieder zum Verhängnis. „Wenn ich dich so narrisch gern hab, was soll ich tun?"

So tat er gar nichts und ließ sich weitertreiben, in jeder Stunde näher an die Katastrophe heran.

„Träumst schon wieder, oder magst mich nicht hören? Ich kann genausogut allein essen!" keifte von der Hofseite die Marie herauf.

„Ja, Marie, ich komm."

Zum Kochen hatte sie eine Schürze umgenommen. Die legte sie jetzt ab, und darunter trug sie eine weiße Bluse zu einem dunkelbraunen, weit fallenden Rock. Jetzt sah der Stefan deutlich, daß sie gar keinen verwachsenen Rücken hatte, sondern sich nur manchmal so schlecht hielt. Unförmig wirkte sie halt in dem altmodischen Kittel, den sie während der Woche im Kramerladen trug.

Sie brachte das Essen auf den Tisch. Die Schweinshaxe roch köstlich, das Sauerkraut war ordentlich durchgebeizt, und in den Knödeln steckten sogar Speckbröckerl. Der Stefan wußte, daß sich jede Köchin über ein ehrliches Lob freute und schwärmte: „Wenn's so gut schmeckt, wie's ausschaut, wären deine Fleischtöpf für mich grad recht."

Ohne jede Spur von einem Lächeln hackte sie zurück: „'bald sie dir nicht gut genug sind, kannst du gleich weiterziehen. Ich halt dich keine Stund gegen deinen Willen. Mahlzeit."

„Einen guten", murmelte der Stefan und würgte seine Erbitterung hinunter. Immer wieder dieselbe Erfahrung: Wenn er der komischen Einsiedlerin auch nur ein freundlicheres Wort sagte, kratzte sie ihn wie die Fleischerkatz den Hofhund. Erst nach einer Weile schmeckte es ihm. Das war halt kräftige Hausmannskost, mit Liebe zubereitet. Hätte er ihr das gesagt, wäre sie ihm bestimmt grauslich über den Mund gefahren!

Plötzlich sprang sie vom Tisch auf, rannte zum Herd und riß das Rohr auf. Eine köstliche Duftwolke stieg heraus. „Noch im letzten Augenblick erwischt! Schön ist er geworden."

Diesmal klang ihre Stimme so freundlich, daß sich der Stefan zu fragen getraute: „Hast 'leicht heute Geburtstag? Einen Guglhupf, sogar mit Mandeln drauf!"

Zur Probe stach sie mit einer Stricknadel hinein. Über die Schulter zurück sagte sie: „Bist vielleicht bald fertig mit dem Essen? Nachher stell deinen Teller zum Abwaschen. Hast eine feine Nase: wirklich ein Guglhupf mit Mandeln. Gelt, aber nicht für dich! Kannst gehen. Los, verschwind!"

Der Stefan fühlte sich beschämt wie ein Bettelbursch, den man ohne ein Almosen von der Türschwelle gejagt hatte. Er sagte nur noch: „Vergelt's Gott fürs Essen. Sehr gut gewesen und..."

„Nachher geh!" schnitt sie ihm die Rede ab. Sie zupfte sich das Haar in die Stirn und stellte sich ans Fenster. Von dort aus überblickte sie die Hauptstraße.

Über die Hühnersteige kam er hinauf zu seiner Kammer. In ihm war so viel Bitterkeit über das unwürdige Leben hier, daß er sich selbst befahl: „Fortgehen, Stefan! Wenn du zu lang in Felseneck bleibst, wirst du bald auch wie die Goldmarie: nicht mehr fröhlich, nur noch gerecht."

Aber noch lang war es nicht sieben. Er kriegte Zweifel, ob er die Burga überhaupt richtig verstanden hatte. Von der Straße her kam ein ungewöhnliches Geräusch. Der

Stefan riß sein Fenster auf. Selten fuhr ein Auto durch Felseneck. Jetzt, am frühen Nachmittag, kam eines daher, bog von der Hauptstraße ab und blieb auf dem Hof des Kramerhäusls stehen. Recht sportlich schwang sich ein junger Mann heraus. Heller Flanellanzug, das Haar mit viel Pomade an den Kopf geklebt. Fröhlich beschwingt ging er um das Haus. Man hörte ihn nur noch an die Tür vom Laden klopfen und ein bißl übertrieben glücklich rufen: „Freilich, dein Toni!"

Weil sich der Stefan gar nicht um den Dorftratsch kümmerte, hatte ihm noch niemand erzählt, welche Rolle dieser Toni im Leben der Goldmarie spielte. Auch jetzt machte er sich darüber keine Gedanken. Von draußen drängte sich eine naßkalte Luft in die Kammer. Die Herbsttage waren schon kurz geworden, es dunkelte bald. Der Stefan drückte die beiden Fensterflügel zu.

Die Zeit schlich quälend langsam weiter, seine Zweifel wuchsen. Wenn sie vielleicht wieder nach Kritzen gefahren war? Als die Uhr vom Kirchturm endlich halb sieben schlug, warf er sich den Janker um und war schon bei der Kammertür draußen. Beinahe hätte es ihn die Hühnersteige hinuntergeschmissen, im letzten Augenblick fing er sich noch am Geländer. Er ging gleich durch den Garten, damit er vom Stubenfenster der Marie aus nicht gesehen werden konnte. Hinter den letzten Heustadeln begannen die Wiesen, die sich bis an die Ufer des Himmelbachs erstreckten. Keine zehn Minuten später tauchte vor ihm aus der Dunkelheit die Brücke auf, und dort stand auch eine Gestalt. Erst zögerte er noch, dann rannten sie beide aufeinander zu, die Burga und er. Sie hielten einander fest, als könnten sie damit das Beisammenbleiben erzwingen. Dieses Glück ließ ihn alle Kränkungen der letzten Tage vergessen. Zärtlich drückte sie ihre Lippen an seine. Der kalte Wind aber, der vom Berg herunterblies, machte ihn so nüchtern, daß er fragte: „Ich hab's reden gehört: Bist wieder in Kritzen beim Borek Hans gewesen?“

Auch ihre ganze Zärtlichkeit war gleich dahin. Grad aufreizend ruhig ermunterte sie ihn: „Hör nur gut auf den Tratsch, Stefan, denn manchmal lügt er nicht einmal. Wenn's dir wichtig ist, nachher glaubst halt, was die Ratschkathln sonst noch über mich wissen.“

So leicht ließ er sich doch nicht wieder um den Finger wickeln. „Nur du bist mir wichtig. Aber ich hab's in den letzten Wochen genau gemerkt, daß mir jemand einen bösen Faden spinnt. Erst hat mir nur der Sutter-Wirt geholfen, und tät ich jetzt nicht der Marie den Knecht machen, so wär ich schon wieder auf der Wanderschaft. Vor dem Winter als Landstreicher!“

Der Burga war ohnehin klar, daß er nur aus Liebe zu ihr so eiferte, aber das Nachgeben fiel ihr auch schwer. Um alles wieder gut zu machen, drückte sie ihm halt ein Bussel auf den Mund, doch seine Lippen blieben kalt. Da mußte sie ihm schon zärtlich zuflüstern: „Wichtig ist, daß wir einander allerweil lieb haben, du und ich. Nachher kann uns nichts auseinanderbringen. Der Vater und die Mutter sehen mich halt schon als reiche Bäuerin vom Borek-Hof. Die könnten nie verstehen, daß mir der Knecht von der Goldmarie lieber wär als der Sohn vom Bürgermeister. Stefan, hörst du's? Ich hab nur dich lieb!“

Ohnehin schon fast überzeugt und wieder glücklich, grollte er noch: „Warum bist nachher heut wieder zum Hans gefahren?“

Daß er nicht gleich voller Verständnis nachgab, machte sie so narrisch, daß sie aufbegehrte: „Ich werd vielleicht mit dem Vater einen Besuch machen dürfen?“ Damit redete sie sich in Wut, wurde gegen den Stefan ungerecht und spöttelte: „Du hast es gut. Wenn der saubere Neffe in die Stadt zurückgefahren ist, tröstest du die Goldmarie. Schlecht? Von dir ratschen sie im Dorf wie von einem Heiligen. Ich tät dich eher für einen Scheinheiligen halten!“

Die Zeit mit der Burga war ihm viel zu kostbar, als daß er sie hätte mit Hacheln vergeuden wollen. Schnell busselte er ihr den Ärger weg und flüsterte: „Schon in der ersten Stund, wie ich beim Schützenmahl an eurem Tisch gesessen bin, hab ich die Augen nicht mehr von dir lassen können!“

Ganz verschämt gestand sie ihm: „Ich hab doch auch allerweil heimlich zu dir geschaut. Aber halt nur heimlich.“

Er tat ihr so schön, daß es ihr den Atem verschlug. Dafür streichelte sie mit den Fingerspitzen über sein Gesicht, und als er doch wieder vom Borek reden wollte, verschloß sie ihm die Lippen mit einem Bussel. Eine Stunde voll Glück glaubten sie einander so nahe, daß sie ganz vergaßen, welche Abgründe sie in Wahrheit unerbittlich trennten: die Hannauer-Tochter vom Knecht der Dorfkramerin.

Es war schon recht spät, als sie langsam zum Dorf gingen, vom Paradies zurück auf die Erde. Die Burga warf von weitem einen Blick aufs Haus der Goldmarie, in dem zwei Fenster beleuchtet waren. Sie fragte: „Ist ’leicht der Toni wieder zu seiner Tante gekommen?“

„Ja, der Toni.“ Das Glück der letzten Stunde klang noch in ihm nach und machte ihn auch für andere Menschen verständnisvoll. Sogar für die Marie, so daß er sagte: „Sie freut sich allerweil, wenn er aus der Stadt kommt. Er ist wahrscheinlich der einzige Mensch, den sie wirklich gern hat.“

„Nicht einmal das glaub ich ihr", widersprach die Burga feindselig, wollte aber dann doch nicht die letzten Minuten auf diese Weise vertun. Noch einmal schob sie ihre Hände auf seine Schultern und erlebte mit zugemachten Augen sein zärtlichstes Bussel. Dann sagte sie leise, grad andächtig: „Kann man wissen, wie's kommt? Ich hab es halt noch nie erlebt, daß ich schon Herzstechen krieg, wenn ich an einen denk. Stefan, die Sehnsucht nach dir tut mir arg weh!"

Eine Weile standen sie noch zärtlich umschlungen bei der großen Linde, bis sie auseinanderschreckten, weil ein Mann mit schnellen, leisen Schritten vorbeihuschte.

„Der Sutter Jörg", flüsterte der Stefan erstaunt. „Der schaut beim Fenster von der Marie hinein. Wahrscheinlich hätt er mit ihr reden wollen. Er ist ihr noch ziemlich viel Geld schuldig."

„Nicht nur der!" Die Burga machte aus ihrer Feindseligkeit gegen die Kramerin kein Geheimnis. Damit vergiftete sie noch die letzten Minuten mit dem Stefan. „Aber der Sutter hat schon einen erschlagen!"

„Geh weiter, Burga!" Den Stefan fuchste, daß sie immer auf Menschen loshackte, die ihm Gutes getan hatten. „Der Jörg ist so gutmütig, der könnt kein Hendl abstechen."

„Aber vielleicht einen Menschen umbringen, wenn er nur richtig in Wut kommt!"

Dann hatte sie es plötzlich recht eilig mit dem Verabschieden. Der Stefan konnte ihr nur noch sehnsüchtig die Hand nachstrecken, aber sie huschte davon und drehte sich nicht einmal mehr nach ihm um.

Als er zu seiner Hühnersteige kam, erlebte er noch eine Überraschung. Plötzlich stand nämlich der Schup Toni vor ihm. Wieder ein bißl zu hochnasig fragte er von oben herab: „Wie geht's, Stefan?"

„Grüß' dich, Toni." Der Knecht nahm die Hand, die ihm der Stadtmensch leutselig reichte. „Ich fühl mich recht gut, beinahe wie in Felseneck daheim."

Darüber lachte der Toni zu fröhlich, und das klang fast so unecht wie die seltenen Lacher von seiner Tante. Er schaute sich um, und als er keinen heimlichen Lauscher entdeckte, flüsterte er: „Aufpassen, Stefan, daß dich die Leut nicht in die Pfanne hauen! Wer nicht in Felseneck geboren ist, bleibt bis zu den Enkelkindern ein Zugereister. Nicht jeder, der dir freundlich tut, meint es ehrlich." Er hielt ihm wieder die Hand hin. „Ich muß leider schon zurück in die Stadt. Dringende Geschäfte, und ewig lockt das Weib! Stefan, tu mir noch einen Gefallen: Geh zur Tant hinein. Wie ich mich verabschiedet hab, hat sie vor lauter Traurigkeit alles hängen lassen."

Er verschwand ums Hauseck. Gleich darauf hörte man den Motor von seinem Auto aufheulen und die Reifen kreischen. Schon wollte der Stefan über die Hühnersteige zu seiner Dachkammer hinaufgehen, als er es sich anders überlegte. Die Tür zum Magazin war noch nicht versperrt. Drinnen herrschte Finsternis, weil die elektrische Lampe wieder einmal durchgebrannt war. Deshalb stolperte der Stefan über ein paar leere Obstkisten. Aus der Stube kam die Stimme der Marie: „Bist lieb! Komm nur herein!"

Der Stefan wußte, daß diese Worte nicht ihm galten, aber er meinte halt, er müsse der einsamen Goldmarie ein bißl helfen. Dazu machte er die Tür auf. Als sie merkte, daß es er und nicht der Toni war, fror ihr das freundliche Lächeln auf dem Gesicht ein, und die Mundwinkel zuckten abwärts. „Du?"

„Ja, Marie, nur ich", meldete er sich. „Der Toni ist mir beim Wegfahren begegnet. Alsdann will ich noch fragen, ob du 'was brauchst."

„Nix brauch ich!“ wies sie ihn heftig ab. „Von niemandem ’was!“

„Ich hab gemeint...“

Zu allem Unglück bemerkte sie, wie sein Blick auf das Heiligenbild fiel, hinter dem der Geldschrank in die Wand eingelassen war. Es hing schief. Sie keifte böse: „Nachspionieren willst du mir! Wer stiftet dich dazu an? Meinst, ich hätt den Sutter vorhin nicht an meinem Fenster vorbeischleichen gesehen?“ Sie zitterte, schauderte zusammen und verschränkte die Arme vor der Brust. In der Stube war es gut geheizt aber doch für so eine dünne Dirndlbluse zu kühl. Sie schimpfte weiter: „Was schaust so? Ich kann mich auch einmal schöner anziehen. Für dich bestimmt nicht! Und dem Sutter richt aus, daß ich mich vor ihm nicht fürcht. Ich paß schon auf, daß er mir nicht das Genick abhaut. Außerdem hab ich mir dich aufgenommen, damit du mich vor dem Totschläger beschützen sollst!“

„Marie, bestimmt will dir in Felseneck keiner ’was antun!“ versuchte er sie zu beruhigen. So viele Haare er auf dem Kopf hatte, bereute er schon, daß er noch einmal nach ihr geschaut hatte. Sie geiferte grauslich, aber dann bettelten wieder ihre großen, dunklen Augen um ein bißl Mitgefühl. Deshalb bot er ihr an: „Soll ich noch eine Viertelstund bei dir bleiben?“

Sie hätte nur nicken müssen, aber das brachte sie nicht über sich. Statt dessen keifte sie los: „Weil du schon zu Mittag auf meinen Guglhupf so gierig gewesen bist! Meinetwegen, ein Stückl kannst kriegen.“

Wie er sie so anschaute, packte ihn das Mitleid mit ihr. So also war ihr Glück am Sonntag gewesen: Der Toni hatte hier gesessen und sich mit Kuchen vollgestopft. Nachher war die Frau Tant zum Geldschrank hinter dem

Heiligenbild gegangen, und jetzt fuhr er zurück in die Stadt zu seinen Weibern. Alle nützten sie die Goldmarie aus! So waren eigentlich die Guten auch nicht viel besser als sie, die Wucherin und Halsabschneiderin.

Jeden Morgen fing er mit seiner Arbeit beim ersten Dämmerschein an. Zuerst versorgte er das Roß im Stall, dann ging er in den Gemüsegarten. Er stach Beete um und verbesserte die Erde, weil sich darum seit Jahren niemand mehr gekümmert hatte. Zum Kramerhäusl gehörte eine Wiese mit anschließendem Feld. Ohne Maschinen gab das eine ganze Menge Arbeit. Im Oktober holte er die Zwetschgen von den Bäumen. Drei große Körbe voll schleppte er zur Marie ins Haus und fragte sie: „Wirst sie einkochen?"

„Verkaufen!" entschied sie ohne langes Überlegen. Weil er noch unschlüssig dastand, keifte sie ihn an: „Ich eß nicht so viel Marmelade, und der Toni auch nicht. Für wen also die Herumpatzerei?"

„Ja, wozu alles?" Ihre Antwort hatte ihn auf eine unbegreifliche Weise traurig gemacht.

Inzwischen war es Zeit geworden, den Laden aufzusperren. Sie befahl ihm mürrisch: „Ich brauch dich da nicht herinnen. Es ist ohnehin so eng, daß man sich nicht rühren kann, und du stehst nur im Weg. Nimms Roß und fahr zum Lagerhaus. Dort stehen für mich drei Kisten mit Äpfeln. Die bringst."

„Ja, Marie."

Sie schrie ihm über den Hof nach: „Vergiß nicht wieder die Peitsche im Stall! Wenn das Luder nicht pariert, zieh ihm eine über, daß..."

„Brauch ich nicht!" rief er fröhlich zurück. „Du hast ein gutes Pferd. Das folgt auf jeden Zungenschnalzer. Man muß Vieh und Menschen richtig behandeln."

Sie greinte noch: „Ich krieg nur, was ich mir nehm. Und wenn ich zudreschen oder über Leichen gehen muß! Gerechtigkeit verschaff ich mir allerweil!“

Der Stefan sah noch, wie sich die Marie verzweifelt das Haar über die violetten Brandmale herunterzerrte. Leise sagte er vor sich hin: „Daß sie sich allerweil schlechter machen muß, als sie ist.“

Aber zum Roß war sie wirklich hautschlecht. Darum war das recht froh, als es den Stefan sah und der es aus dem Stall führte. Es ließ sich ohne Schwierigkeiten vor den leichten Wagen spannen. Nur als sich der Stefan auf den Bock schwang, machte es ein paar angstvolle Sprünge, weil es noch immer fürchtete, man würde es gleich mit einem harten Schnalzer antreiben. Er zügelte es behutsam und redete ihm gut zu: „Spinn dich aus! Kennst mich noch allerweil nicht? Ich tu dir nichts, aber wenn ich will, daß du im Schritt gehst, nachher wirst du mir nicht springen!“

Zufällig drehte sich der Stefan noch einmal um und sah, wie die Marie drei Körbe mit Zwetschgen vor die Tür schleppte. Als er ein paar Minuten später den Kirchplatz überquerte, kam der Sutter Jörg aus seinem Wirtshaus. Er machte sich an dem Fensterladen zu schaffen und fragte: „Wie taugt's dir bei deiner Goldmarie?“

„Brr!“ Der Stefan hielt den Braunen an und sprang vom Wagen. „Eh recht gut, Jörg. Sie erinnert mich halt an einen armen Kettenhund. Auch wenn der einmal etwas Freundliches sagen wollt, käm allerweil ein Bellen heraus. Im Grund ist sie gar nicht so uneben.“

„Zu dir vielleicht“, murmelte der Jörg feindselig. „Ich könnt dir Geschichten erzählen, daß du ihr nicht einmal mehr die Hand geben wolltest.“

Gefühlsmäßig wehrte sich der Stefan dagegen, daß ihn

der Sutter in etwas hineinzog, das ihn nichts anging. „Jeder hängt sich halt an sie, wenn er etwas braucht. Hat er's, so ist er dahin. Auch nicht anständig!"

Die Worte waren nicht auf den Jörg gemünzt, aber der verstand sie so. Ein ängstlicher Blick nach links und rechts, dann sagte der Sutter: „Mit der mußt du kein Mitleid haben, denn sie kennt auch keines. Weißt du das mit ihrer Schwester noch allerweil nicht? Wie die im Elend und in der Schand gewesen ist! Ich sag nur: Toni."

„Geht mich auch nichts an!" wehrte sich der Stefan, aber dann verteidigte er wieder die Marie: „Der Toni ist ein Windhund, ein herzloser. Für einen Kreuzer tut er dem Teufel schön, für zwei verschachert er ihm jede Seele."

Der Wirt nahm das Roß am Zügel und klopfte ihm den Hals. „Gar keine Striemen mehr! Noch vor einem Monat hat es zum Erbarmen ausgeschaut, sag ich dir. Ohne Mitleid hat sie hingedroschen auf das wehrlose Vieh! Die ist schlecht, herzlos und grausam!"

Dagegen mußte der Stefan doch einwenden: „Aber den Toni hat sie gern, und grad der nützt sie nur aus."

Der Wirt unterbrach ihn mit einem so zornigen Schnaufer, daß der Gaul vor Schreck den Kopf in die Höhe riß. „Soll vielleicht ausgerechnet der Toni die Marie mögen? Die hat den Buben schon im Mutterleib verflucht. Seine Mutter, ihre Schwester, ist lebensfroh und herzensgut gewesen. Die hat kein Hexenmal auf der Stirn..."

„Sag nicht Hexenmal!" fuhr ihn jetzt doch einmal der Stefan an. Er wollte auch nicht noch etwas Grauslicheres erfahren.

Aber der Sutter klagte die Marie unerbittlich an: „Eine Hex ist sie! Nach dem Tod von ihren Eltern hat die Lisbeth nicht nur wie eine ältere Schwester für sie gesorgt. Grad wie eine Mutter! Ihre einzige Schuld ist gewesen, daß sie einen lieb gehabt hat. Dann ist die Stund für die Marie gekommen. Durchs ganze Dorf hat sie die Lisbeth gehetzt und ihr die Schand nachgeschrien. So lang hat sie's getrieben mit ihrer Gerechtigkeit, bis es die Arme nicht länger in Felseneck ausgehalten hat. Bei Nacht und Nebel ist sie mit dem kleinen Toni davongerannt! In der Stadt hat sie vom Bedienen gelebt, und die saubere Goldmarie ist im Kramerladen allerweil reicher geworden. Dabei wär der Lisbeth die Hälfte vom elterlichen Geschäft zugestanden. Die Marie hat sie nicht mehr ins Haus 'lassen und zuletzt sogar geduldet, daß man sie mit neun anderen Toten in ein Armengrab gelegt hat! Stefan, wirfst du dem Toni noch einmal vor, daß er seine Marie-Tant zu wenig lieb hat?"

„Das hab ich alles nicht gewußt", murmelte der Stefan, aber er blieb dabei: „Es steht mir nicht zu, daß ich über jemanden den Stab brechen tät."

Der Sutter ließ das Pferd los und machte einen Schritt zur Seite, aber einmal noch kam sein Haß gegen die Kramerin heraus. Es klang grauslich, wie er lachte und dabei flüsterte: „Der Toni holt sich nach und nach, was ihm zusteht. Wirst sehen, der frißt die Kramerin noch auf! Ihren Binkel soll sie packen und aus unserem Dorf verschwinden, die Halsabschneiderin, die Neidsau!"

„Pfüat dich, Jörg." Der Stefan war auf den Wagen gesprungen und gab dem Roß die Zügel frei. Den ätzenden Haß brachte er doch nicht so schnell wieder los. So einer fraß sich halt gar so schnell in die Seele eines Menschen. Und gleich darauf geschah noch das im Lagerhaus!

Er holte von der Bahnstation die Kisten mit den Äpfeln ab. Der Magazineur war froh, daß er das Zeug wegbekam und fragte: „Nimmst gleich die Sendung Kuhketten mit? Und da hat sich die Marie noch etwas Besonderes kommen lassen: Stachelhalsbänder für Hunde."

„Geh weiter!" Der Stefan glaubte ihm nicht, zog aber doch die Hand zurück, als fürchtete er, sich an so etwas die Krätzen zu holen.

Also nahm der Eisenbahner eines heraus und erklärte ihm, wie das wirkte: „Die Kette legst du dem Hund um den Hals. Wenn er nicht aufs erste Wort folgt, mußt du nur anziehen. Dadurch stellen sich die Kettenglieder auf und rundum kommen an die zwanzig Stacheln heraus, die sich so einem Köter in den Hals bohren. Kannst mir glauben, Stefan: Damit brichst du dem wildesten Hund seinen Charakter! Extra von der Schup-Kramerin bestellt, weil es bisher in Felseneck so etwas nicht gegeben hat!"

„Damit hab ich nichts zu tun! Ich bin nur der Knecht von der Marie. Niemand kann mich dafür verantwortlich machen, was sie tut!" Es beutelte ihn richtig ab. Im nächsten Augenblick gab er dem Roß die Zügel frei und preschte über die Dorfstraße zurück. Grad so, wie wenn hinter ihm der Leibhaftige her gewesen wäre, um ihm ein Stachelhalsband anzulegen.

„Warum hast du die Ketten nicht vom Magazin mitgebracht?" schrie sie ihn an. „Soll ich vielleicht alles selbst machen?"

Diesmal duckte sich der Stefan nicht und gab fast drohend zurück: „Ich tät mir von niemandem ein Stachelhalsband anlegen lassen! Eher beiß und schlag ich um mich!"

Ihre Augen wurden schwarz vor Zorn. Sie starrte am Stefan vorbei in eine vergangene Zeit. „So ist es im Leben: Wer nicht pariert, kriegt das Stachelhalsband!"

„Marie", beschwor er sie. „So bist du doch gar nicht!"

Sie aber schrie auf: „So bin ich! Hab ich die Welt gemacht und so ein Zeug erfunden? Hätt ich's meiner Schwester anlegen können..."

Ihre Stimme erstickte in einem würgenden Husten. Beinahe kriegte er schon wieder Mitleid. Er schleppte die Apfelkisten ins Magazin. Später wog sie Zucker in blaue Papiersäcke ein. Immer ein Kilo, manchmal auch ein bißl weniger. Ihr schönes Konto bei der Sparkassa und das Geldpackl hinter dem kitschigen Bild stammten eben nicht nur aus den Wucherzinsen, sondern da steckte auch mühselige Arbeit drinnen. Sie schaute auf und suchte den Laden ab, als könnte sie den Stefan gar nicht sehen. Grad friedfertig murmelte sie: „Hast dich heut schon genug geplagt für das bißl Lohn, das ich dir zahlen kann. Hock dich dort auf die Bank."

Das Nichtstun und Zuschauen war halt nicht seine Sache, und so fragte er: „Hast keine Arbeit für mich? Bei den Obstbäumen sollte man noch etwas machen, denn sonst wirst du im nächsten Jahr keine Ernte erleben."

„Was weiß man. Hab ich dich gefragt?" Sie konnte diesmal gar nicht richtig zornig werden. Nach einer Weile flüsterte sie grad ängstlich: „Am Sonntag ist der Totschläger schon wieder um mein Häusl geschlichen. Stefan, bewachen und beschützen sollst du mich wie ein Schutzhund!"

Er nickte. „Gelt, aber ohne Stachelhalsband."

Darauf sagte sie nichts mehr. Dafür schreckte sie ihn beim Abendbrot aus seiner stillen Sehnsucht nach der Hannauer Burga, indem sie ihn musterte und voll Verachtung sagte: „Schäbig schaust aus. Richtig schämen muß sich unsereins für dich."

Sie aßen Kartoffeln. Einen nach dem anderen fischten sie aus dem Hafen, der in der Mitte vom Tisch stand. Sie zogen die Schale ab und tunkten ihn leicht in Salz. Mit der Messerspitze schmierten sie ein bißl Butter drauf, aber als der Stefan zweimal zu viel Butter erwischt hatte, warnte ihn die Marie mit einem mißgünstigen Blick. Da schämte er sich für sie, weil ihm einfiel, daß sie jemand eine Neidsau geschimpft hatte.

Die Kramerin beachtete seine Schweigsamkeit nicht weiter, sondern bestimmte: „Wenn du übermorgen mit mir in die Stadt fährst, mußt du ein anständiges Gewand haben."

Nach dem Essen zog sie ihn wortlos an der Hand aus der Stube. Im Magazin flammte wieder die schwache elektrische Lampe ohne Schirm auf. Plötzlich ein gellender Schrei, daß man meinen mußte, der Marie wäre ein Messer in den Leib gefahren. Sie warf sich gegen den Stefan, umklammerte ihn mit den Armen. Sie zitterte noch einmal krampfhaft auf, dann machte sie sich von seinen Händen frei und beschimpfte ihn: „Laß mich los, du...! Ich schreck mich allerweil wieder vor einem Ratzen, aber das mußt du nicht ausnützen!" Er lachte ein bißl verlegen und merkte gar nicht, daß er die Arme noch immer um sie gelegt hielt. „Was mußt du allerweil so übertreiben! Eine Maus ist das gewesen."

„Eine Ratte!" blieb sie hartnäckig dabei, um ihr Entsetzen zu rechtfertigen.

„Vielleicht eine besonders große Maus."

Ohne ein weiteres Wort machte sie zwei Schritte von ihm weg, schaute aber dabei vorsichtig auf den Fußboden. Sie holte aus einem Schrank ein paar Kleidungsstücke, die nach Mottenkugeln rochen. Wieder in der Stube, warf sie ein fast neues Gamsfrackl mit einer schwarzen Hose auf den Tisch. Dazu kam ein weißes Hemd mit einem roten seidenen Halstüchl.

„Probier's an!“ Weil der Stefan verlegen dreinschaute, knurrte sie: „Jessas, meinst vielleicht, ich wär akkurat auf dich neugierig? Ich schau bestimmt weg. Probier's oder laß es bleiben, aber als Lumpenbankert kannst du nicht länger bei mir arbeiten.“

Sie setzte sich an den Tisch und drehte ihm den Rücken zu. Als er aus seiner Arbeitshose fuhr, fiel ihm erst auf, an wie vielen Stellen sie fast durchgeschabt war. Wer zog schon zur Arbeit das Sonntagsgewand an? Aber seines sah ohnehin nicht viel besser aus. Hingegen saßen ihm das Gamsfrackl und die Hose der Marie wie vom Schneider angemessen. Als er fertig war, drehte sie sich um, schaute ihn prüfend an und nickte zufrieden. Zwischendurch zupfte sie sich das schwarze Haar in die Stirn. Dann stand sie auf, machte einen Schritt auf ihn zu und zerrte seine Kragenaufschläge zurecht, bis sie ganz zufrieden war. Damit er sie erst gar nicht fragen mußte, sagte sie: „Der Anzug hat einmal dem Stammer Willi gehört, einem Bauern aus Kritzen. Wie der sich den Selbstbinder um den Hals gelegt hat, ist er mir viel Geld schuldig geblieben. Ich hab grad nur die paar Sachen ergattert.“

Der Stefan spürte, wie er bleich wurde, und das fast neue Gewand brannte ihm auf der Haut, wie wenn es mit dem höllischen Feuer gefüttert gewesen wäre. Er stammelte verzweifelt: „Gar nie! Eigentlich brauch ich das gar nicht. Wenn ich mein gutes Zeug aufbügle, tut es auch noch.“

Ein warnender Blick aus den Augen der Schup-Kramerin brachte ihm zum Verstummen. „Stell dich nicht so an, Stefan! An allem bin ich auch wieder nicht schuld. Da ist ohnehin keine Zeit geblieben, daß ich dem Stammer Willi noch ein Stachelhalsband zugezogen hätte. Sein Weib hat's mit einem Fremden getrieben, und deswegen hat er sich im Stadel aufgehängt. Alsdann, ich will, daß du künftig an Sonn- und Feiertagen oder bei Fahrten in die Stadt das G'wandl nimmst! Hast mich?"

„Ich kann doch nicht... Das geht doch nicht", wehrte er sich.

Er dachte noch an den Toten, sie schon ans Geld, und so greinte sie giftig: „Mußt nichts von mir geschenkt nehmen. Ich verkauf dir das Zeug, alles zusammen zehn Markl. Willst du nicht? Zahlst mir halt zwanzig. Nimmst du's für fünfzig? Das ist nachher bestimmt nicht mehr geschenkt, und ich zieh's dir kleinweis von jedem Lohn ab."

„Einverstanden", fügte er sich.

Sie lächelte beinahe freundlich und strich noch einmal über die Schultereinlagen, die ein bißl verdrückt ausschauten. Dabei fiel ihr Blick in den Wandspiegel, und sie bemerkte, daß ihr vorhin im Magazin die zwei obersten Knöpfl vom Kleid aufgesprungen sein mußten. Sie wandte sich ab und machte den Ausschnitt zu. Plötzlich brannten ihre Augen vor Haß. Dann stieß sie die Worte nur noch abgehackt heraus: „Mußt mich nicht so anstarren, Stefan! Nur weil ich über den Ratzen zu Tod erschrocken bin! Bild dir nie 'was Falsches ein, denn das tät dich ins Elend bringen! Merk dir das, Stefan!"

„Ja, Marie."

Die Burga sagte es ihm eiskalt ins Gesicht: „Hast ihr dafür schöntun müssen!"

„Überleg, was du redest", bat er und streichelte sie recht lieb. „So ein Glück, daß ich dich noch herunten bei der Brücke getroffen hab. Ich hol das Pferd vom Schmied, und nachher fahren wir in die Stadt."

„Du und die Deine?"

Noch einmal erklärte er ihr recht ruhig: „Weil das Roß jetzt so gut geht, fahren wir nicht mit dem Zug, sondern mit dem Wagen. Meinst du, ich könnt als Fetzenpinkel mit der Marie zur Sparkassa gehen?"

Das kostete die Burga ein verletzendes Lachen, und sie sagte ihm offen, was die Leute von Felseneck längst hinter vorgehaltener Hand flüsterten: „Verständlich, daß du für die bucklerte Halsabschneiderin ein neues Gewand brauchst. Wenn neben ihr ein gutaussehender Kerl steht, den sie sich gekauft hat, sieht man nicht mehr so deutlich, wie grauslich sie ist."

„Du redest grauslich!" fuhr er sie an, weil er sich so ein Reden auch nicht länger anhören wollte. Aber gleich zog er sie wieder recht lieb an sich. Wenn einem so viel Liebe im Herzen brannte, verlöschte die nicht gleich jeder kalte Luftzug. Ganz sanft redete er ihr zu: „Dirndl, merkst du nicht, wie dumm das ist? Ich trag's dir nicht nach, wenn du mir gleich ein Bussel gibst."

„Gar nichts werd ich!" Sie ließ aber doch das Köpfl an seine Brust sinken. Nach einer Weile flüsterte sie sogar: „Schaust recht pfundig aus."

Gleich ritt ihn der Teufel. Er warf sich in die Brust, daß es ihm fast das Hemd zersprengte und lachte übermütig: „Eh klar, daß mich manches Dirndl mögen tät. Wenn dein Vater nicht bald seine Einstellung zu mir ändert, weiß ich nicht... Andere Mütter haben nämlich auch saubere Töchter!"

„Schuft, herzloser!" Sie ärgerte und kränkte sich wirklich, aber sie zierte sich nicht länger und gab ihm ein Abschiedsbussel, von dem er die ganze Nacht hätte träumen mögen. Noch rechtzeitig fiel ihm ein, daß er längst das Roß vom Schmied holen sollte.

„Red offen mit deinem Vater", bat er zum Abschied

noch einmal. „Wir könnten bescheiden von meiner Arbeit leben. Wenn du mich wirklich so lieb hast, wie du sagst, darfst du doch nicht mit dem Borek Hans ins Brautbett steigen!“

Sie nickte recht ernsthaft und rächte sich für die Kränkungen von vorhin. „Recht hast, Stefan“, flüsterte sie. „Es wär ein arges Unrecht gegen... den Hans.“

Lachend rannte sie davon, und er schaute ihr verliebt nach. In diesen Augenblicken glaubte er daran, es könnte einen schönen, geraden Weg zur Burga geben. Dann aber lief er los, ums Dorf, weil der Schmied seine Werkstätte auf der anderen Seite von Felseneck hatte.

Der Meister preßte gerade das glühende Eisen auf den Huf des Braunen. Eine Wolke, die scharf nach verbranntem Horn roch, zischte auf. Der Alte verstand sein Handwerk und tat dem Pferd kein bißl weh. Ungefährdet konnte sein Geselle neben dem Gaul stehen und ihm die Hinterhand in die Höhe halten. Mit sicheren, kraftvollen Schlägen trieb der Schmied die Nägel in den Huf. „Stefan, gib mir die Feile herüber! Ich muß sagen, nicht jedes Roß ist so lammfromm wie deines!“

Aus lauter Freude über so ein Lob verzichtete der Stefan sogar auf die Richtigstellung, daß der Braune nicht ihm, sondern der Kramerin gehörte. Er sagte nur: „Ein Roß, das geschlagen wird, schlägt aus. Wie bei den Menschen auch.“

Ein paar Minuten später lenkte er den leichten, zweisitzigen Wagen über die Hauptstraße zum Laden. Auf dem Bock, die Zügel gefühlvoll zwischen den Händen, fühlte er sich beinahe wie ein Bauer. Dazu noch im neuen oder fast neuen Gewand. Das Roß folgte ihm auf jeden Zungenschnalzer, im Futteral keine Peitsche. Das war halt ein Leben!

Die Schup Marie stand bucklert geduckt vor ihrem Häusl, das Gesicht zornig verzerrt. Giftig riß sie an ihrem Stirnhaar. Sie empfing den Stefan mit einer heftigen Schimpferei: „Muß ich da anwachsen? Ich soll vielleicht warten, bis der Knecht mit seinem Schatzl ausgeschmust hat!"

„Der Hufschmied ist grad fertig geworden", versuchte er, sie zu beruhigen. Zugleich sprang er vom Wagen, um ihr beim Aufsteigen zu helfen.

„Schmied!" höhnte sie, stampfte zum Laden hin und riß die Glastür auf.

Der Toni stand hinter der Verkaufspudel, hatte einen grünen Schurz umgebunden und schrie wie ein Marktstandler: „Braucht der Herr vielleicht ein Geschenk? Ein Busentüchl aus reiner Seide! Das darf er bestimmt persönlich anpassen und ins Mieder stopfen! Grün mit roten Tupfen tät gut zum kastanienbraunen Haar passen!"

Da wußte er, wer ihn diesmal bei der Marie verzunden hatte. Von der Stunde an nahm er sich vor dem Bürschl mit seiner pomadigen Freundlichkeit in acht. Am gefährlichsten waren halt immer noch die Giftschlangerl, die man nicht rechtzeitig sehen konnte, aber auf das Gesüßel von einem Toni Schup würde er sein Lebtag nie wieder hereinfallen. Das meinte er halt.

So freundlich sie konnte, bat die Goldmarie: „Gelt, Toni, paßt mir gut im Laden auf. Nicht einfach weggehen, wenn's dich nicht mehr freut. Unsereins kann sich das Zusperren nicht einen Tag lang leisten, denn die Kundschaft verrennt sich schnell. In Kritzen wird der Borek-Bürgermeister vielleicht einmal ein Großkaufhaus bauen lassen, und das wär ohnehin ein Todesurteil für jeden kleinen Kramer."

„Todesurteil!" bestätigte ihr der Toni und lächelte,

weil er halt immer lächelte. Der würde auch noch hinter einem Sarg fröhlich hergehen.

„Was stehst herum und glotzt!" schrie die Marie ihren Knecht an. „Zu Mittag müssen wir auch nicht mehr wegfahren!"

Sie übersah die helfende Hand des Stefan, schwang sich auf den Wagen und tastete nach dem Peitschenfutteral. Da griff sie ins Leere, aber im Augenblick sagte sie nichts mehr. Schon hatte sich der Stefan neben sie gesetzt, löste die Zügel und drehte die Handbremse auf. Ohne erst einen Schnalzer abzuwarten, zog der Braune an. Der Wagen der Goldmarie fuhr so schneidig über die Hauptstraße von Felseneck, daß ein paar Bauern ihre Karren respektvoll zur Seite lenkten. Vor dem Wirtshaus stand die Sutter Trude und rief den Jörg aus dem Gewölb heraus. Beide winkten betont herzlich. Entweder sie spotteten über die Kramerin und ihren herausgeputzten Knecht, oder das Geld der Goldmarie machte sie gar so demütig.

An der Bahnstation mußte der Stefan vor den geschlossenen Schranken warten. Aus Vorsicht stieg er vom Kutschbock und hielt das Pferd ganz kurz. Der Fahrtdienstleiter grüßte zur Marie herüber, indem er die Hand respektvoll an den Schirm der Dienstkappe legte. Ein Magazinarbeiter zerrte fluchend seinen schweren Karren mit Milchkannen und Kisten dorthin, wo der Gepäckwagen halten würde. Er rief der Marie zu: „Gelt, die Ketten hab ich schon zurückgeschickt." Und weil er ihr ärgerliches Abwinken falsch verstand, sagte er noch genauer: „Ohnehin nicht die Kuhketten. Nur die Stachelhalsbänder für die Hunde, wie du's wollen hast."

Der Stefan achtete ganz aufs Roß und hatte ein kleines Lächeln auf den Lippen. Nach dem Aufenthalt trabte der Braune bereitwillig los. Die Marie war nicht ganz sicher, wieviel er von den Worten des Magazinarbeiters gehört haben mochte. Sie schaute deshalb von der Seite recht kritisch auf ihn und zupfte ihm einen Strohhalm vom Gamsfrackl. Gleich sagte er, als müßte er die Burga gegen jeden Verdacht verteidigen: „Beim Schmied. Ich hab ihm eine Feile aus der Werkstatt geholt. Wo man dort anstreift, wird man entweder schmierig, rußig oder voll Stroh."

Die Marie lächelte säuerlich, streichelte über den Janker jenes Willi Strammer, der sich ohne ihr Verschulden aufgehängt hatte, und fragte: „Hast gemerkt, wie sich die Leut aus Felseneck nach dir umgedreht haben? Schaust recht gut aus in dem G'wandl."

„Hast dich aber auch fein gemacht", gab er zurück, weil er meinte, das erfordere der Anstand.

Gleich zerrte sie das Mieder vom Dirndlkleid höher herauf und klagte sich zornig an: „Weil ich aber auch das süße Zeug so mag. In meinem Alter wird man schnell fett."

„Gar nie!" widersprach er ihr aus Überzeugung. „Die dürren Hopfenstangen wissen gar nicht, wie schiach sie sind. An einer richtigen Frau…"

„Den Mund sollst halten!" schrie sie ihn an und drehte sich von ihm weg. Der Wind blies ihr das Haar aus der Stirn. „Laß lieber den Gaul einmal ordentlich rennen. Wenn der weiter so faul dahinlatscht, reiß ich mir vom nächsten Strauch eine Gerte ab. Und nachher…!"

In der Stadt mußte er vor der Bank warten. Die Marie zerrte unter dem Kutschbock eine Ledertasche hervor und achtete genau darauf, daß der Stefan keinen Blick hineinwerfen konnte. Sie befahl ihm: „Nicht nachkommen! Nur wenn mich beim Hineingehen einer anspringt, mußt du dreinhauen. Dazu hab ich dich nämlich mitgenommen!"

„Ja, Marie."

Später kauften sie ein paar Sachen ein, weil die Marie geringschätzig meinte: „Auf dem Dorf wollen sie nur lauter billigen Schmarren haben."

In der guten Stimmung erlaubte sich der Stefan sogar den Scherz: „Alsdann, billig ist die Ware in deinem Laden nicht. Dafür aber auch kein Schmarren."

„Was verstehst schon du!" Nachher wurde ihre Stimme weich. „Frag einmal den Toni. Der hat einen guten Geschmack."

Und dazu das Geld von der Frau Tant! Das dachte der Stefan, sagte es aber nicht.

Später gingen sie in eine Wirtschaft. Dort schaute es freilich vornehmer aus als beim Sutter-Wirt. Die Kellner rannten in schwarzen Hosen und in komischen weißen Jankern herum, die ihnen vorn und hinten zu kurz waren. Weil er darüber lachte, wies ihn die Marie verächtlich zurecht: „Von 'was Besserem verstehst du nichts, du windiges Knechtl!"

Der Kellner mit dem zu kurzen Janker flüsterte: „Für die Gnädige tät ich ein Züngerl mit einem Semmelknödel empfehlen. Ganz frisch und leicht. Für den Herrn Gemahl vielleicht ein Rinderbraten mit Champignons. Dazu gemischten Salat?"

Der Stefan beobachtete, wie sich die Marie erst einmal aus ihrer bucklerten Haltung aufrichtete und tief einatmete. Sie zupfte nervös an ihrem Haar, überflog die Karte und bestellte: „Sie, hören Sie zu! Mir bringen Sie einen gerollten Schweinsbraten mit viel Salat und keinem Knödel. Das Züngerl mit einem zweiten Knödel langt für meinen Knecht. Aber ein bißl flott, denn ich hab nicht mehr viel Lust zum Warten!"

Als der Kellner davonstaubte und die Bestellung bei

der Durchreiche ansagte, flüsterte die Marie: „Kannst mich ruhig für eine böse Zangen halten. Aber jedem gebührt auf dieser Welt ein Platz. Ich weiß, wo meiner ist. Gelt, versteig du dich nie auf einen, für den du nicht gemacht bist!"

„Marie, ich hab doch nicht..."

Sie stutzte ihn zusammen: „Merk dir: Für mich bleibst du allerweil mein Hausknecht und der Aufpasser, damit mich der Sutter nicht erschlagen kann. Träum dir kein Stück vom Himmel herunter, denn sogar für einen Bauern aus Felseneck bist und bleibst du ein Dahergelaufener. Wenn's dich erst einmal aufs Kreuz haut, tut's weh! Da ist schon das Essen. Einen guten Hunger, Stefan!"

„Einen guten", antwortete er, und ihm schien, als schaute ihn der Kellner mit dem zu kurzen Frackl mitleidig an.

Ganz arg wurde es drei Tage später, als die Kramerin ihrem Knecht befahl: „Spann's Roß ein, wir setzen dem Spillinger-Bauern Daumenschrauben an. Zum Sutter trägt er das Geld ins Wirtshaus, wie wenn er's hätt. Dabei namelt er mich so grauslich, daß ich es gar nicht wiederholen kann. Morgen sind zwei Tausender fällig. An die muß ich ihn rechtzeitig erinnern. Schau nicht so langsam, Zeit ist Geld!"

Der Stefan ahnte gleich, daß es Ärger geben würde, aber ans Ärgste hätte er doch nicht gedacht. Schon beim Aufsteigen verlangte die Marie: „Peitsche ins Futteral!"

„Das Roß geht ohnehin brav", versuchte der Stefan einzuwenden.

„Ich hab's noch nicht umgebracht!" schnaufte die Kramerin. „Grad beim Spillinger Franz weiß man nie. Einmal hat er sich an meinen Wagen gehängt, so daß ich am liebsten zugeschlagen hätt. Los, mit ein bißl Dampf!"

Sie hockte neben dem Stefan auf dem Kutschbock, in sich zusammengesunken. Ihr sackartiger Kittel bauschte sich, als hätte sie einen unförmigen Höcker auf dem Rükken. An diesem Herbsttag begann es bald zu nieseln. Die Schup holte einen Wetterfleck aus ihrer Tragtasche, und über das Haar zog sie sich eine Pudelhaube tief in die Stirn. Plötzlich greinte sie: „Heut das neue Gewand vom Stammer? Für den Spillinger hätt's dein alter schleißiger Janker leicht getan. Der Neidhammel gönnt einem ohnehin nicht die Luft zum Schnaufen."

„Ja, Marie."

Die Straße führte recht steil hinauf zum Berg, unterhalb einer Felswand weiter bis zu einer Schlucht, so daß man fürchten konnte, der Weg hörte irgendwo in einem Abgrund auf. Auch das Roß setzte jeden Schritt recht zögernd. Zur Linken knatterte manchmal Steinschlag im Berg, zur Rechten brach es in die Tiefe ab.

„Schneller!" drängte die Marie und verzog die Lippen verächtlich. Ihr Blick blieb am Futteral für die Peitsche hängen. „Wo ist... Hast sie also doch nicht mitgenommen! Du Knechtl! Wenn ich 'was sag, geschieht das! Verstanden?"

Plötzlich bäumte sie sich auf dem Kutschbock in die Höhe, streckte sich und ließ die Fußspitze vorschnellen. Auch wenn der Tritt das Pferd nicht erreichte, packte der Stefan die Kramerin am Arm und drückte sie auf ihren Platz nieder. In seiner Empörung merkte er gar nicht, wie hart er ihr seine Finger eingrub. Kurz bäumte sie sich unter seiner starken Bauernhand auf, aber der Schmerz trieb ihr das Wasser in die Augen. Sie konnte nur höhnen: „Da schau ich! Gegen ein schwaches Weib spielst du den Starken! Aber wo's ein paar Meter hinuntergeht, machst du dir in die Hosen. Stefan, hast du so eine Angst vor dem Sterben?"

Langsam wachte er aus seinem Rausch auf. Die Wut hatte ihm ein grausliches Bild gemalt: Wie er dieses Frauenzimmer um die Mitte nehmen, aufheben und in die Schlucht schmeißen würde. Er wischte sich mit der Linken übers Gesicht. Schweißnaß. Noch ein paar tiefe Atemzüge, dann konnte er im gleichen Ton wie sie spötteln: „Geh, weißt nicht mehr, was du mir aufgetragen hast? Ich muß auf dich aufpassen! Alsdann sorg ich dafür, daß du mir nicht vor der Zeit stirbst. So eine Schlucht... Und der Tod hakelt einen bald von seiner Liste ab." Sie wollte noch etwas dagegen sagen, doch plötzlich drehte sie ihm den Rücken zu und starrte auf die Felswand.

Eine Viertelstunde später hielt der Pferdewagen vor dem recht armseligen Spillinger-Hof. Die Marie sprang herunter und huschte, wie ein Jäger auf der Pirsch vorgeneigt, auf das Steinhaus zu. Gar nicht hinschauen konnte der Stefan, so häßlich erschien sie ihm wieder einmal. Am Hoftor prallte sie beinahe gegen einen Mann, der herausgestürzt kam. Der taumelte zurück. „Du schon?"

„Ja, ich!" trumpfte sie grad glücklich auf. „Freust dich?"

„Marie, ich hab dich erwartet, aber erst morgen..."

Sie genoß seine Wehrlosigkeit. „Heut krieg ich dich, denn mir kannst du nicht mehr drohen. Ich hab einen mit, der mich vor dir beschützt. Alsdann?"

„Komm ins Haus", bat er sie demütig.

Um so härter kommandierte die Goldmarie den Stefan: „Laß endlich das Roß! Bind's an und bleib lieber an meiner Seite! Der Spillinger hat mir auch schon gedroht, daß er mir einmal den Schädel einschlagen wird. Mit so einem geh ich nicht allein ins Haus!"

Im Stefan zitterte noch die Empörung von vorhin nach. Darum tätschelte er recht lang dem Braunen den Hals und die Kruppe, dann streifte er ihm prüfend über die Flanken und entschied selbstherrlich: „Bei mir kriegt erst das Roß zu saufen! Bauer, einen Kübel hab ich selbst mit. Wo gibt's Wasser?"

Der Spillinger hob nur matt die Hand. „Siehst vielleicht die Wasserrinne und den Trog?"

„Wenn mich inzwischen der Spillinger absticht!" kreischte die Marie in übertriebener Angst, weil es sie freute, den Bauern wie den letzten Mordbuben hinzustellen. Das Mandl stand neben ihr ohnehin ganz verwelkt, vor Leid grad schlotternd.

Nachher folgte der Stefan der Kramerin ins Haus, lächelte sie an und tat, als merkte er ihre giftigen Blicke gar nicht. Als die Tür nicht gleich aufging, riß die Marie zornig an der Klinke. Der Raum war eine Küche mit einem Herd in der schwarzverrußten Nische. An der Wand hingen ein paar gußeiserne Pfannen, ein Schöpfer und eine große Gabel. Auf der Herdplatte stand ein Topf mit Wasser, aber sogar bei der herbstlich nassen Kälte war nicht eingeheizt.

„Fangen wir an!" Die Marie zeigte ihr Herrenrecht an, indem sie einfach den Ecktisch vorzog und sich auf die Bank warf. An ihrer Seite blieb der Stefan stehen, wie wenn er sich einen Fluchtweg durchs Fenster freihalten wollte.

„Agnes!" schrie der Bauer verzweifelt. „Bring die Kinder mit und ein Messer! Vielleicht müssen wir sie für die Goldmarie mit dem Goldherzen schlachten."

„Mach's nicht noch ärger", beschwor der Stefan ganz entsetzt den Spillinger. Er meinte, solch schreckliche Reden müßten die Marie verletzen und in Wut bringen. Weit gefehlt! Wie eine dicke Spinne hockte sie in der Ecke und verfolgte mit ihren schwarzen Augen jedes Zucken von ihrem Opfer. Ihre Rache dafür, daß der Spillinger sie bei ihrem letzten Kommen so grauslich beschimpft hatte!

Ein noch junges Weib mit einem schmalen, verweinten Gesicht kam durch die Tür. Vor sich schob sie den fünfjährigen Franzl her, hintennach zerrte sie ein weinendes, etwa dreijähriges Dirndl. Bei der Schup Marie blieb sie stehen, verschränkte die Hände über ihrem fruchtbaren Leib und flüsterte: „Grüß Gott, Marie."

„Gesegneten Leibes. So sagt man doch?" Die Kramerin schnitt eine spöttelnde Grimasse, aber dennoch huschte auch ein Schein Mitgefühl über ihr Gesicht. Gleich darauf wurde ihr Blick wieder starr wie von Schlangenaugen. „Gelt, von Herzen gern möcht ich deinem dritten Kindl ein paar Goldstücke in die Wiege legen. Ja? Mein Gott, das geht auch wieder nicht, weil mir dein lieber Mann schon das Umbringen angedroht hat. Der tät von mir bestimmt nichts nehmen, schon gar nichts für seine armen Kinderl. Alsdann, wie lang muß ich noch auf mein Geld warten? Auf meines!"

Grad fassungslos schaute der Stefan auf die Marie. Jetzt wär's lang genug gewesen mit der Grausamkeit. Dem armseligen Mandl rann schon das Wasser aus den Augen, und die Spillinger Agnes bettelte um Gnade. Nur um Stundung auf ein halbes Jahr, bis sie ihr nächstes Kind in die Armut geboren habe.

„Wie tätest nachher du in einem halben Jahr zahlen?" höhnte die Schup den Bauern.

Der griff nach dem einzigen Strohhalm Hoffnung. „Marie, wir haben ein Sparbuch angelegt für das ungeborene Kind, weil jeden von uns ein Unglück treffen kann. Das Geld wird in einem halben Jahr fällig."

Die Kramerin jubelte fröhlich auf: „Siehst, mit Reden kommen die Leut zusammen! Gib mir heut das Sparbüchl als Pfand, und ich wart noch das halbe Jahr zu. Wenn nicht, nachher geh ich aufs Gericht. Wenn ich erst mit dem Gendarmen komm, kannst du deinen Binkel pakken, und die Agnes muß sich die Wiege auf den Buckel schnallen!"

Länger konnte der Stefan nicht still zuschauen. Er flüsterte: „Marie, kommt's dir wirklich auf ein paar Markl an?"

Die schaute ihn nicht einmal an, sondern sagte zur Spillinger-Bäuerin: „Hör nicht auf den Knecht! Ohne meine Gutheit hätt der keine ganze Hose auf dem Hintern! Der kann euch zuallerletzt helfen. Alsdann, wird's bald?"

Die Agnes schluchzte auf: „Bist doch auch eine Frau. Verständnis und Mitleid für eine Mutter..."

Darüber verlor die Marie ihre Beherrschung und kreischte blindwütig: „Kommst du mir so daher, dann ist es weit gefehlt! Meine Schwester hat damals ein Lump zur Mutter gemacht und nachher in der Schand sitzen gelassen. Sogar zu ihr bin ich gerecht gewesen! Nur gerecht. Sollt ich für euch Gesindel mehr Herz haben als für die Mutter vom Toni?"

Da gab's der kleine, zaundürre Bauer auf. Vor sich hinkeuchend, flüsterte er: „Agnes, hol das Büchl. Sie soll haben, was ihr von Rechts wegen zusteht."

Er nahm die Kinder schützend um die Schultern, und sein Weib torkelte aus dem Raum. Lang blieb die Bäuerin aus, der Stefan meinte, ewig lang. Die Marie hockte regungslos da, ein zufriedenes Lächeln auf den heruntergewinkelten Lippen. Innerhalb von Minuten verfiel der Bauer, wie wenn er geradeaus ins Grab fahren sollte.

Als die Agnes Spillinger doch in die Küche zurückkam, sagte sie beinahe ruhig: „Da ist das Sparbüchl. Nimm dir schon jetzt alles Geld herunter, aber bei jeder Mark sollst du daran denken: Du stiehlst es einem ungeborenen Kind. Das ist deine Gerechtigkeit, Goldmarie!"

Die zögerte nicht, packte gierig zu und schnellte in die Höhe. „Jetzt können wir gehen!" befahl sie dem Stefan. In ihrer Stimme klang das Glück mit. Zum Spillinger-Bauern schrie sie lachend hin: „Gelt, jetzt liegst auf der Erd! Hungerleider, Lumpengesindel! In einem halben Jahr hast mich wieder da!" Sie warf das Sparbüchl grad angeekelt auf den Tisch. „Los, Stefan, geh weiter, bevor's mich reut!"

Verkrümmt wie in Schmerzen, rannte sie über den Hof und schwang sich auf den Wagen. Der Stefan spannte das Roß ein, das sich inzwischen recht gut von den Anstrengungen erfangen hatte. Bevor er noch der Marie sagen konnte, wie anständig sie sich verhalten habe, keifte sie schon: „Jetzt geht's bergab, da kann sogar der alte Gaul rennen!"

Als hätte der Braune die drohenden Worte verstanden, setzte er sich schwerfällig in Trab. Nach einer Weile lachte der Stefan erleichtert: „Schon, daß du das Mandl ein bißl gar lang hast zappeln lassen! Der Spillinger ist vor Angst beinahe eingegangen wie eine böhmische Leinwand. Schön, wie du ihnen zuletzt das Büchl zurückgegeben hast. Das hätt ich dir gar nicht zugetraut."

Dafür schaute sie ihn voll Verachtung, verbittert und gehässig an. „Eh klar, der Halsabschneiderin, der narrischen Kramerin, dem hautschlechten Weibsbild traut man jede Gemeinheit zu. Sogar du!" Bevor er noch ein Wort entgegnen konnte, schrie sie weiter: „So geht's mit deiner Gutmütigkeit! Der Gaul schläft beim Gehen! Hau ihm eine..."

Im Futteral keine Peitsche. Fußtritt getraute sie sich dem Pferd keinen mehr zu versetzen. Also riß sie dem

Stefan die Leitriemen aus der Hand, beugte sich weit vor und zog dem Braunen mit aller Kraft das Leder über die Kruppe. Der machte einen erschrockenen Sprung und wieherte auf.

„Marie!“

Sie lachte zufrieden. „Das spürt er wenigstens! Ab jetzt nehm ich wieder die Führung, und ich sag dir: Dumm bin ich vorhin gewesen. Oder hast du ein Dankeschön von dem Gesindel gehört? Renn, du alter Krampen!“ Sie drosch wieder auf das Pferd ein, und als der Stefan sie daran hindern wollte, schüttelte sie seine Hände ab. In ihr war eine maßlose Wut darüber, daß sie das Weinen der Kinder vom Bergbauern weich gemacht hatte. Dafür mußte jetzt einer seine Haut herhalten, und sie schlug ohne Erbarmen zu. Das Roß mußte auch noch für die Widersetzlichkeit des Stefan büßen. Vor Angst und Schmerzen verzweifelt, suchte es nach einem Fluchtweg aus dem Elend. Rechts hinauf die Felswände, links die Schlucht. Der Braune bäumte sich auf und torkelte. Auf den Abgrund zu.

„Runter!“ konnte der Stefan grad noch schreien, aber die Marie klammerte sich am Eisengriff des Kutschbocks fest. Er riß ihre Hand los, nahm sie um die Mitte und warf sich mit ihr auf die Straße. Sogar in diesen Sekunden voll Todesangst war in ihm noch Mitleid für die gequälte Kreatur. Das Pferd war gestürzt und hatte sich im Geschirr verstrickt. Um das Ärgste zu verhindern, packte der Stefan den Wagen und ließ sich auf dem Boden mitschleifen. Erst im letzten Augenblick gab er auf. Aus der Tiefe krachte das Splittern von Holz gegen die Felswand. Der Pferdekörper stürzte noch viel tiefer hinunter.

„Grauenvoll!“

Die Marie ließ sich neben ihm auf die Straße niedersinken. Haßerfüllt starrte sie zurück zum Hof des Spillinger-Bauern. Sie keuchte gerade noch: „Dir dank ich's, Stefan, daß ich noch leb. Die haben ein Rad von meinem Wagen gelockert! Wenn's nach dem Mordgesindel gegangen wär…"

Plötzlich brach sie wie bewußtlos zusammen und fiel mit dem Gesicht auf die steinige Straße. Niemand im Dorf ahnte, daß sie seit zwanzig Jahren an einer Herzschwäche litt. Genau gesagt: Seit der Stunde, als sie mit der Gerechtigkeit ihre Schwester Lisbeth aus dem Dorf in die Stadt und ins Sterben getrieben hatte.

Die zwei Gendarme aus Kritzen kamen herauf nach Felseneck, der Neumann Fritz und der Schindler Karl. In Raufereien beim Kirtag oder im Wirtshaus mischten sie sich längst nicht mehr ein. Beim etwa möglichen Mordanschlag gegen die Schup Marie nahmen sie ihre Aufgabe sehr ernst und führten die Untersuchungen mit dem notwendigen Verantwortungsbewußtsein. Damit lösten sie im Dorf einen Sturm von Aufregungen und leidenschaftlicher Parteinahme aus. Der Bürgermeister Franz Borek kam als Beobachter nach Felseneck herauf und setzte sich persönlich dafür ein, daß alles in Ordnung ablief. Aus mehreren Gründen half der rotblonde Hans seinem Vater. Bei jeder Gelegenheit suchte er seine Burga auf dem Hannauer-Hof heim. Aber selbst bei seiner Gutgläubigkeit fiel es ihm auf, daß die Bauerntochter vor lauter Arbeit für ihn fast keine Zeit fand.

Ein Herz und eine Seele waren weiterhin die beiden Väter. Der Hannauer bekräftigte sein Wort von früher: „Was wir vereinbart haben, setzen wir durch. Wär gelacht! Weißt, Borek, meine Burga ist noch recht jung und steht nicht mit beiden Füßen auf der Erde, sondern träumt in den Tag."

„Von einem Prinzen, versteht sich!" lachte der Borek verständnisvoll. „Das gibt sich. Aber eine andere Frage: Begreifst du die Leut? Noch gestern hat in Felseneck jeder heimlich auf die Schup-Kramerin geschimpft, wie wenn sie der letzte Mensch wäre. Dann verliert sie ihr Roß, der Stefan rettet ihr das Leben, und die Menschen rennen ihr zu, wie wenn sie eine Heilige wär. Die Wucherin und Halsabschneiderin!"

Der Hannauer lud den Freund zu einer Brettljause ein. Bei Speck, Blutwurst, Rauchfleisch und altem Birnenmost sagte er: „Es kommt allerweil nur auf den Standpunkt an, Borek, auf den Standpunkt. Ich erklär's dir. Borgt die Marie einem Geld, so erscheint sie ihm als Engel in der Not. Macht später das Zurückzahlen Schwierigkeiten, nachher verwünschen die Leut die herzlose Halsabschneiderin. Auf den Standpunkt kommt es an, von wo aus man die Welt betrachtet."

„Weil's wahr ist!" bekräftigte und bestätigte ihm der Borek.

„Sollst leben, alter Bazi!" Und dann gestand der Hannauer Ludwig seinem Freund, was er sonst niemandem, am wenigsten seinen Leuten sagen durfte: „Weißt ohnehin noch, Borek, wie lustig es beim Schützenmahl hergegangen ist. Der Becker Stefan hat meinem Gustl geholfen, die Siegestafel zurückzukriegen. Der Stefan hat sich auch auf meinem Hof bei der Arbeit gut angestellt. Der Stefan hat mir meine Muckl gerettet. Der eine Standpunkt: Ich müßt ihm mein Lebtag dankbar sein. Aber dann haben sich die Tratschweiber von Felseneck Geschichten über das fremde Knechtl und meine Burga erzählt. Als Vater hab ich sofort eingreifen müssen, und das ist der andere Standpunkt. Siehst ein, daß ich den Stefan nicht hab auf meinem Hof lassen können? Bei aller Dankbarkeit, die ich ihm schuldig gewesen bin! Nicht daß da etwas Ernstes gewesen wäre, aber der gute Ruf von einem Dirndl wird schneller ranzig als die Milch im August."

„Auf den Standpunkt kommt's an", bestätigte ihm der Borek noch einmal.

Dieses Lob ermutigte den Hannauer-Bauern zu einem ganzen Geständnis: „Am liebsten wär's mir gewesen, er hätt nicht in Felseneck bleiben können. Mir zu Gefallen hat ihm kein Bauer Arbeit gegeben. Da hat ihn sich die Goldmarie eingefangen. Erst hab ich mich darüber gefuchst, aber das geht schon in Ordnung. Bei der Kramerin arbeitet er recht brav, und das Knechtl von einer Schup Marie hat sich meine Burga längst aus dem Kopf geschlagen. Gelt, sie ist ja noch so jung! Mein Gott, wie dumm bin ich mit einundzwanzig gewesen!"

„Ich noch viel dümmer!" lachte der Borek und nahm seiner zukünftigen Schwiegertochter den kleinen Ausrutscher gar nicht übel.

Die beiden Gendarmen hörten alle an, die zu dem Unfall etwas aussagen wollten. In strengerem Ton verhörten sie nur die Kramerin. Der Schindler legte es ihr beinahe in den Mund: „Könnt doch sein, daß der Spillinger aus Rache etwas am Wagen gemacht oder deinem Roß etwas eingegeben hat. Er steht nicht im besten Ruf!"

„Depp!" schnitt ihm die Kramerin respektlos das Wort ab. „Der Spillinger ist mir frech 'kommen, und dafür hab ich ihn schwitzen lassen. So ein verrecktes Mandl mich umbringen? Der ist nicht größer als du und zaundürr. Dazu tät schon die Kraft von einem Totschläger gehören, und gegen den schützt mich mein Knecht."

Daraufhin äußerte der Neumann Fritz einen letzten

Verdacht: „Daß es der Stefan Becker getan hat? Der soll dir manchmal recht hart dagegenreden."

Die Marie lachte verächtlich auf. „So einen Schmarren kannst nur du verzapfen! Bevor der ein Roß vergiftet, gibt er zehnmal mir ein Gifttrankl ein! Aber das mein ich auch nur so beispielsweise."

Ehe der Stefan am Abend in seine Kammer hinaufstieg, sagte er: „Schön von dir, Marie. Gelt, ich dank dir."

„Was hat's?" keifte sie gleich los. „Mußt dir gar nicht einbilden, daß ich dir für einen Kreuzer helfen tät! Und den Lumpen von einem Spillinger kann ich nicht einsperren lassen. Der schuldet mir so viel Geld. Und sein Weib braucht grad jetzt jemanden, denn wenn eine ganz allein ist..."

Ihre Stimme erstickte in einem krampfhaften Husten, das fast schon wie ein Schluchzen klang. Der Stefan hörte das auch nur heraus, weil er inzwischen schon wußte, warum die Lisbeth Schup in der Stadt zugrunde gegangen war: nur weil ihre so viel jüngere Schwester aus lauter Gerechtigkeit die ledige Mutter nicht mehr im Kramerhäusl geduldet hatte!

Am nächsten Tag stellten die Gendarmen fest, daß auf der Bergstraße ein Unfall geschehen sei. Ohne menschliches Mitverschulden.

Bevor der Bürgermeister Franz Borek mit seinen Leuten nach Kritzen zurückfuhr, machte er noch einen Besuch im Laden der Marie Schup. Großmütig scherzte er: „Ich muß doch eine arme Haut 'was verdienen lassen. Damit du dir ein neues Roß kaufen kannst!"

Sie antwortete ihm darauf nicht einmal, daß sie mit ihrem Geld von der Bank das ganze Borek-Wirtshaus hätte kaufen können. Statt dessen fragte sie unterwürfig: „Noch 'was?"

„Fünf Zigarren. Deine besten, denn die mag ich mir noch allerweil leisten."

Die Marie kramte eine Weile in ihrer Schlafkammer, bis sie das Kistl auf dem Wäscheschrank fand. Jetzt ging der Bürgermeister noch immer nicht, sondern setzte sich auf ein zugenageltes Faß mit Salzfischen. Er zündete sich eine Zigarre an und paffte den Rauch auf die Kramerin zu. Als alter Kenner schätzte er mit Blicken ab, was sich unter der weitfallenden Bluse so rund abzeichnete. Grantig zupfte die Marie ihr Haar über das violette Mal an der Stirn, und plötzlich langte es ihr dann. Nicht gerade freundlich fragte sie: „Willst noch 'was, Borek?"

Der nahm die Herausforderung an und redete nicht länger herum. Unvermittelt kam er zur Sache: „Der Stefan, stellt er sich gut an? Ein recht netter Bursch. Und wenn er dir bei dem Unfall das Leben gerettet hat!"

„Ja", sagte sie ohne nähere Erklärung.

Nach einer Weile hakte der Borek nach: „Man könnt fast sagen, daß ihm dein Leben gehört." Wieder schaute er sie so ganz bestimmt an, wie wenn er in seinem Wirtshaus eine gute Speise abschmecken wollte. Auf diese Weise war er zum Feinschmecker geworden. „Ihr zwei wärt gar kein so übles Paar. Ich seh das direkt so in meiner Phantasie!"

Als sie ihn verstand, wandte sie sich mit einem harten Ruck ab, kramte in einer Lade und schimpfte: „Willst du mich zum Narren halten? Borek, der Stefan ist mein Knecht! Sonst nichts!"

„Oh, doch! Ein g'standenes Mannsbild dazu!" Er lachte und war überzeugt, daß er sie schon fast so weit hatte. „Ehrlich, fleißig und tüchtig. Als Kramer tagsüber, als Ehemann bei der Nacht..."

„Spinn dich aus!" schrie sie ihn plötzlich so wild an,

daß er aufs Weiterreden vergaß. „Ich als seine Mutter? Er mit seinen achtundzwanzig Jahren, ich um zehn älter!"

Der Borek erfing sich wieder. Er schnalzte leise mit der Zunge und ermutigte sie: „Aber alles da, Marie. Wer 'was von einem Frauenzimmer versteht, muß glücklich sein, wenn er eine kriegt wie dich!"

Sie drehte sich langsam zu ihm um. Wie sie jetzt ausschaute, jagte sie ihm grad Angst ein, und das konnte er nicht einmal verbergen. In das Gesicht hatten sich tiefe Falten eingeschnitten. Vor Feindseligkeit heiser, zischte sie: „Gelt, die Zigarren nimmst für deinen guten Rat, die mußt du nicht bezahlen. Pfüat dich, Herr Bürgermeister!"

Im ersten Augenblick fuchste er sich über die Abfuhr und stolperte mit einem hochroten Kopf aus dem Laden. Auf dem Heimweg nach Kritzen überdachte er noch einmal das Gespräch, und da war er mit dem Erreichten durchaus zufrieden. Das winzige Körndl Hoffnung in der Sehnsucht der Goldmarie würde eines Tages bestimmt aufgehen!

Nach den vielen Aufregungen zog in Felseneck wieder Ruhe ein. Um diese Zeit senkten sich auch dichte Nebelfetzen vom Berg herunter und erstickten alles Leben auf der Dorfstraße.

„Hörst die Krähen schreien?" fragte die Burga flüsternd. „Da wird's bald Winter." Der Stefan schaute den schwarzen Schatten im Dunkelgrau nach, die sich von den blattlos gewordenen Bäumen erhoben. „Warum zitterst, Burga?"

Zwar schüttelte sie den Kopf, aber er legte ihr seinen Wetterfleck um, der auch aus dem Nachlaß des Willi Stammer kam. Darunter war es wohlig warm. Langsam gingen sie über den Wiesenweg. Nicht weit, denn der Nebel schützte sie ohnehin gegen neugierige Blicke. Grad ein Bussel durfte er ihr auf jedes Augenlid geben und eines auf die Lippen. Sie blieb kühl und erklärte ihm: „Versteh mich, Stefan, alles ist schwerer geworden seit dem Unfall der Marie."

In seiner Enttäuschung antwortete auch er nicht besonders freundlich: „Wird sie halt sogar daran schuld sein, daß sich dein Vater ausgerechnet den Borek Hans als Schwiegersohn einbildet! Aber ich tät eher meinen, es ist für euch günstig, wenn ihr mit dem reichen Bürgermeister verwandt werdet!"

Besonders zärtlich war der Stefan an diesem grauslich nebeligen Tag ohnehin nicht, aber sie schob seine Hände auch noch von ihrer Mitte weg. Feindselig wies sie ihn zurecht: „Mußt meinen Vater gar nicht wie einen Gierschlund hinstellen, dem's nur ums Geld geht! Mit dem Borek hat er sich schon gut geredet, da bist du noch lang nicht im Dorf gewesen. Außerdem brauch ich deinen Wetterfleck nicht, denn mir steigt schon die Hitze auf, wenn ich dich so reden hör." Sie riß sich den Umhang von den Schultern und warf ihn auf den Boden. „Mir graust vor dem Zeug, das dir die Kramerin schenkt!"

„Und warum?" Er machte einen Schritt auf sie zu und merkte gar nicht, wie er dabei auf seinen Wetterfleck stieg. Seine Stimme klang drohend, wie wenn er die Feindseligkeit von allen Seiten her nicht mehr lang ertragen könne. Davon kriegte die Burga eine schreckliche Angst, den Stefan zu verlieren, und sie machte das einzig Gescheite: Sie warf sich ihm an die Brust, legte die Arme um seinen Nacken und busselte ihn, bis er alles Grausliche vergessen hatte.

Aber als er gegen Mittag ins Kramerhäusl kam, keifte

ihn die Marie an: „Dank dir schön, daß du wenigstens zum Essen kommst!“

In den fast drei Monaten, die er jetzt schon mit der Kramerin unter einem Dach hauste, hatte er sich an ihre Art gewöhnt wie der Hund an die Flöhe. Meistens hörte er ihr Sticheln gar nicht mehr, aber diesmal gab er doch zurück: „Ich hab keinen Hunger. Weißt noch, daß du mir den Vormittag frei gegeben hast, weil ich den Sonntag über das Magazin sauber gemacht und umgeräumt hab?“ Mit einem Lächeln suchte er die Versöhnung. „Jetzt hat's dort keine Mäuse mehr.“

„Hock dich!“ greinte sie. „Einen Teller Suppe kannst noch kriegen.“

„Ja, Marie.“

Sie setzte sich ihm gegenüber und schaute zu, wie's ihm schmeckte. Ihr brannte noch etwas auf der Seele und im Magen, so daß sie keinen Bissen hinuntergebracht hätte. Sie konnte sich halt mit keinem Menschen ausreden. Erst nach einer Weile murrte sie: „Mußt es gar nicht so betonen.“

„Was?“ Er war noch völlig arglos.

„Das mit den Ratten im Magazin. Bild dir nur nicht ein, ich hätt mich dir an den Hals schmeißen wollen! Mach deine Arbeit, nachher ist es mir ein Ding, was du sonst treibst.“

Sie stellte ihm noch den Eisentopf mit Gemüse auf den Tisch. Die Kartoffeln waren schon hineingeschnitten, und ein Brocken Wurst gab den besseren Geschmack.

„Vergelt's Gott, Marie.“

Seit er kein Pferd mehr zu betreuen hatte, fragte er manchmal: „Soll ich dir am Nachmittag im Geschäft helfen?“

„Ich brauch dich nicht, such dir eine Arbeit!“ wies sie

ihn zurück. „Daß du mir nicht in den Laden kommst! Die Leut reden schon schlecht genug!“

„Ja, Marie.“

Zwei Stunden lang stellte er im Magazin die Kisten wieder um und meinte, nun wäre alles besser griffbereit. Gegen fünf schrie die Marie zur Tür herein: „Davon hab ich nichts, wenn du dich im Magazin herumdrückst! Der Simmhuber hat ein paar Ballen Preßheu gebracht. Die stapelst im Stall auf!“

„Wozu täten wir Heu brauchen?“ murrte er. Laut sagte er ohnehin nichts, weil die Kramerin kein Dagegenreden duldete. Vielleicht wollte sie jetzt auch noch mit Preßheu handeln. Er zog den Janker an und überquerte den Hof. An der Stalltür schlug ihm ein köstlicher Geruch entgegen: nach Heu und nach... „Jessas, ein Roß!“

Nicht einen Augenblick nahm er an, die Marie hätte über den Winter ein fremdes Pferd in ihren Stall genommen. Er fühlte es gleich: Das war sein Pferd! Wie in einem schönen Traum ging er auf die Box zu. Eine ganz junge Stute, grad fürs Ziehen von einem leichten Wagen gut. Als er ihr die Arme um den Hals legte, schreckte sie ein bißl zusammen, aber er flüsterte: „Geh weiter, spiel nicht die Depperte! Ich bin's, der Stefan! Niemand darf dir 'was Böses tun!“ Bald schmiegte sie vertrauensvoll die Nüstern in seine hohle Hand. Dem Stefan drückte das Glück die Stimme fast ab. „Du fühlst halt gleich, wer's gut meint mit dir, Pferdl.“

Nachdem die Arbeit getan war, lehnte er sich mit dem Rücken gegen die Wand. Wenn er alles überdachte, kam er zu dem Schluß: Grad im Winter ein Roß? Das hätte die Marie nicht nötig gehabt, denn für die paar Fuhren vom Bahnhof herein wäre ihr der Schlitten vom Schmied billiger gekommen. Hatte sie das nur gemacht, weil sie wußte, was für ihn ein Roß bedeutete? „Ein Pferdl nur mir zuliebe!"

Als er über den Wirtschaftshof zum Kramerhäusl zurückging, lag noch der sonnige, glückliche Schein über seinem Gesicht. Die Tür zum Geschäft war schon geschlossen, die hölzernen Fensterladen hatte sie von innen verriegelt. Deshalb nahm er den Weg durchs Magazin. Er klopfte an die Tür zur Wohnküche und drückte sie auf. Da stand die Goldmarie vor ihm, recht schön herausgeputzt in einem neuen Gewand. Das schwarze Kraushaar hatte sie aufgekämmt und in die Stirn gezogen. Um ihren Mund spielte ein so gutes Lächeln wie schon lange nicht mehr.

„Dank dir, Marie", sagte er. Die Rührung packte ihn. Viel fehlte nicht, und er hätte ihr über das Gesicht gestreichelt, so viel Glück war in ihm. „Dank dir. Ich weiß genau..."

„Das Roß?"

„Ja, Marie. Ich weiß genau, daß du es nur meinetwegen..."

„Red nicht allerweil so einen Schmarren zusammen!" unterbrach sie ihn derb. „Ich hab einen Schlitten, und wenn ich's durchrechne, zahlt es sich aus. Vor Weihnachten kommen genug Fuhren zusammen: von der Station zu mir her. Den Einschichtbauern werden wir heuer die Ware zustellen. Da kannst du viel mit dem Roß fahren. Übrigens: Sie heißt Lisl. Noch 'was?"

„Ich bin froh", setzte er wieder an, weil ihm das Herz so randvoll war, daß ihm das Glück über die Lippen heraus mußte. Sie aber unterbrach ihn ungeduldig: „Das langt! Verschwind! Oder merkst du nicht, daß ich Besuch hab?"

Deshalb also war sie so schön aufgekämmt und hatte

das fröhliche Leuchten in den Augen! Aus der Stube heraus winkte ihm der Schup Toni mit einer lässigen Handbewegung und rief überfreundlich: „Grüß dich, Stefan! Grüß dich! Heute hast du nach Dienstschluß frei. Wenn du in die Wirtschaft gehst, grüß mir auch den Sutter-Wirt. Besonders seine reizvolle Frau! Trink um mein Geld zwei Maß: eine auf mein Wohl, die andere auf das Wohl der Frau Tant!"

„Dank dir, Toni." Noch bevor er aufstehen und ihm ein paar Markl in die Hand drücken konnte, war der Stefan dahin.

Unterwegs zum Sutter-Wirt fragte er sich, warum er den Toni nicht recht leiden konnte. Der war eigentlich gar nicht so uneben, wie man auf den ersten Blick glauben mochte. Man mußte nur bedenken, was die Marie seiner armen Mutter angetan hatte, und schon erschien einem auch seine Art ihr gegenüber nicht mehr so grauslich.

„Ein seltener Gast!" begrüßte ihn die Trude, als er in die Gaststube trat. Draußen hatte Felseneck nebelgrau und wie ausgestorben gewirkt, aber hier herinnen herrschte fröhliches Leben. Auch der Jörg kam hinter seiner Schank hervor und schüttelte dem Stefan die Hand.

„Hock dich zu uns!" schrie ihm der Oberhofer Fritz aus dem Eck zu. „Jörg, für meinen Freund einen Liter auf meine Rechnung!"

Auch wenn der Stefan nicht wußte, seit wann ihn ausgerechnet der Oberhofer zu seinen Freunden zählte, wollte er niemanden verärgern. Zu den anderen, die ihn noch einluden, sagte er: „Ich bring nicht mehr als zwei Maß hinunter. Nach dem Oberhofer zahl ich eine Runde."

So weit hätte er es in der Gaststube des Sutter-Wirts recht gemütlich haben können. Für eine Weile setzte sich auch die Trude zu ihm an den Tisch, denn sie brannte immer vor Neugierde, wie der Stefan mit der eigenwilligen Kramerin zurechtkäme. An einem der Nebentische lachte der Wurzelschnitzer-Ferdl: „Und wenn der Hanauer Gustl zehnmal unser Gemeindejäger ist, hab ich ihm heuer schon einen herrlichen Bock herausgeschossen. Grad vor seiner Nase weg!"

Gab das in der Runde ein Triumphgeschrei. Nur der Oberhofer Fritz, der ein besonderer Freund vom Gustl war, konnte so etwas nicht unerwidert lassen. Er stichelte: „Geh, Alter, bist du gar schneller als der Gustl?"

Der Wurzelschnitzer kicherte: „Gelt, der eine hat's in den Haxen, der andere im Hirn!"

Damit kriegte er vorerst wieder die Lacher auf seine Seite, aber dafür setzte sich jetzt der Oberhofer schon deftiger für die Bauern- und Jägerehre ein. Mit der flachen Hand schlug er auf den Tisch und spottete: „Ferdl, da muß es grad hergegangen sein wie mit deinem Weib! Wie deine Vreni im Vorjahr das Kindl 'kriegt hat, hast du auch nur ‚paff' geschrien, und geschossen hat ein anderer für dich!"

Wildes Lachen und Flachsen prasselte los, das nicht gerade für empfindliche Frauenohren geeignet gewesen wäre. Als der Wurzelschnitzer merkte, daß er gegen den Oberhofer am Unterliegen war, pfefferte er ausgerechnet dem einen Schuß auf den Pelz, der sich in diesen Streit zwischen Jägern und Freischützen gar nicht eingemischt hatte. Er kreischte mit seiner Altmandlstimme: „Hast recht, Stefan! Versteck dich nur hinter dem Oberhofer. So lang traut sich dir keiner 'was ins Gesicht zu sagen. Verehrung, der Herr!"

Die Fröhlichkeit in der Gaststube erstarb, denn nur der Stefan wußte nicht, worauf der Ferdl anspielte. Arglos fragte er: „Wer soll da ein Herr sein? Grad ich?"

Der Wurzelschnitzer verkutzte sich beim Lachen, so daß er nur mit Mühe herausbekam: „Wie geht's der Frau Gemahlin? Hast heute Ausgang 'kriegt?"

Ein Holzknecht schlug in dieselbe Kerbe: „Heut braucht ihn halt das Frauerl nicht, weil wieder einmal der Toni ums goldene Kalb tanzt!"

„Das ist schon eher eine goldene Kuh!"

Als der Stefan begriff, worauf die einen Mannsbilder anspielten und worüber die anderen so meckernd lachten, wich ihm alles Blut aus dem Gesicht. Gleich darauf schoß ihm die Hitze in die Wangen, und er schrie: „Schäbig! Schäbig seid ihr alle miteinander! Neidisch! Aber heut weiß ich schon, warum sich keiner von euch getraut hat, mir Arbeit auf seinem Hof zu geben: Weil ihr alle vor dem Hannauer und dem Borek in die Hosen gemacht habt! Um so dankbarer bin ich der Marie, daß ich bei ihr arbeiten darf!"

Einer lachte noch recht unanständig auf, die anderen fühlten sich eher beschämt. Im letzten Augenblick wollte der Sutter Jörg vermitteln: „Geh, Stefan! Wirst doch ein bißl Flachsen vertragen! Unser Ferdl hat's bestimmt nicht so arg gemeint!"

„Vielleicht nicht." Aber der Stefan blieb unversöhnlich. „Jedenfalls hundsmäßig gemein, und das muß ich mir nicht gefallen lassen!"

Er hörte auf kein gutes Zureden, warf das Geld fürs Bier auf den Tisch, und dann ackerte er sich zur Tür durch. Hände, die ihn zurückhalten wollten, schüttelte er ab, und draußen war er.

Mit ein paar weit ausholenden Schritten durchquerte er das Gewölbe. Auf dem Weg zum Kramerhäusl klagte er ganz verzweifelt vor sich hin: „Daß sie auf alles ihren Dreck schmeißen müssen: auf die Burga und mich von der ersten Stund an. Jetzt auch auf die Marie, wie wenn sie und ich…“

Er schaute gar nicht, ob das Auto vom Toni noch vor der Tür stand, sondern stürmte über die Hühnersteige in seine Kammer. Nachdem er hinter sich die Tür versperrt hatte, konnte er freier atmen. Er riß das kleine Fenster auf und ließ naßkalte Novemberluft herein. Die Straßenlaternen rund um den Hauptplatz zogen matte Lichthöfe um sich. Weiter unten lag der Hof vom Hannauer-Bauern. Dort hinüber sagte er in die Nacht hinaus: „Auch nicht dir zuliebe, Burga. Die Ehr laß ich mir nicht abschneiden. Entweder du kommst mit mir, oder…“ An dieses Oder konnte er erst gar nicht denken. Als er nach einer Weile das Fenster zumachen wollte, war das Holz in der Feuchtigkeit der Nacht schon aufgequollen und klemmte. Wütend drosch er mit der Faust drauf, und da ließ es sich schließen. „Manchmal geht's halt nur mit Gewalt!“

Und die Stunde der Gewalt war vom Schicksal längst vorausbestimmt.

Am nächsten Tag sagte er gleich beim Frühstück: „Marie, am liebsten ging ich noch heut von Felseneck fort. Für's Herumhocken nehm ich keinen Lohn, und das bißl Arbeit macht dir bald ein Knecht mit.“

Sie musterte ihn mit zusammengekniffenen Augen. „Hast dein letztes bißl Verstand verloren? Ich stell wieder so einen Gaul in den Stall, und nachher willst du davonrennen?“

Sie kam ihm so hilflos vor. Ihre Stimme klang dünn wie die eines Kindes, grad zum Erbarmen. Deshalb erklärte er schnell: „Das ist gar nicht gegen dich. Eigentlich wär ich recht gern bei dir geblieben, aber…“

„Mehr Lohn?“ unterbrach sie ihn schon wieder schärfer.

„Gar nie! Hast du nicht zugehört? Ich hab doch gesagt, daß ich mir mein Brot verdienen will. Und…"

„Was und?" Eine Vorahnung sagte ihr, daß er gleich mit dem wahren Grund herausrücken würde. Er wollte sie auch gar nicht hinters Licht führen, sondern sagte, wie es war: „Die Leut reden schlecht über uns. Ich mein, über mich. Dich ziehen sie auch hinein, wie wenn wir…"

Sie starrte so regungslos vor sich hin, daß er meinte, sie habe ihn überhaupt nicht gehört. Aber unvermittelt kreischte sie los: „Lumpengesindel! Wie wenn ich es notwendig hätt, mit meinem eigenen Roßknecht etwas anzufangen! Dafür sollen sie mir Blut schwitzen. Bluten sollen sie mir!"

Sie warf sich auf ihrem Stuhl zurück, daß er krachte. Ein Stückl gingen ihre Mundwinkel in die Höhe, und um ihre Augen bildeten sich Kränze von kleinen Falten. „Wenn ich dich aber nicht weggehen laß, Stefan?"

Scharf beobachtete sie das Zucken in seinem Gesicht und das Herumfingern an der Tischkante. Wie eine Spinne lauerte sie auf den günstigsten Augenblick, um aus ihrem Versteck herauszuschnellen. Aber der Stefan schüttelte den Kopf und sagte leise: „Wer könnt mich halten? Wenn ich gehen will, nachher geh ich."

Sie sprang unbeherrscht auf und warf dabei den Stuhl um. Mit ein paar Schritten war sie am Fenster und stellte sich hin, den Rücken zum Raum gewendet. Der Stefan stand auf und stellte ihren Stuhl wieder an den Tisch. Erst als sie ruhig und wieder selbstsicher geworden war, fragte sie: „Wenn ich dir eine richtige Bauernarbeit auf einem Hof verschaff, bleibst nachher?"

Er war so aufgeregt, daß er nicht ruhig sitzen konnte. Darum räumte er das Frühstücksgeschirr ab, den Kaffeehafen, das Brotkörbl, Messer und Löffel. „Ich wüßt nicht…"

Sie schrie ihn an: „Laß das, du Lapp! So was ist keine Männerarbeit. Gescheit antworten sollst du mir!“

Sie faltete die Hände über der Brust. Als der Stefan merkte, wie ihre Finger zitterten, packte ihn Mitleid. Arme Goldmarie! Ihr zuliebe sagte er nur die halbe Wahrheit. „Der Hannauer-Bauer will mich forthaben von Felseneck.“

Gleich richtete sich die Schup-Kramerin so hoch auf, daß ihr runder Buckel verschwand und sich ihre Brust unter der Bluse vordrängte. Grad herrisch stand sie da und sagte auch wieder etwas Ungeheuerliches: „Bei mir stehen ein paar Bauern tief in der Kreide. Ich könnt kassieren, und wer nicht auf die Stund genau zahlt, haust ab. Es liegt nur an meinem guten Willen, und ich könnt dir einen Hof zum Wirtschaften anvertrauen!“

„Nein, Marie!“

Grad entsetzt wehrte er sich gegen die Versuchung, ja zu sagen und ihr um den Hals zu fallen. Aber so einen Hof hätte er nie kriegen wollen! Sie klagte ihn dafür an: „Weil's dir auch nicht um die Arbeit geht! Gib's ehrlich zu: Bei so einem blutjungen Ding wie der Hannauer Burga wird bald ein Mannsbild narrisch! Magst sie, nachher schenk ich sie dir noch dazu! Mir geht's nur darum, daß du bei mir bleibst. Als Knecht! Weil ich mich halt an dich gewöhnt hab.“ Zuletzt schrie sie ihn noch an: „Verstehst!“

„Ja, Marie.“

Er wußte längst nicht mehr, was er denken und was er sagen sollte. Davonrennen, bevor er sich noch den Selbstbinder um den Hals legen würde wie der Stammer Willi! Oder ein Stachelhalsband kriegen würde, das auch dem Wildesten seinen Charakter brechen könnte!

„Laß mich gehen, Marie“, bat er nach einer Weile noch

einmal. „Ja, ich hab die Burga lieb, aber die wird den Borek Hans heiraten, weil's ihr Vater so will."

In ihrer Angst, er könnte gleich in dieser Stunde fortrennen, stachelte sie ihn mit Hohn an: „Bist 'leicht kein Mannsbild, daß du ein Dirndl nicht halten kannst? Ich tät sagen: eher ein Feigling, ein Jammerlappen!"

„Wie sollt ich...?"

Er war immer darauf gefaßt, von ihr etwas Grausliches zu hören, aber plötzlich kreischte sie voller Haß auf: „Packst sie halt, deine Burga, schmeißt sie hin! Jedes Mannsbild bringt das fertig. Und wenn sie erst in der Schand ist, muß der Hannauer-Bauer sogar noch bittlich werden, damit du sie überhaupt nimmst. Eine, die keine Ehre mehr hat! Nachher kommt die Lisbeth gekrochen..." Es würgte ihr die Stimme ab, so daß sie sich kaum verbessern konnte: „Die Burga."

„Marie!" versuchte er, sie aus ihrem Traum zu reißen. „Weißt du überhaupt noch, was du redest?"

Sie schreckte zusammen, und es brauchte eine Weile, bis sie sich herausreden konnte: „Gar nichts! Unterschieb mir nichts, was ich nicht einmal denken tät! Hör ich von irgendwo her, daß du schlecht über mich redest, nachher kannst du dein Klumpert packen und aus Felseneck verschwinden! Dafür sorg ich allerweil, denn in unserem Dorf leben nur anständige Leut!"

„Ja, Marie."

Er ging aus der Stube hinüber zum Stall. Die Lisl schnaubte freudig und streckte ihm vertrauensvoll den Kopf entgegen. Weil er jemanden zum Reden brauchte, legte er die Arme um den Hals des Pferdes und fragte: „Sag's du mir, was ich machen soll: fortgehen oder bleiben?"

Bis Mittag hatte er seinen Entschluß gefaßt. Eigentlich

blieb ihm gar keine andere Wahl. Vor der Tür ins Haus atmete er ein paarmal tief durch. Erst als sein Herzschlag ruhiger wurde, ging er durchs Magazin in die Stube. Schon gleich von der Schwelle her sah er, daß der Tisch nur für einen gedeckt war. Der Gedanke, daß sie ihn schon abgeschrieben haben könnte und er verschwinden sollte, erbitterte ihn. Nach einer Weile entdeckte er den Zettel an der Kredenz und entzifferte die steile, eckige Schrift: „Mußt nicht auf mich warten. Dein Essen steht im Rohr. Marie."

Es war sogar noch warm. Der Stefan schöpfte sich 'was auf den Teller und löffelte es freudlos hinein. Beinahe fehlte ihm das grantige Gesicht der Marie auf der anderen Seite des Tisches. Nachher spülte er seinen Teller, wischte den Löffel ab und stellte alles in die Kredenz. Draußen ging ein kalter Novemberregen nieder.

„Sie sperrt doch sonst den Laden nicht einfach zu", überlegte er. Im Vorhaus zog er sich den alten Mantel über und stieg in die Gummistiefel. Zweimal ging er ums Haus, und zur Sicherheit schaute er auch in der Scheune nach. Als er den Schatten im Gebälk schwanken sah, versagte ihm für ein paar Sekunden das Herz. „Um Himmels willen... ach so, da hängt mein Arbeitsgewand an einem Nagel." Er suchte alles bis zu den Dachsparren ab. „Marie? Mach doch keinen Schmarren!"

Er fand sie nicht, wie man den unglücklichen Stammer Willi gefunden hatte. Dennoch brachte er während der nächsten Stunden nicht einmal die Kraft zum Arbeiten auf. Die Knie zitterten ihm, wie wenn er durch eine Felswand gestiegen wäre. Als ihn fror, ging er in seine Kammer hinauf. Er wollte eine alte, grad noch für die Arbeit gute Jacke holen, da entdeckte er an seiner Tür den Zettel: ‚Komm mit dem Sechserzug zurück. Marie.' Ein Stein fiel ihm vom Herzen. „Sagen hätt sie mir schon 'was können, die narrische Urschel!"

Auf der Turmuhr war es vier vorbei. Er hockte sich auf die Bettstatt und brütete vor sich hin, bis er sich vorsagte: „So geht's nicht weiter, so nicht! Jeder springt mit mir um, wie's ihm paßt. Aber unsereins ist auch ein Mensch. Ich muß es wissen, und wenn mir die Burga keine gescheite Antwort gibt..." Er überlegte. „Nachher muß ich's auch packen. Wenn ich bleib, geh ich drauf."

Bis fünf machte er auf dem kleinen Speicher des Kramerhäusls Ordnung. Er war schon so zum Fortgehen entschlossen, daß ihm hier jeder Handgriff sinnlos vorkam. Deshalb brachte er auch nicht viel weiter. Er legte die Arbeit weg, wusch sich und zog das gute Gewand vom Stammer Willi an. Dann nahm er nicht den Wiesenweg als Abkürzung zur Bahnstation, sondern machte einen Umweg über die Hauptstraße. Dabei begegnete er dem Faber Poldi, einem Buben von fünf Jahren. Dem drückte er sein letztes Markstückl in die Hand und trug ihm auf: „Gehst mir zum Hannauer-Hof. Wenn du die Burga wo siehst, sagst ihr: Jemand wartet beim Spritzenhäusl. Aber nur, wenn die Burga allein ist."

„Versteht sich", lachte der Kleine. „Ich bin doch kein Depp!"

Der Stefan versprach ihm noch: „Wenn alles in Ordnung geht, kriegst du von mir morgen eine Tüte mit Gutln."

„Das ist eine Red!" Schon rannte der Bub los.

Noch keine zehn Minuten wartete er hinter dem Haus der Freiwilligen Feuerwehr von Felseneck, als sie aus der Dunkelheit auf ihn zukam. Im ersten Glück vergaß er sogar, was er ihr unbedingt sagen mußte, zog sie in die Arme und busselte sie grad wild. Als sie sich endlich von ihm losmachen konnte, flüsterte sie fassungslos: „Hast du dein bißl Verstand verloren? Wer vorbeigeht, könnt uns sehen!"

„Das ist mir auch schon ein Ding!" Aber er führte sie doch hinter die Weißdornhecke, wo sie gegen neugierige Blicke besser geschützt waren.

„Was ist geschehen? Red endlich!" drängte sie ihn voll böser Vorahnung. Er holte tief Atem. Nach dem Bussel von vorhin war er beinahe überzeugt, alles könnte noch gut werden. Also sagte er ihr seinen festen Entschluß: „Ich geh fort. In Felseneck leidet's mich nicht länger."

Erst schaute sie ihn ungläubig an, bis sie begriff, daß er das ernst meinte. Da fing ihr Kinn zu zittern an, und die Augen füllten sich mit Tränen. „Was heißt das, Stefan? Und ich?"

Auf diese Frage hatte er sich die einzige richtige Antwort zurechtgelegt. „Du mußt dich entscheiden. Es geht nicht so weiter, daß du einmal mit deinem Vater in Kritzen so tust, wie wenn du die Frau vom Hans Borek werden wolltest. Und dann schwörst du wieder mir, daß du nur mich lieb hast."

Hilflos und ratlos klagte sie auf: „Stefan, du sollst mich nicht überrumpeln! Ich wär glücklich... Aber was soll ich dir in der Stund sagen?"

„Ich versteh, Burga." Er konnte seine Enttäuschung nicht packen. Was hätte er von so einer verwöhnten, reichen Bauerntochter erwartet? Daß sie alles hinschmeißen und mit ihm kommen würde? Mit einem, der nicht einmal einen Platz als Bauernknecht gefunden hatte!

„Ich kann den Vater nicht von heut auf morgen zwingen. Wir müssen zusammenhalten!" Sie legte die Arme um ihn und versuchte, ihn zu halten.

Er brachte es grad noch heraus: „Ab heut gibt es in Felseneck nichts mehr, was... Ich hätt's auch der Marie heute am Abend gesagt."

Klar konnte sie ohnehin nicht mehr denken, und so weinte sie verzweifelt auf: „Stefan, es darf doch nicht alles vorbei sein mit uns! Hab auch ein bißl Verständnis für mich! Soll ich mit meinen Eltern brechen? Davonrennen tät ihnen weh und brächt uns kein Glück. Der Vater will mir den Hans nur einreden, zwingen tut er mich nicht. Wir müssen standhaft bleiben, du und ich. Nachher pakken wir das Glück eines Tages doch!"

„Wann, Burga?" Er zog sie schon wieder voller Sehnsucht an sich.

Sie kam gar nicht wirklich zum Überlegen, sondern versprach einfach alles, damit er nicht gleich aus Felseneck und von ihr fortgehen würde. Ihn jetzt nicht hergeben müssen! Auch nicht an die reiche Goldmarie verlieren, die mit ihrem Geld vielleicht auch zehn Jahre Altersunterschied zupflastern könnte! Deshalb versprach sie ihm hoch und heilig: „Bis zum Frühling laß mir Zeit, da hab ich die Eltern so weit! Du mußt nur Vertrauen zu mir haben. Ich bitt dich!"

Das konnte er nicht gleich fassen. Noch vorhin meinte er, es gäbe keine Hoffnung, und auf einmal sollte das Glück so nahe und fast schon sicher sein?

Als es in dem Augenblick vom Kirchturm sechs schlug, schreckte der Stefan zusammen. „Jetzt hab ich die Marie verpaßt!"

Deswegen gab ihn die Burga noch nicht frei, als wollte sie auf diese Weise ihre Macht prüfen. „Ist sie dir gar wichtiger als ich?"

„Sie kommt mit dem Sechserzug. Wenn ich da nicht bereitsteh, kann ich mir 'was anhören!" Er war schon wieder ganz der Knecht der Kramerin. Bis zum Frühling würde er ihr noch dienen müssen. So lang schuldete er ihr Gehorsam und ehrliche Arbeit! Schnell ein Bussel, dann riß er sich von der Burga los, aber das Glück blieb in ihm als eine Kraft, die ihn stark genug machte, viel Leid und Erniedrigungen zu ertragen.

Als er auf die Station kam, schnaufte der Zug gerade mit ein paar Minuten Verspätung den Bühel herauf. Beim Aussteigen war keine Marie zu sehen. Wenn sie während der Fahrt eingeschlafen war, lehnte sie in einem Winkel des Abteils! Der Stefan schrie zum Schöckl Fritz, der an diesem Tag den Fahrtdienstleiter machte: „Wart, ich muß noch die Kramerin aus dem Zug holen!"

Um so etwas kümmerte der sich nicht, sondern winkte lässig dem Lokführer zu. Der Stefan war schon durch die drei Wagen gerannt und konnte grad noch vom fahrenden Zug abspringen. Hinter sich hörte er den Eisenbahner flachsen: „Hast du deine goldene Gans nicht gefunden? Wird sie doch in der Stadt keiner abgestochen haben?"

Langsam ging er von der Station zurück ins Dorf. Fragen wollte er auch nicht mehr nach der Marie, weil die Leut ohnehin schon über ihn so grauslich redeten. Er zitterte innerlich vor Unruhe. Beim Kramerhäusl stieg er gleich die Hühnersteige zu seiner Kammer hinauf, als ihm so war, wie wenn er im Haus ein Geräusch gehört hätte. Solche Lumpen! Einmal war niemand daheim, und schon wollten sie in ihren Laden einbrechen! Das Herz schlug ihm vor Wut und Aufregung bis in den Hals hinauf. Er griff sich einen kantigen Prügel. Nicht vergeblich sollte ihn die Marie als Aufpasser und Leibwächter aufgenommen haben.

Der Verdacht wurde ihm zur Gewißheit, denn das Magazin war nicht versperrt. Lautlos tastete er sich durch den dunklen Raum. Aus der Küche drang Flüstern.

Plötzlich sprang die Tür auf. Der Stefan sah gegen das helle Rechteck den Schatten einer Gestalt, hob den Prügel zum Zudreschen, und ein Entsetzensschrei gellte auf.

Dann stand er verdattert vor der zusammengesunkenen Gestalt. Der Toni befahl ihm: „Ein Glasl Wasser! Schau nicht so drein, du hast die Frau Tant nicht umgebracht!"

Die Marie Schup hockte kraftlos auf der Eckbank und wäre heruntergefallen, hätte sie ihr Neffe nicht festgehalten.

„Umgebracht", flüsterte sie. „Gehst auch du darauf aus? Hättest mich ausraubern wollen? Gut, daß wenigstens mein Toni... Und dir hab ich vertraut!"

„Marie", bettelte der Stefan ganz verzweifelt. Seine Hand mit dem Glas Wasser zitterte.

„Wenn du ihr's nicht bald in den Mund schüttest, ist kein Tropfen mehr da." Sogar über dieses Mißgeschick konnte der Toni lachen, und er forderte sie auf: „Hör endlich auf zu jammern, Marie-Tant, denn der Stefan hat gar nicht zugeschlagen und ist noch viel mehr erschrokken als du!"

Erst eine Viertelstunde später fühlte sie sich wieder so gut, daß sie für den Toni das Abendessen richten konnte. Der saß auf der Eckbank mit übergeschlagenem Bein und wischte von seinem eleganten Sakko unsichtbare Staubfäden weg. Sogar ein schwarzes Haar von der Marie war dabei, denn in ihrer Schwäche hatte sie vorhin den Kopf an seine Brust gelehnt. Wie es sich für ihn gehörte, wollte der Stefan in seine Dachkammer zurückgehen, aber da hielt ihn die Kramerin zurück: „Versäumst 'was? Mußt schon wieder zu deiner Dirn rennen?"

„Nein, Marie."

Er fügte sich, weil das Dagegenreden ohnehin keinen

Erfolg gebracht hätte. Der Toni polierte sorgfältig seine glänzend lackierten Fingernägel, schaute gelangweilt auf den Knecht und sagte zuletzt doch in einem recht anständigen Ton: „Stefan, wir haben nämlich 'was beschlossen, ich und die Frau Tant. Gut, wenn du das rechtzeitig erfährst. Es betrifft auch dich. So am Rand."

Vom Herd schwebte ein würziger Duft nach Fleisch in einer Rahmsoße her. Die Marie rührte gefühlvoll in Hafen und Reindln um. Ohne sich herzudrehen, sagte sie zu ihrem Knecht: „Wir haben uns beredet, der Toni und ich. Wenn schon alle Leut gegen mich sind, müssen wenigstens wir Verwandten zusammenstehen."

„Ja, Marie."

„Hock dich halt hin und steh nicht allerweil da wie ein armer Sünder!" schrie sie ihn plötzlich unbeherrscht an. Gehorsam setzte er sich auf die Kante des freien Stuhls. Die Marie redete weiter: „Der Toni ist der einzige Mensch, der zu mir gehört, und..."

„Liebe Marie-Tant!" unterbrach der sie lachend. Er streifte sich mit der Hand eine von seinen pomadisierten Haarsträhnen aus dem Gesicht. Gleich zupfte auch sie an ihrem Kraushaar. „Marie, Geschäftliches vor dem Essen verdirbt den Appetit!"

Gehorsam war sie still, denn fast immer geschah alles so, wie es der Toni wünschte. Der neigte sich von der Eckbank seitlich hinüber zur Kredenz, um drei Teller herauszuheben. Schon war sie zur Stelle und sagte recht lieb: „Laß nur, Toni, das mach ich. Du hast einen schweren Tag hinter dir mit der Autofahrt nach der Arbeit."

„Nach welcher?" Diesmal hatte der Toni nicht schnell genug verstanden, und der Stefan stellte sich so, als verstünde er überhaupt nichts. Inzwischen breitete die Marie schon ein frisches Tischtuch auf, das noch Bügelfalten hatte und ohne Flecken war. Sogar drei Servietten legte sie hin, keine papierenen, sondern solche aus Leinen. Löffel, Gabel und Messer, die sie für den Toni noch gründlich an ihrer Schürze glänzend polierte. Zuerst füllte sie ihm den Teller mit Fleisch, über das sie eine Kräutersoße mit einem ordentlichen Schöpfer Sauerrahm schüttete. Als Beilage brachte sie ihm Butterkartoffeln mit Petersil. Nach dem Toni legte sie sich selbst ein schönes Stück Braten auf den Teller, und erst zuletzt kam der Knecht. Der spürte ohnehin keinen Hunger, denn ihm sagte eine Ahnung, daß er nach dem Essen etwas Unangenehmes erfahren werde. Genau das sollte kommen.

„Ich steuere das Beste bei, liebe Marie!" kündigte der Toni mit einem schmalzigen Ton an. Er zog aus seinem echt ledernen Aktenkoffer eine Weinflasche hervor. Schon das Etikett zeigte die ganze Vornehmheit. „Gelt, Marie-Tant, da schaust. Korkenzieher!"

Sie riß die Tischlade auf und reichte ihm das verlangte Werkzeug. Mit Kennerschaft roch er am Korken und schnitt ein verzücktes Gesicht. Er goß ein bißl was in sein Glas und nippte daran. Ein Zungenschnalzer. „Grad recht für heut und unsere ganze Zukunft. Prost, Marie!" Sie tranken einander zu. „Auf uns, Marie!"

Nachher bewies er, daß er gar nicht so hochnasert war, denn er sagte: „Sollst auch einen Schluck kriegen, Stefan!"

Die Marie konnte nicht länger still sein. Mit einem seligen Lächeln und einer lieben Stimme wie schon lang nicht mehr, begann sie: „Hast es ohnehin schon gemerkt, Stefan. Ich sag's dir noch, weil es auch dich betrifft. Alsdann, der Toni und ich haben beschlossen..." Nach einer kleinen, wirkungsvollen Pause redete sie weiter und ließ jedes Wort genüßlich auf der Zunge zergehen. „Wir werden Partner, der Toni und ich. Dazu wird er ganz nach Felseneck herausziehen und bei mir hausen, der Sohn von meiner Schwester selig."

Hätte der Stefan nicht schon die Vorgeschichte von der unerbittlichen Gerechtigkeit der Marie gekannt, so wäre er von so viel Güte und Herzlichkeit gerührt gewesen. So fragte er nur: „Was bedeutet das für mich?"

An einem der nächsten Tage hätte er ihr ohnehin gesagt, daß er nur noch bis zum Jänner oder Februar bleiben und dann auf jeden Fall von Felseneck fortgehen müsse. Aber jetzt schickte ihn einfach die Marie fort, nur weil sich der geschniegelte, pomadisierte Toni als Parasit in ihrem Laden festsetzen wollte? Ans Arbeiten dachte der bestimmt nicht, sondern würde das Geld absackeln und verschwinden!

Der Stefan kam nicht mehr dazu, die Goldmarie vor dem Strolch zu warnen, denn mitten in seinem Zorn sagte die Marie: „Gelt, wirst verstehen, daß Blut noch allerweil dicker ist als Wasser. Ich muß mich um den Toni annehmen, das bin ich meiner Schwester Lisbeth schuldig."

„Ja, schuldig."

Der Stefan erschrak, weil man heraushörte, was er dabei wirklich gedacht hatte. Aber die Marie zeigte ihm nicht, ob sie das verstanden hatte, denn sie redete schon weiter: „Alsdann brauch ich nachher deinen Schutz nicht mehr."

Kein einziges Wörtl, daß ihr das leid getan hätte. Der Stefan stand auf, wie wenn er schon in dieser Stunde sein Zeug hätte packen müssen. Ausgerechnet der Toni hielt ihn zurück: „Was rennst wie einer, der 'was gestohlen hat? Hör mir gut zu! Bevor ich in die Bruchbude einzieh, muß eine ganze Menge gerichtet werden. Ich soll eine winzige Kammer kriegen. Meinetwegen, Platz ist in der kleinsten Hütte, wie der Dichter so trefflich sagt. Aber nicht einmal die Frau Tant mutet mir zu, daß ich in einem Verschlag schlafen soll, wo unter dem Bett das Petroleum lagert und hinter dem Schrank hervor der Stockfisch stinkt. Bis zum Frühjahr können wir dich auf jeden Fall noch brauchen. Von jetzt an richtest du alles für mich her, vom Magazin bis zum Dachspeicher. Den Stall baust du mir rechtzeitig in eine Garage für mein Auto um."

„Aber das Roß?" fragte der Stefan ratlos, worauf der Toni nur mit den Achseln zuckte.

Dafür schrie die Marie: „Schau mich nicht so an, Stefan! Du weißt genau, daß ich den Gaul nur deinetwegen gekauft hab. Wenn du ohnehin weggehst und ihn niemand braucht, kommt noch allerweil der Schlachter, der..."

Langsam wurde es dem Stefan ums Herz eisig. In manchen Stunden hatte er die Marie Schup beinahe für einen Menschen mit menschlichen Gefühlen gehalten, aber jetzt verriet sie schon wieder ihre Verachtung für alles, was die Kassa in ihrem Laden nicht zum Klingeln brachte. Wie einen Fremden hörte er sich sagen: „Gelt, Marie, peitsch auch gleich das zweite Roß hinunter in die Schlucht! Aber das wird dir noch heimkommen. Einmal schlägt dir die Stund, in der du ganz allein dastehst, Rotz und Wasser heulst und froh wärst, wenn du wenigstens ein Roß hättest, das zu dir gehört! Gut, nachher geh ich halt."

Er war schon an der Tür und hatte die Klinke in der Hand, als ihn die herrische Stimme der Marie zusammenschrecken ließ. „Da bleibst! Erst hörst du mich wenigstens an, und gehen darfst du, bis ich es dir sag! Verstehst!"

Langsam wandte er sich um, und da stand sie nahe hinter ihm. Feindselig starrte sie ihn von unten her an.

„Ja, Marie."

„Kennst du kein bißl Dankbarkeit?" hechelte ausgerechnet sie. „Wie dich der Hannauer wegen der Liebschaft mit seiner Burga aus dem Dorf hat vertreiben wollen, bei wem hast unterkriechen können? Hast recht gut gelebt auf meine Kosten, du Hungerleider, du Niemand, du Knechtl! Verdien dir endlich einmal dein Essen, und das Gewand wirst du auch noch abarbeiten! Ich bestimm's und duld kein Dagegenreden: Du bleibst bis Ostern und wirst mir alles für den Toni schön herrichten! Stefan, enttäusch wenigstens du mich nicht, denn das hätt ich um dich nicht verdient!"

War wirklich alles so falsch, was sie das sagte? Er wußte selbst nicht mehr, was er denken sollte. Bis zum Frühling hatte er auch der Burga Zeit für ihre Entscheidung gelassen. Ganz leise fragte er: „Wenn ich bleib, darf auch das Roß im Stall..."

Der Toni lachte amüsiert auf, weil er einem Bauernknecht nie gar viel Herz fürs Vieh zugetraut hätte. Bevor auch die Marie zurücksteckte, kniff sie ihre Augen so schmal zusammen, daß man nur noch zwei Strahlenkränze aus tief eingefurchten Falten sah. Ihre Lippen bewegten sich beim Reden kaum. „Nachher bleibst?"

Eigentlich regelte sich ohnehin alles so, wie er es gewünscht hätte, und so sagte er: „Ja, Marie."

Sie nickte auch erleichtert. Nicht aus Bösartigkeit, sondern weil er mit seiner Sehnsucht schon wieder weit fort war, übersah er die Hand, die ihm die Kramerin hinstreckte. Hinter sich hörte er bis ins Magazin den Toni zufrieden lachen.

„Ja, Toni." Die Goldmarie dienerte um ihn so gehorsam und ergeben wie eine Magd.

Ihr Knecht, der Stefan, tastete sich durch das dunkle

Magazin. Vor ihm trippelte ein Tier über den Karton mit parfümierter Seife. Wie die Marie damals vor der Ratte erschrocken war! Jetzt hockte eine Ratte drinnen in ihrer Stube, und sie schreckte sich gar nicht.

Drei Tage später fuhr der Toni wieder in die Stadt zurück. Zur Marie, die ihn noch um ein paar Tage Bleiben anbettelte, sagte er wichtigtuerisch: „Geh weiter, was denkst du! Geschäfte! Du kannst deinen Laden auch nicht so lang zusperren."

Sie meinte halt, er solle schon vor Ostern zu ihr herausziehen und erinnerte ihn recht behutsam: „Viel Gewinn können dir deine Geschäfte nicht bringen, denn wieder hab ich dir einen Tausender geben müssen. Wenn du wenigstens bald nach Neujahr kommen tätest?"

„Hast du eine Ahnung!" Er stöhnte über so viel Unverständnis. „Sogar du als Kramerin mußt wissen, wieviel Geld das Auflösen von geschäftlichen Verbindungen kostet. Einer zahlt dir nicht seine Schulden. Wenn du nicht warten kannst, verlierst du alles. Je schneller das gehen muß, desto mehr Geld tät ich von dir brauchen. Auch wenn ich es mir nur borg und dir auf Heller und Pfennig zurückzahlen werd, kann ich dich nicht ausraubern. Sonst meinst du vielleicht gar, ich käm aus Berechnung zu dir."

„Gar nie, Toni!" Sie war von seiner Anständigkeit fast überzeugt. Zumindest wußte sie, daß sie sich einen Zweifel am Buben ihrer unglücklichen Schwester gar nicht leisten konnte. Der Gerechtigkeit nach hätte ihm ohnehin der halbe Laden gehört! Schon bei ihren Lebzeiten! Sie seufzte tief und fügte sich, aber sie sagte doch: „Ich hab nur gemeint, es wär schön, wenn wir bald miteinander hausen täten."

„Lieb bist", sagte er ihr zum Abschied und drückte ihr auf jede Wange ein Bussel. „Meinst vielleicht, ich wär nicht auch schon ungeduldig? Gelt, den Stefan fragst du rechtzeitig, ob er nicht doch weiterhin bei uns bleiben will. Es gibt allerweil schwere, dreckige Arbeiten, die für einen Knecht besser passen als für einen Kaufmann."

Ein paar Minuten später bewies er, daß er ein durchaus leutseliger Mensch ohne falschen Stolz war. Er ging nämlich zum Stefan hinüber in den Garten, drückte ihm einen Zehner in die Hand und sagte: „Ich bin überzeugt, du wirst alles bestens machen. Tüchtig, fleißig und ehrlich. Wir sehen einander zu Weihnachten, und da sollst du auch nicht leer ausgehen. Wer für mich anständig arbeitet, lebt anständig." Noch einmal klopfte er ihm auf die Schulter, und dabei flüsterte er ihm mit einem Augenzwinkern zu: „Gelt, meinetwegen mußt du dir keinen Buckel anarbeiten. Allerweil langsam und nicht zu viel tun. Je später ich zu der Alten ziehen muß... Ich hab nichts gesagt. Nachher hock ich auf der Kassa, und da ist es für dich eher günstig, wenn du dich mit mir gut stellst."

„Ja, Toni."

Der junge Schup zwängte sich in seinen Sportwagen. Wegen der Novemberkälte hatte er das Dach schon aufgespannt. Als er Gas gab, drehten sich die Räder durch, und der Motor heulte gequält auf. Da murmelte der Stefan hinter ihm her: „Ist ohnehin besser, wenn das Roß zugleich mit mir wegkommt. Der schneidige Lotter tät an ihm noch mehr als zwei Peitschen abhauen. Und für die Marie werden das auch keine guten Zeiten sein im Kramerhäusl."

Nach Feierabend wartete der Stefan diesmal beim Heustadel. Es war eine kalte Nacht ohne Sterne. In seinem Alltagsjanker, nur eine luckerte Strickweste darunter, fror er. Die Kälte kroch ihm auch aus dem Wiesenboden durch die Schuhe, die sich schnell mit Nässe ansoffen. Von Felseneck her kam der Schlag der Kirchturmuhr, Viertel nach sieben. Aber die Burga zeigte sich noch immer nicht. Wenn er zum Dorf zurückschaute, verlor sich der Weg in der Dunkelheit, wie wenn er von nirgendwo herkäme und nirgendwo hinführte.

„Stefan!"

„Burga!"

Sie sanken einander in die Arme. Langsam lösten sich in ihnen alle Zweifel, die sie beinahe schon zur Verzweiflung getrieben hätten. Bei Tag war der Burga eine Menge Tratsch darüber zugetragen worden, wie gut sich die Goldmarie mit ihrem Knecht verstünde. Jetzt sagte sie es ihm auf den Kopf zu.

„Erstunken und erlogen!" brauste er auf. „Um uns geschieht 'was Grausliches. Es könnt auch noch viel ärger werden, denn der Toni ist ein Lump, der seiner Tant nur möglichst viel Geld aus dem Taschl ziehen will. Fortekeln wird er sie!"

Nichts störte die Burga mehr, als wenn er das Weibsbild noch so besorgt in Schutz nahm. In ihrer Feindseligkeit und Eifersucht schimpfte sie los: „Ein schlechtes Gewissen hat sie! Die kriegt der Toni nie aus dem Kramerladen. Höchstens, man trägt sie, den Kopf voran, in einer Kiste hinaus. Wirst sehen, Stefan: Wenn sie's darauf anlegt, nimmst auch du deinen Binkel und rennst bei Nacht und Nebel davon!"

„Ich will ohnehin fort. Burga, mit dir!"

Davon zu reden, war gefährlich. Darum schmiegte sich

die Burga lieb in seine Arme und flüsterte: „Tu ich dir gar nicht leid? Ich steh da, und niemand gibt mir ein Bussel."

„Frieren mußt du außerdem!" stimmte er bereitwillig im gleichen Ton bei. „Kommst mit ins Heu? Drinnen ist es weich und warm."

„Kenn ich schon!"

„Und woher?" Noch lachte er, aber am Zittern seiner Stimme erkannte sie, daß er schon wieder eiferte. Noch im rechten Augenblick nahm sie sein Gesicht zwischen die Hände, streichelte über seine Wangen und gab ihm ein Bussel, daß es ihm den Atem verschlug. Da fragte er nichts mehr. Sie faßten einander an den Händen, und auf einmal lagen sie im Heu. Es roch so würzig. In dieser Nacht fiel durch die Ritzen in der Holzwand nicht einmal das flimmernde Lichtl eines Sterns. Voll Vertrauen gab sich die Burga ihrer Sehnsucht nach Zärtlichkeiten hin. Erst als das Feuer gefährlich wurde, setzte sie sich im Heu auf und erinnerte ihn recht sachlich: „Du hast mir Nachricht gegeben, daß du mir etwas sehr Wichtiges sagen mußt."

Damit schreckte sie ihn aus seinen verliebten Träumen, aber seine Stimme klang noch immer feierlich. „Burga, die Entscheidung ist gefallen. Der Marie hab ich schon gesagt, daß ich zu Ostern weggehen werd. Von ihr und überhaupt von Felseneck. Das heißt..."

„Das heißt", spann sie flüsternd weiter, „daß sich bis dahin alles entschieden haben muß?"

„Tät ich sagen."

Eine Weile blieb es still zwischen ihnen. Die Burga atmete schwer, denn sie ahnte, was in der nächsten Zeit auf sie zukommen werde. Sie versprach ihm: „Den Borek Hans werd ich nie heiraten."

Schon allein das machte ihn so glücklich, daß er sie wieder in seine Arme zog, und sie schmiegte das Köpfl zärtlich an seine Brust. Aber jetzt mußte er es genau wissen: „Eine klare Antwort, Burga! Willst mit mir leben, so mußt du spätestens zu Ostern deinen Binkel packen und mit mir kommen!“

„Warum?“ Sie riß sich von ihm los, schlug die Hände vors Gesicht und ließ sich ins Heu vorfallen. Nur am Zucken ihrer Schultern merkte man, daß sie weinte, und diesmal dauerte es lang, bis sie sich wieder beruhigte. Dann klagte sie mit einer ganz verweinten Stimme: „Wer keine Liebe und keine Geduld aufbringt, der biegt den Rosenzweig nicht, der bricht ihn! Wenn ich den Borek nicht nehm, läßt mir der Vater bestimmt die Freiheit...“

„Daß du einen anderen reichen Bauern heiratest. Nur ganz bestimmt nicht mich!“ Die Enttäuschung machte ihn blind, ungerecht und hart. „Einmal mußt du dich entscheiden, denn auf die Dauer laß ich mich auch nicht vertrösten. Ist dir vielleicht das Geld wichtiger als die Liebe? Man könnt manchmal glauben, du willst nur von jeder Seite das Beste naschen!“

Sie fing wieder an zu weinen, aber nach allem, was der Stefan an diesem Tag schon erlebt hatte, rührten ihn nicht einmal mehr die Tränen der Burga. Plötzlich sprang sie auf. Beinahe half es ihr, daß sie jetzt auf ihn zornig werden konnte. So ließ sich vieles leichter sagen, als wenn man einander dabei lieb streichelte. Sie erwiderte beherrscht, fast kalt: „Einverstanden. Mit geduldigem Zuwarten könnten wir uns das Armenhäusl ersparen, und der Vater tät mich bestimmt zu keiner reichen Vernunftheirat zwingen. Aber du willst es nicht anders: Zu Ostern sag ich dir ja oder nein, und das wird endgültig sein. Zufrieden?“

Ihre Worte klangen vernünftig und ohne Spur von einem Gefühl. Darum erklärte er noch einmal: „Sieh doch ein, daß ich es wissen muß, wie unser Leben ausschauen wird! Du hast es leicht, denn deine Leut haben dich gern. Aber ich muß mich in jeder Stund gegen die Marie wehren!"

Im Augenblick verstand sie seine Worte noch so, daß ihm die Kramerin das Leben mit ihrer Bosheit vergiftete. Daß er mit diesem unüberlegten Satz auch etwas anderes gemeint haben könnte, dämmerte ihr erst, als es schon zu spät war, die Katastrophe zu verhindern: Leid und Tränen und keine Hoffnung, Elend, Blut und der Tod! Wie es ihm die Zigeunerin beim Schützenmahl aus der Hand gelesen hatte.

In den ersten Dezembertagen feierte noch einmal ganz Felseneck. Die Marie saß schon beim Frühstück im Festdirndl. Damit sie die Bluse nicht mit Kaffee antrenzte, stopfte sie sich die Serviette in den Ausschnitt. Ärgerlich wies sie den Stefan zurecht: „Was schaust denn so? Soll ich vielleicht fleckert herumrennen? Trink aus, der Pfarrer wird wegen dir nicht zweimal predigen!"

Es war keine geheimnisvolle Vorahnung vom Unglück, sondern da spielte schon einiges zusammen, so daß der Stefan sagte: „Eigentlich mag ich gar nicht hingehen."

„Und warum nicht?" Sie tunkte das mürbe Kipfel in den Milchkaffee und biß zornig schnell ab. „Einmal gibt es in diesem gottverlassenen Nest ein bißl Unterhaltung, und was sagt der junge Herr? Ich mag nicht! So kommst du mir nicht davon. Das bist du mir schuldig!"

Solche Worte machten ihn hellhörig. „Was bin ich dir schuldig?"

Sie stand auf und trug das Küchengeschirr zum Herd. Fürs Abspülen blieb jetzt keine Zeit mehr. Als der Stefan noch immer keine Anstalten zum Aufstehen machte, zog sie ihn am Jankerärmel und erklärte ihm: „Beim Kirtag zeigen die Dienstleut an, ob sie mit ihrer Herrschaft zufrieden sind. Wo's nicht stimmt, kommen sie zwar auch in die Kirch mit, aber Knecht und Bauern stellen sich dann weit voneinander weg. Das ist bei uns in Felseneck der Brauch."

Er hatte gleich den Verdacht, die Marie dachte sich das nur aus, damit er mitkommen mußte. Da war jedoch etwas, das ihm besondere Angst machte. Seit dem Streit im Heustadel hatte er die Burga nicht mehr gesehen. Er blutete vor Sehnsucht nach ihr, aber sollten sie einander wieder in Gegenwart ihrer Leute und der Marie begegnen, so konnte nicht viel Gutes herauskommen.

Der Stefan ertappte sich, wie er die ganze Zeit über das Haar der Marie angeschaut hatte. Blauschwarz und gekraust. Dazu die großen dunklen Augen. Überstrahlte einmal ein gütiger Schein ihr Gesicht, so war es eigentlich gar nicht so häßlich. Ein lächelnder Mund machte einen bald schön, aber das Leben hatte der Marie die Mundwinkel abwärts gerissen. Wenn sie zornig oder verächtlich dreinschaute, preßten sich ihre Lippen zu schmalen Strichen. In ihrer Wut verlor sie oft alle Beherrschung, so daß sich ihr Gesicht verzerrte und sich die Finger verkrampften.

Mit einer ungut befehlenden Stimme schreckte ihn die Goldmarie aus seinen Gedanken: „Gleich nach dem Mittagessen kommt der Toni aus der Stadt. Wenigstens bis dahin bleibst du bei mir, denn ich mag auch nicht ganz allein dahocken!"

„Ja, Marie." Dann bat er noch: „Wartest halt ein paar Minuten, ich zieh mir nur das gute Gewand an."

Als sie bald darauf das Kramerhäusl verließen, versperrte die Marie alle Türen zweifach und riß prüfend an den Klinken. Ein heimlich zuschauender Dieb sollte gleich merken, daß hier nichts zu machen sei.

„Höchste Zeit!“ drängte sie der Stefan, weil die Kirchenglocken von Felseneck schon zu rufen begannen. Sie aber ging noch einmal zur Magazintür. Dann bemühte sie sich doch, schnell auf den Kirchenplatz zu kommen. Aus Gewohnheit blieb der Stefan immer einen halben Schritt hinter ihr. Dafür keifte sie ihn leise, fast tonlos an: „Wo bleibst? Schleich nicht hinter mir nach wie ein geprügelter Hund!“

Der Kinberger-Bauer und seine Frau gingen akkurat in dem Augenblick vorbei. Sie hatten die Worte gehört und grüßten süßlich die Kramerin, der sie noch ziemlich viel vom letzten Kredit schuldeten. Erst als sie außer Hörweite waren, zischelte die Kinbergerin: „Die laßt den jungen Gimpel nicht mehr aus, ob’s ihm taugt oder nicht.“

Der Stefan sagte: „Ich bin ohnehin da, Marie. Halt einen Schritt hinter dir, wie’s für den Hausknecht gehört.“

„Red nicht so!“ Diesmal klang das eher traurig als vorwurfsvoll. „Wenn man in die Kirch zum Herrgott geht, gelten eigentlich alle Menschen gleich viel.“

„Auch Bauern und Knechte?“ Der Stefan lächelte bitter. Würde sich nur der Hannauer daran halten! Aber sogar in der Kirche hockten die Großkopferten nahe beim Altar, und auf dem Friedhof gehörten ihnen die schönsten Plätze mit der guten Aussicht.

Die Marie zerrte ihn am Jankerärmel weiter. Gleich schauten die Leute, daß ihnen die Augen fast herausfielen. Damit sie ihn wieder loslassen würde, blieb er an ihrer Seite. Weil das auch nicht half, machte er mit seinen langen Beinen zwei schnelle Schritte vorwärts. In Felseneck sollten sie wenigstens nicht glauben, er und die Marie gingen zur Kirche schon eingehängt wie ein Paar.

Gegen den Hauptplatz zu wurde das Gedränge noch dichter. Dort hatten die Marktfahrer ihre Standl aufgebaut. Mit lauter Stimme überschrien sie einander beim Anpreisen ihrer Waren: von Gutln über Lakritzenstangen und Türkischem Honig bis zu prächtig verzierten Lebkuchenherzen; von billigen Socken und Büstenhaltern bis zu echtseidenen Busentüchln und sündteuren Festdirndln. Wo ein Neugieriger stehen blieb, drängten sich bald fünf, zehn oder mehr Leute um ihn. Wo erst keiner hielt, konnte sich die Standlerin kropfert schreien, es half ihr so lange nichts, bis ihr der erste Gimpel auf den Leim ging.

„So sind halt die Menschen", sagte sich der Stefan tonlos vor. „Sogar in der Lieb. Ein bildsauberes, anständiges Dirndl bleibt allein. Aber um die anzopften, leichtfertigen Dinger drängen sich die Mannsbilder, als kriegten sie etwas gar so Wertvolles geschenkt."

„Willst 'was?" fragte die Goldmarie ihren Hausknecht freundlich und drängte ihn auf ein Standl zu.

Er schaute sich erschrocken um, ob ja niemand ihre Worte gehört hatte. Dann stellte er sich, als habe er sie nicht verstanden und lehnte geringschätzig ab: „Für so einen Gschnas hab ich kein Geld."

Wenn sie etwas wollte, ließ sie nicht so schnell locker. „Ein Flanellhemd? Es wird ein kalter Winter, und du bist nicht gut ausgerüstet. Ein halbes Dutzend könntest du brauchen. Soll ich es dir schon als Weihnachtsgeschenk im vorhinein auslegen?"

„Nein!" Er schrie so verzweifelt auf, daß sich ein paar neugierige Dirndl nach ihnen umdrehten, einander etwas zulispelten und dalkert kicherten. Das hielt er nicht länger aus. Mit großen Schritten ging er auf die Kirche zu. Hinter ihm greinte die Goldmarie etwas von Undankbarkeit. Was sich so ein junger Lackel einbildete!

Bei der Kälte war die Kirche von Felseneck schon geheizt. Der Hochwürden meinte halt, beim Frieren könnte keine echte Frömmigkeit aufkommen. Wie bisher, wollte der Stefan auch diesmal hinten beim Tor stehen bleiben, aber die Marie zog ihn recht energisch im Mittelgang vor. Sie ließ seine Hand nicht los und hatte einen harten Griff. Er gab seinen Widerstand erst auf, als er auf der Männerseite die Hannauer-Leute beisammensitzen sah: den Bauern, die Bäuerin und neben ihr den Gustl. An der Seite vom Vater saß die Burga. Neben ihr... Der Blick des Stefan wurde starr vor Enttäuschung. Der Borek Hans neben der Burga, wie wenn sie schon versprochen gewesen wären!

Zwei Reihen hinter den Hannauer-Leuten, aber auf der Weiberseite, drängte die Kramerin ihren Knecht in die Bank, und es half ihm nichts, daß er verzweifelt flüsterte: „Laß mich! Da ist doch nur noch ein Platz frei!"

Warum hätte sie auch beim Pfarrer für zwei kaufen sollen? Auf dem Messingschild stand ‚Marie Schup'. Dem Stefan war es recht peinlich, daß er vier Weibern und einem Mann über die Füße steigen mußte. Sie alle lächelten ihm gezwungen freundlich zu, nur der Hollberger, der mit seiner Frau und einem Dirndl die Plätze neben dem der Marie hatte, deutete mit erhobenem Zeigefinger ein Nein.

„Mach keine Tanz, Hollberger", sagte die Marie so leise, wie sich das in der Kirche gehörte. „Heut brauch ich einen zweiten Platz." Dabei zupfte sie ihr Haar unter der Strickhaube hervor tiefer in die Stirn. „Gelt, nach Weihnachten mach ich dir einen Besuch. Wir müssen über die

Erhöhung der Zinsen reden. Mein Gott, alles wird teurer. Böse Zeiten! Gelt, siehst ein, daß sich der arme Stefan mit seinem wehen Haxen setzen muß?"

„Freilich", dienerte der Hollberger-Bauer. Und streng zu seinem Töchterl: „Siehst nicht, daß ein Erwachsener den Sitzplatz braucht? Stell dich an die Seite, wo die Ministranten sind!"

„Dank dir", flüsterte die Kramerin, und als gleich darauf die gläubige Gemeinde das erste Lied anstimmte, fiel sie mit einer recht schönen, hellen Sopranstimme ein.

Der Stefan bemühte sich, nur zum Altar hinzuschauen, aber immer wieder zog es seinen Blick zur Hannauer-Bank. Von hinten her sah er nur den demütig vorgeneigten Nacken der Burga. Über ihr braunes, in Zöpfen an den Kopf gestecktes Haar streicheln! Er schreckte aus dem sehnsüchtigen Traum, denn die Marie berührte ihn sanft an der Hand und flüsterte: „Niederknien! Hast du schon vergessen, wie's in einer Kirch zugeht?"

Schnell sank er vor, aber kein einziges Gebet brachte er zu Ende. Wie wenn ihn schon der Teufel in den Klauen gehalten hätte! Warum ausgerechnet die Burga mit dem Hans? Dann spottete in ihm eine höllische Stimme: „Wo ein Haufen Geld liegt, macht der Teufel einen zweiten dazu!"

Dabei hätte er fromm sein können? So lang war ihm noch keine Sonntagsmesse vorgekommen. Kaum hatte der Pfarrer den Schlußsegen erteilt, drängte sich der Stefan schon zum Tor, wie wenn er es nicht hätte erwarten können, im Sutter-Wirtshaus die nächste, die ‚Zwölfer-Messe' zu feiern.

Die Marie klammerte sich an seinem Arm fest und zischelte: „Was rennst so? Ich komm dir kaum nach!" Außerdem sah er die Hannauer-Leute mit dem Hans in die

Wirtschaft gehen, und so fügte er sich, als sie bestimmte: „Gegessen wird allerweil noch daheim, denn ich hab das Geld nicht zum Hinausschmeißen. Musik und Tanz gibt's erst um vier."

Im Kramerhäusl schälte sich die Marie aus ihrem Wetterfleck und kämmte schnell vor dem Spiegel das Haar mit Stirnfransen herein. Als sie sich zum Stefan wandte, bettelte sie mit einem schüchternen Lächeln um ein gutes Wort. Grad weil sie sonst meistens grantig, bösartig oder boshaft dreinschaute, sagte er jetzt aus ehrlicher Überzeugung: „Sauber, gar nicht so übel, Marie." Sie nickte, lief an den Wangen sogar ein bißl rot an und murmelte: „Untersteh dich und sag, daß ich recht gut ausschau. Das wär so gelogen, daß ich dich dafür niederducken müßt."

Unter dem Winterdirndl trug sie eine Bluse mit langen, bauschigen Ärmeln. Das Schnürl am Ausschnitt hatte sie nicht ganz fest zusammengezogen. Sie hielt sich so schön aufrecht, daß man merkte, wie fest gestellt sie war. Der Rock bauschte sich über runde Hüften, und bis zu den Beinen hinunter traute sich der Stefan erst gar nicht zu schauen. Weil er nicht wußte, was er noch hätte sagen dürfen, fragte er lieber gleich, ob er bis zum Mittagessen in seine Kammer hinaufgehen sollte.

„Ja", entschied sie sofort. Dann aber: „Eigentlich nein, mußt nicht. Hast du eingeheizt? Warum sollst frieren, wenn's hier angenehm ist. In einer Viertelstund bin ich fertig, denn ich wärm das Essen nur auf."

Sie nahm aus dem Rohr die Rein mit dem gerollten Rindsbraten und stellte sie auf den Herd. Dem Stefan befahl sie: „Hol aus dem Magazin eine Dose mit Pilzen. Aber nicht die billigen, sondern die im roten Papier. In der Speis schöpfst du vom Milchhafen einen Löffel Obers ab. Schau nicht so langsam!"

„Ja, Marie."

Er wollte ihr bestimmt nicht nachschauen, aber zufällig hatte er im Herdrohr ganz hinten noch zwei Brathendl gesehen. Sie fragte ihn: „Magst einen Rotwein oder Bier dazu?"

„Rotwein tät nicht schlecht passen", meinte er. „Aber gar so verwöhnen mußt du mich auch wieder nicht."

„Red nicht so viel. Heut ist ein besonderer Festtag." Sie kriegte ein verträumtes Lächeln auf die Lippen, die gleich von schmalen Strichen zu einem recht sauberen Frauenmund aufblühten. Wie die Blumen im Frühjahr. Aber draußen war es halt schon Spätherbst, bald würde es Winter sein. Damit er nicht vergessen sollte, daß er mit seiner Herrin am Tisch hockte, befahl sie streng: „Schenk mir einen Roten ein. Kannst dir auch einen nehmen."

Als sie ihr Glas hob, wünschte er ihr: „Gesundheit, Marie."

„Dir auch." Sie schaute ihn nicht an und stürzte ihren Wein in einem Zug hinunter.

Nach dem zweiten Glas lachte der Stefan, der halt gar nicht an Alkohol gewöhnt war: „Du ziehst nicht schlecht an, Marie!"

Da lachte auch sie, daß es klang wie von einem jungen Mädchen. Kaum hörbar flüsterte sie ihrem leeren Glas zu: „Unsereins muß schon die Feste feiern, wie sie fallen." Im nächsten Augenblick fror ihre glückliche Stimmung schon wieder ein. „Ich glaub, das ist irgendwo einmal an der Tür von einem Friedhof gestanden."

Sie stellte das gebrauchte Geschirr zusammen. Als sie aus dem Hafen heißes Wasser in den Weitling gießen wollte, war der Stefan gleich an ihrer Seite und bot sich an: „Das mach ich, sonst verbrühst du dich!"

„Auf ein paar Narben mehr oder weniger kommt's bei

mir auch nicht mehr an“, murmelte sie und drängte den Stefan zur Seite. „Weg da! Geschirrspülen ist allerweil noch Weiberarbeit!“

Er fügte sich und sagte: „Soll ich zum Roß hinausschauen? Ich hab's zwar schon am Morgen versorgt, aber es freut sich.“

„Gehst halt“, genehmigte sie ihm. Dann schrie sie noch durchs Magazin nach: „Leg dazu ein anderes Gewand an! Um vier gehen wir zum Sutter, beim Tanzen zuschauen. Da leid ich's nicht, daß du nach Stall stinkst wie ein Roßknecht!“

„Ja, Marie.“

Nach dem Stall ging er wieder in seine Kammer hinauf. Dort war es nicht viel weniger kalt und feucht als im Freien. Der Novemberwind pfiff durch die Ritzen im Holz herein. Nur einen Blick warf der Stefan über die Dächer von Felseneck. An diesem Kirchweihtag wirkten sie alle grau. Ihm kroch die Kälte ins Herz. „Meine Burga und der Hans. Geld muß doch recht wichtig sein. So ein Schmarren! Ich werd's ihr zeigen, daß ich auch ohne sie gut leben kann!“

Als sich der Stefan kurz vor vier durchs Magazin tastete, war es schon so dunkel, daß er kaum mehr die Hand vor den Augen sah. Aber er kannte den Weg zu gut, als daß er hätte Licht machen müssen. Dafür stolperte er über einen Karton Salz, den die Marie wieder einmal nicht an den Platz zurückgestellt hatte.

Wie es ihm eingeschärft war, klopfte er an die Tür zur Wohnküche. An dem Tag vielleicht flüchtiger als sonst. Niemand antwortete. Also drückte er die Klinke nieder, machte die Tür auf, und da hörte er gerade noch den eisernen Geldschrank zuknallen. Schnell wollte die Marie das Heiligenbild darüberhängen, aber sie fand den Haken nicht gleich, rutschte zweimal ab und geriet so in Wut, daß sie den Stefan anschrie: „Schleichst herum? Aber das Schrankl macht mir keiner auf, der die Zahlen nicht kennt! Hast sie vielleicht schon ausspioniert?"

„Nein, Marie."

Sie schob hastig ein paar größere Scheine in ihre Kleidertasche, nachher sagte sie: „Jetzt können wir gehen."

Auf der Straße war nicht mehr viel los, und von den Wiesen her schoben sich Herbstnebel zwischen die Häuser. Viele Standler hatten ihre Tische schon abgebrochen. Felseneck war für sie noch nie ein gutes Geschäft gewesen, denn wo die Bauern hart gegen das Abhausen kämpfen, tragen auch die Knechtl wenig Geld in den Taschen. Hier knauserten sogar die verliebten Leute mit jedem Zerquetschten.

Der Stefan schlich hinter der Kramerin her, so daß sie ihn ärgerlich anpfnurrte: „Was schaust du so verdrossen drein?"

Er suchte keine Ausrede, sondern gestand offen: „Eigentlich ist mir der Wirbel beim Sutter zuwider."

Bisher hatte sie nur vom Zuschauen geredet, aber jetzt ließ sie den Stefan nicht so leicht aus und forderte ihm ein Versprechen ab. Dazu fragte sie: „Ach, magst 'leicht mit mir nicht tanzen?"

Ihm blieb keine Möglichkeit zum Davonlaufen, er mußte sagen: „Einmal können wir schon..." Sie schnaufte zufrieden vor sich hin, denn das hatte sie hören wollen.

Als dann die Goldmarie in den Festsaal vom Sutter trat, drehten sich viele Köpfe nach ihr um. Das war nicht die grantige, oft vorgebuckelte Kramerin, sondern ein selbstbewußtes Weib! Die meisten Bauern schauten gleich noch feindseliger auf sie, Frauen und Dirndl lispelten lüstern. Alle miteinander bedauerten oder verachteten sie den Stefan, der schicksalergeben hinter ihr nachtrabte.

„Grüß dich, Marie!“ dienerte der Sutter-Wirt mit fast ehrlich gemeinter Herzlichkeit. Er hatte ihr den Knecht überlassen, und so drohte ihm einstweilen von ihr keine Gefahr. „Einen schönen Platz hätt ich für dich drüben beim Fenster. Von dort aus siehst du alles!“

Sie schüttelte den Kopf und schnitt ein unzufriedenes Gesicht. „Ich will einen besseren Platz! Von der letzten Reih her ist es mir allerweil zu weit zur Tanzfläche.“

„Ja, Marie.“

Der Sutter war ratlos, aber drei Holzknechtl halfen ihm aus seiner Not und räumten ihren Tisch. Dafür sagte der eine grinsend: „Gelt, wir haben ohnehin grad an der Schank drei Bier trinken wollen.“

Wie einer vornehmen Dame schob der Sutter der Marie den Stuhl zurecht, so daß sie sich grad noch draufsetzen mußte. „Was darf ich bringen?“ Sie gab die Bestellung auf, ohne den Stefan zu fragen, und schon rannte der Wirt los. Bei der Durchreiche schrie er seiner Frau hinein: „Zweimal Torte! Aber ordentliche Portionen für unsere Goldmarie!“

Sie schien von dem Aufsehen, das sie verursachte, nichts zu merken. Sie sonnte sich still im Neid der Weiber auf ihr kostbares Festdirndl und den alten Bauernschmuck an ihrem Hals. Deshalb dankte sie auch für jene Grüße freundlich, die sie als eine hundsgemeine Heuchelei durchschaute. Als der Sutter die zwei Portionen Torte, eine Flasche süßen Wein und Gläser auf den Tisch stellte, übernahm sie es selbst, die Sachen zu verteilen. Sie stellte auch dem Stefan einen Teller mit Torte und ein Glas zurecht. Mit einem lieben Lächeln forderte sie ihn auf: „Erst schenkst mir ein Glasl ein! Dir nur ein halbes, denn mit einem Rauschigen mag ich nicht am Tisch sitzen."

Er durchschaute, warum sie sich so aufspielte, und am liebsten wäre er gleich wieder gegangen. Auf der anderen Seite des Saales saßen nämlich die Hannauer-Leute. Mit der Burga! Und ganz nah bei ihr... Der Stefan konnte gar nicht hinschauen. Die Burga tat auch, als bemerkte sie ihn überhaupt nicht. Nur der Borek Hans hob einmal grüßend die Hand. Weil die Marie ihre Mundwinkel gar so spöttisch herunterzucken ließ, winkte der Stefan zurück. Ärgern sollten sie sich, die Marie genauso wie die Burga!

„Schmeckt nicht schlecht, die Torte", lobte die Goldmarie und ließ ein Stückl davon genießerisch auf der Zunge zergehen. „Der Johannisbeerwein paßt auch recht gut dazu. Willst noch ein Glasl?"

„Nein danke, mir langt's." Er wollte seinen Verstand klar behalten und wußte, daß ihn der Wein zu ehrlich gemacht hätte.

„Aber mir noch eine Flasche von dem Saft!" verlangte sie vom Sutter. Und dem Stefan flüsterte sie zu: „Ich hab heut noch etwas, auf das ich mich richtig freu." Sie musterte ihn mit ihren großen, dunklen Augen, so daß er sich wieder einmal fühlte wie eine Maus vor der Schlange. Dort drüben flüsterte die Burga gar so vertraut mit dem Borek!

„Ja, Marie?"

„Ein bißl aufmerksamer kannst schon sein!" putzte sie ihn mit sanftem Vorwurf zusammen. „Du schuldest mir ein anständiges Verhalten und mußt gar nicht vor den Leuten zeigen, daß du mich nicht ausstehen kannst!"

„Stimmt doch nicht", versuchte er sich zu verteidigen. Er meinte, daß er sie bestimmt nicht vor allen bloßstellte.

Der Hannauer-Bauer war aufgestanden. Auf dem Weg

in die Schankstube kam er am Tisch der Kramerin vorbei. Als ob er damit den Stefan herabsetzen wollte, sagte er zu ihr besonders herzlich: „Schön, daß du auch gekommen bist! Wer nach Felseneck gehört, muß unbedingt beim Kirtag die Gaudi mitmachen!“ Er schnalzte leise mit der Zunge und flüsterte: „Teufel, ich hab gar nicht gewußt, was du für ein pfundiges Frauenzimmer bist! Weil du aber auch allerweil alles versteckst. Ich mein, du versteckst, wie sauber du bist!“

„Daß du dich halt nicht verredest“, machte sie das Flachsen mit und stachelte ihn noch an. „Wenn dich deine Frau so reden hört, mußt du die ganze Nacht scheitelknien.“

Er ging an den Tisch zu seinen Leuten zurück und hatte den Gruß des Stefan nicht einmal bemerkt. Auf dem Gesicht der Marie hielt sich der sonnige Schein noch eine Weile, bis sie plötzlich ihren Hausknecht grad feindselig anzischelte: „Willst akkurat du mir die gute Laune verderben? Mich lächerlich machen vor allen? Eine Weil wart ich noch, aber nicht mehr lang.“

„Was hat's?“ schreckte er auf. Dort drehte sich der Borek mit der Burga langsam im Walzertakt.

„Ja oder nein?“ Die Augen der Marie waren fast schwarz vor Zorn und Kränkung und Scham.

„Tätest 'leicht tanzen wollen?“

Gleich war sie wieder versöhnt und erinnerte ihn mit einer guten, freundlichen Stimme: „So wie damals am ersten Tag, als du nach Felseneck 'kommen bist.“

Wahl blieb ihm ohnehin keine, und so ging er mit ihr auf die Tanzfläche. Von allen Seiten her schauten ihm die Leute zu. Die Verlegenheit trieb ihm Schweißtropfen auf die Stirn. „Kannst mich ruhig ein bißl fester halten!“ befahl sie ihm. „Ich bin keine so Zarte.“

„Die Leut."

Sie überhörte seinen Einwand und sagte voller Bewunderung: „Wie gut die Burga mit dem Hans tanzt. Die sind schon richtig zusammengespielt." Als das Musikstück zu Ende war, blieb die Marie noch stehen. Die Hände des Stefan glitten von ihr ab, doch sie hielt ihn fest und bestimmte herrisch: „Ich möcht noch einmal tanzen!"

„Ja, Marie."

Die Burga war nicht mehr im Festsaal, der Borek Hans auch nicht. Dem Stefan kam alles so sinnlos vor, daß er auch noch ein drittes Mal mit der Goldmarie getanzt hätte, aber da entschied sie: „Das langt. Wir setzen uns. Sag dem Sutter, daß ich noch 'was trinken will. Aber etwas Scharfes!"

Der Hannauer-Bauer kam noch einmal an ihrem Tisch vorbei und sagte: „Meine Frau und ich gehen schon heim. Wenn unsere Kinder nicht dabei sind, freut's uns nicht mehr so recht."

Den Stefan traf jedes Wort bis in die Seele.

„Deine Kinder? Die Burga und…?" Die Augen der Marie Schup funkelten fröhlich.

Der Bauer deutete über das Gedränge im Saal und fragte: „Siehst vielleicht meinen Gustl? Als Gemeindejäger muß er ausgerechnet an Festtagen hinaus in den Wald, denn das Diebsgesindel wird allerweil frecher. Traurig genug, daß dann die Leut im Freischützen den Helden und im Jäger den Bösen sehen!" Nachher lächelte er wieder. „Und siehst vielleicht noch meine Burga? Bei dem Sauwetter ist der Hans nicht mit dem Roß heraufgekommen, sondern mit dem Zug. Jetzt begleitet sie ihn zur Station. Der Hans wär halt richtig für sie. Kritzen liegt mir nicht aus der Welt, und gut aufgehoben wär sie bei ihm. Eines Tages könnt der Hans zum Hof auch noch das

Wirtshaus übernehmen. Vielleicht wär meine Burga dann Frau Bürgermeister. Ist das nichts?“

Die Goldmarie lachte verständnisvoll. „Freilich, Hannauer. Als Weib von einem Knechtl hätt sie's bestimmt schlechter getroffen. Aber so etwas hättest du ohnehin nie geduldet. In deiner Familie!“

Er winkte zu seiner Frau hin, daß er gleich nachkommen werde, und zur Kramerin sagte er: „Pfüat dich, Marie! Stell halt nichts an! Je reifer der Wein, desto gefährlicher!“

Der Hannauer gab dem Sutter die Tür in die Hand. Wie sie es ihm aufgetragen hatte, bestellte der Stefan: „Jörg, die Marie will noch 'was Scharfes trinken.“

Sie aber verjagte den Wirt mit einem Wink, breitete die Arme weit aus und rief: „Na endlich! Hast du dir Zeit gelassen! Tut man das? Ich wart seit zwei Stunden auf dich und langweil mich zu Tod.“

Der Toni busselte sie herzlich auf beide Wangen. Dabei schaute er über ihre Schulter zum Stefan, blinzelte ihm zu und sagte: „Frau Tant, ich bin grad geflogen! Aber mit meiner lahmen Kiste komm ich auch nicht mehr so schnell weiter, wie ich gern wollt. Da müßt ich mir zu den sechs Zylindern einen siebten einbauen lassen, aber das kostet, kostet!“

„Red nicht schon wieder vom Geld“, verwies sie ihn recht sanft. Und dem Stefan trug sie streng auf: „Gehst hinaus zum Sutter und holst einen Liter vom Italienischen. Er weiß schon, welchen der Toni so gern trinkt. Dazu zwei Gläser.“

Das war deutlich genug. Der Stefan sagte gleich: „Dank dir für die Einladung vom Nachmittag! Ich wünsch noch einen schönen Abend.“

Da winkte ihm der Toni schnell zu. „Ich komm mit,

weil ich mir bei eurem Weinpantscher Zigarrln kaufen möcht. Hoffentlich hat er ein gescheites Kraut. Siehst, Marie-Tant, vor lauter Beeilung bin ich nicht einmal mehr dazu gekommen."

Freude strahlte ihr aus den Augen, und sie dankte ihrem Neffen auf die einzige Art, die sie beherrschte: „Mußt nicht an der Schank zahlen, das kommt alles auf meine Rechnung."

Als er beim Sutter von der teuersten Ware gleich ein ganzes Kistl nahm, flüsterte er dem Stefan zu: „Das Matratzenkraut, das die Tant in ihrem Kramerladen führt, taugt vielleicht für die Knecht. Unsereins aber..."

Er wollte den Stefan bestimmt nicht kränken, denn er war weder hart noch gehässig, schon gar nicht immer gerecht. Eher ein bißl zu weich, nachgiebig und entgegenkommend. Das hatte er von seiner Mutter geerbt, die an ihrer Gutgläubigkeit und an der Gerechtigkeit ihrer Schwester zugrunde gegangen war.

Der Stefan richtete dem Sutter die Bestellung der Marie aus. Um wenigstens eine Zigarre in Ruhe rauchen zu können, kam der Toni noch mit ins Vorhaus. Außerdem wollte er vom Stefan etwas wissen. Er lachte halb verlegen, halb vertraulich und fragte: „Na, hast du sie schon gebusselt, die alte... Ich meine, die Frau Tant."

„Hast du schon 'was getrunken, Toni?"

Der war ihm wegen so viel Respektlosigkeit gar nicht böse, sondern hakte sich bei ihm unter und flüsterte: „Bist blind oder deppert? Die ist doch narrisch nach dir. Versteh mich richtig: Ich hab nichts gegen dich und gönn auch der Marie-Tant ein Glück. Wahrscheinlich hab ich für die Weiber ein viel zu weiches Herz. Deswegen nehmen sie mir in der Stadt so schnell wieder weg, was ich der

Tant abgeknöpft hab. Das Leben ist ein großer Kreislauf. Verstehst was von Philosophie?"

„Ich versteh überhaupt nichts mehr", wehrte sich der Stefan gegen das Ungeheuerliche, das da auf ihn zukam.

Zur Gaudi protestierte der Toni recht wild: „Kein abfälliges Wort über sie! Vielleicht ist sie nicht die Schönste, aber über jedes Fleckerl von ihr könnt man einen Tausender pappen. Schlecht?"

„Laß mich aus!"

So schnell gab der Toni die Gelegenheit nicht auf. Er hängte sich an den Stefan und schlug sogar eine ähnlich strenge Tonart an wie seine Tante. „Wenn du's nicht gemerkt hast, muß ich es dir sagen: Sie hat ihr Jungfernherzl noch keinem schenken dürfen. Wenn du's haben willst, kriegst du meine frommen Segenswünsche dazu. Besser, du verwaltest ihr Geld und laßt mich mitnaschen, als sie fällt auf einen Lumpen herein, der ihr alles abnimmt. Gilt's?"

In dem Augenblick kam der Oberhofer Fritz durchs Gewölbe. Zufällig hörte er grad noch den Stefan in drohendem Ton sagen: „Mich kann keiner zurückhalten! Ich muß die Rechnung glatt machen. So oder so! Aber da wird mich noch einer kennenlernen. Er oder ich!"

Einstweilen dachte sich der Oberhofer nicht viel dabei, denn die Rauschigen redeten allerweil viel. Aber eine Stunde später war die heile Welt um Felseneck zerbrochen. Da fanden sie nämlich den Gustl Hannauer in seinem Blut liegen.

„Wenn du's mir so erklärst, muß ich es glauben." Wirklich überzeugt hatte sie ihn damit noch lang nicht, und das sagte er ihr auch. „Kannst du dir nicht denken, wie es mir ist, wenn ich dich mit dem Borek beisammen seh?"

„Getanzt haben wir, wo uns alle zuschauen können!“ Sein unsinniges Eifern machte sie ungeduldig, zornig und so ungerecht, daß sie zurückhackte: „Du hast aber die Marie auch nicht schlecht an dich gedrückt! Wie die sich herausgemausert hat! Grad schamlos, damit den Mannsbildern die Augen haben herausfallen sollen!“

Noch rechtzeitig erkannte der Stefan die Gefahr, sie könnten sich wieder zerstreiten. Das wäre gerade jetzt arg geworden, wenn doch der Hans so viel um den Hannauer-Hof streifte. Deshalb lenkte der Stefan ein und bat versöhnlich: „Keinen solchen Unsinn reden! Uns bleibt viel zu wenig Zeit zum Glücklichsein.“

Mit einem Bussel hinderte er sie daran, weitere Fragen zu stellen. So blieb es eine Weile friedlich zwischen ihnen. Ab und zu flüsterten sie ein zärtliches Wort. Aber dann war es wieder der Stefan, der die Harmonie störte und ihr voll Bitterkeit vorwarf: „Man könnt meinen, du wärst schon einig mit dem Borek.“

Gleich schlug sie zurück: „Wenn du mich nimmer willst, mußt du's nur sagen! Da wird sich eine freuen! Wenn sie dir schon in aller Öffentlichkeit so schön tut, kann ich mir denken, was sich im Kramerhäusl abspielt.“

„Das meinst du nicht im Ernst!“ schrie er wütend los, und vorbei war es mit dem Glück. „Ich hab dir und ihr gesagt, daß ich zu Ostern fortgeh. Dabei bleibt's! Ich verschachere mich bestimmt nicht. Ich nicht!“

„Ich vielleicht?“ Das Wasser schoß ihr in die Augen. Da mußte er sie zärtlich busseln, und in ihrer Verzweiflung schlang sie die Arme um seinen Nacken, vergrub die Finger in sein Haar und machte ihn wieder ganz narrisch vor Sehnsucht. Für eine Weile vergaßen sie alles Grausliche dieser Welt.

Erst als sie es vom Kirchturm neun schlagen hörten,

schreckten sie auseinander. Die Burga flüsterte ganz unglücklich: „Mein Gott, Stefan, ich muß heimrennen. Sonst stellt mir der Vater Fragen, auf die ich keine ehrliche Antwort geben darf. Ich kann so schlecht lügen, und er merkt's mir gleich an."

Der Stefan wollte sie noch ein Stück auf dem Heimweg begleiten. „Nur von wegen der Rauschigen."

Sie aber wehrte ihn hastig ab: „Mir tut keiner 'was. Nur ein gewisser Stefan Becker könnt mir gefährlich werden!"

Lieb war das gesagt, und ein Abschiedsbussel versprach ihm noch die Freude des Wiedersehens. Dann war sie dahin. Der sanfte Druck an seinen Lippen blieb.

Der Stefan wartete noch eine Viertelstunde zu, bis auch er nach Felseneck zurückging. Da hatten die Standler ihr Zeug schon verpackt und waren mit den Wagen fortgefahren. Ohne die Lichter und Farben der Lampions lag die Straße im Dunkeln. Um die wenigen Laternen drehten sich teigiggraue Lichthöfe. Der Weg zum Kramerhäusl führte über den Hauptplatz. Beim Sutter waren alle Fenster beleuchtet. Das bewog den Stefan, noch für ein paar Minuten hineinzuschauen.

Als er durch das Tor ins Gewölbe trat, von dem aus die Türen zur Küche, zur Gaststube, in den Festsaal und zur Treppe hinaufführten, sagte plötzlich der Schindler-Gendarm aus einer dunklen Ecke heraus: „Öha, stehenbleiben!"

Von der anderen Seite her machte der Gendarm Fritz Neumann einen Schritt auf ihn zu und nahm eine dienstlich stramme, fast drohende Haltung an. Sogar der Bürgermeister kam aus der Gaststube. Hinter ihm drängten sich neugierige Gaffer durch die Tür, meistens Bauern und ihre Knechte. Wie es sich gehörte, blieben die Weiberleut eher im Hintergrund. Der Borek fragte barsch:

„Wo bist du die letzte Stund gewesen, Stefan Becker? Woher kommst du jetzt?“

Viel fehlte nicht, und der Stefan hätte in seiner ersten Überraschung gesagt, wo er mit wem beisammen gewesen sei. Noch rechtzeitig schluckte er das wieder hinunter und antwortete beinahe unverschämt: „Geht das jemanden ’was an? Von draußen komm ich herein, aber ich hoff, daß es deshalb nicht meine letzte Stund gewesen ist.“

Der Borek ließ sich für gewöhnlich nicht so schnell aus der Ruhe bringen, aber dem Stefan Becker drohte er: „Spiel dich nicht mit mir und gib keine so patzigen Antworten, Knechtl, denn sonst könnten wir auch anders zu dir sein. Aus Gutmütigkeit haben wir dich bei uns aufgenommen. Und jetzt machst du uns Schwierigkeiten?“

Da kam auch noch der Hannauer-Bauer dazu. Der Stefan war erst recht froh, daß er die Burga nicht verraten hatte. Was ein großkopferter Bauer war, der ließ sich die guten Heiratsaussichten seiner Tochter bestimmt von keinem Dahergelaufenen verderben. Schon gar nicht, wenn diesen zwei Gendarmen in die Zwicken nahmen und ihm von allen Seiten her Fragen hinpfefferten.

„Wo bist gewesen, Becker?“

„Hast einen Streit gehabt mit dem Hannauer Gustl?“

„Eine offene Rechnung hast du begleichen wollen!“

„So oder so! Das hat dich einer drohen gehört!“

Ein paar Bauern, die das eigentlich einen Schmarren anging, ballten gleich die Fäuste. Über alle Köpfe hin schrie einer: „Gar nicht so lang herumreden! Wenn mir der Schindler den Kerl eine halbe Stund in den Fingern laßt, spuckt er ’was aus: entweder die Wahrheit oder die Zähn!“

Der Gendarm sorgte für Recht und Ordnung. Noch

dreimal stellte er dem Hausknecht von der Schup-Kramerin die unangenehme Frage, wo und mit wem er in den vergangenen zwei Stunden gewesen sei. Plötzlich packte den Stefan doch die Angst, so daß er losschrie: „Warum seid ihr plötzlich alle gegen mich? Hackt nur allerweil auf den Zug'reisten los!“

Der Borek-Bürgermeister schob den Gendarmen zur Seite, weil er nicht dulden konnte, daß der Beamte vielleicht die Beherrschung verlieren und auf einen Verdächtigen hindreschen würde. Fast väterlich gütig machte er es dem Stefan noch einmal klar: „Keiner hackt auf dir herum. Wir wollen nur hören, wo du gewesen bist. Wir wissen längst, daß du die Hannauer-Leut nicht magst, aber das ist noch kein Schuldbeweis. Alsdann, red lieber!“

Immer stärker wuchs im Stefan der Wunsch an, dem Borek und dem Hannauer lachend die Wahrheit ins Gesicht zu schreien. Vor dieser Gemeinheit bewahrte ihn noch rechtzeitig eine weibliche Stimme. Die Schup-Marie war's, die ihm die Lüge in den Mund legte: „Bist wieder mit einem fremden schlechten Frauenzimmer beisammen gewesen! So ein Rußflankerl kommt oft am Kirtag mit den Standlern ins Dorf geflogen. Sag's ehrlich, Stefan! Du bist doch ein junges, g'standenes Mannsbild!“

Neben ihr tauchte das Gesicht vom Toni auf. Mit einem lustigen Lacher, weil er halt immer lachte, riet er ihm: „Spiel nicht den Kavalier. Ich sag's dir aus meiner Lebenserfahrung, Stefan: Bei den Weibern lohnt es sich nicht! Grad du könntest doch keinen umbringen, auch nicht im Zorn.“

„Umbringen? Was redest du zusammen?“ stammelte der Stefan und spürte, wie es ihm auch noch den letzten Blutstropfen aus dem Gesicht trieb. Er machte einen

Schritt auf den Toni zu, wie wenn ausgerechnet der sein einziger wirklicher Freund gewesen wäre.

„Weißt du wirklich nichts davon?" Jetzt wurde sogar schon der Bürgermeister unsicher. „Den Hannauer Gustl hat einer beim Pirschgang niedergeschossen. Der muß ihn gekannt und ihm vertraut haben."

„Niedergeschossen", wiederholte der Stefan tonlos und begriff den Sinn dieses grauenvollen Wortes gar nicht.

„Wo bist du gewesen, du Lump?" schrie ihn der Neumann-Gendarm wieder an.

„Und mit wem?" bohrte der Schindler-Gendarm weiter.

„Das will und kann ich erst recht nicht sagen." Der Stefan wirkte ganz ruhig, aber das kam davon, daß ihm Angst alle Luft abschnürte. Ihm war, wie wenn er vor einem Abgrund stünde und jemand wollte ihn von hinten her hinunterstoßen.

„Mitnehmen!" befahl der Bürgermeister Borek, wie wenn er dabei zu bestimmen gehabt hätte. Verständlich, denn es ging um eine Familienangelegenheit: Sein Hans würde bald die Schwester vom Gustl heiraten.

„Mit kommst!" schrie der Schindler und packte hart zu.

Wieder machte der Neumann das Echo: „Mit kommst! Im Kotter bringen wir dich zum Reden, und wenn du uns erst fünfmal die Treppe hinunterfallen mußt!"

In dieser Nacht verhörten sie ihn nicht mehr. Niemand schlug ihn, niemand krümmte ihm ein Haar. Der Stefan war ohnehin so verzweifelt, daß er sich gern den Hosenriemen als Selbstbinder genommen und sich am Fenstergitter aufgehängt hätte. So ähnlich wie der Stammer Willi, dessen Gamsfrackl er noch vom Kirtag her anhatte. Aber auch den Gürtel hatten sie ihm weggenommen. Eingesperrt!

Die ganze Nacht über konnte er kein Auge zumachen. Dafür döste er am nächsten Tag mit halbem Bewußtsein dahin. Alles war zu schrecklich, als daß er es erpackt hätte.

Lang geschah nichts, und dann war es plötzlich soweit. Der Schindler kam zu ihm in den Kotter, sperrte die eiserne Tür auf und mußte ein bißl zuwarten, damit sich sein Auge an das schwache Licht gewöhnte. Dann erst sagte er: „Becker, was fürchtest du dich vor mir? Ich hab noch keinen erschlagen. Eine gute Nachricht!“

Auch Freude konnte einen umschmeißen, und so fragte der Stefan heiser: „Hat sich herausgestellt, daß ich mit der Geschichte nichts... Ich einen niederschießen! Tot?“

Im Gemeindeamt setzte der Karl Schindler keine Dienstkappe auf, so daß er um so mehr Mensch sein durfte. Als solcher beruhigte er den Knecht: „Gar nie! Sterben wird er bestimmt nicht daran, der Gustl. Aber ich hab gehört, daß er einen steifen Haxen behalten wird, und das ist schon hart genug für ihn.“

Der Stefan war ehrlich erschüttert. „So ein armer Teufel! Was nützt ihm jetzt sein prächtiger Hof? Und jagern kann er am End auch nicht mehr gehen?“

Darüber wollte der Gendarm keine Auskunft erteilen, denn das fiel vielleicht unter die Dienstgeheimnisse. Statt dessen sagte er wieder strenger: „Nachher wird dir ein Kriminalbeamter aus der Stadt ein paar Fragen stellen. Weißt eh: Wo und mit wem?“

„Sag ich trotzdem nicht!“ weigerte sich der Stefan gleich wieder. „Nicht ums Verrecken!“

Der Schindler blickte grad mitleidig auf den Häftling. „Steht sich das dafür? Gar für ein Dirndl! Wir Polizisten sind diskret, keiner wird den Namen von uns erfahren." Und mit einem Augenzwinkern: „Um dich reißen sich halt die Weiber. Du hast Besuch. Eh klar: weiblichen."

„Die Burga", flüsterte der Stefan. Das Glück kam ihm einfach aus dem Herzen und über die Lippen. Weil der Schindler so gute Ohren hatte, verstand er den Namen. Da wußte er alles: ausgerechnet die Schwester vom Opfer!

Ein paar Minuten später stand der Stefan vor der Marie Schup. Kummer und Sorgen krümmten sie tief nieder, wie wenn ihr über Nacht aus dem Rücken wieder ein runder Höcker herausgewachsen wäre. Auf dem Kopf trug sie eine gestrickte Pudelhaube, die mit ihrem Zuckerlrosa gar nicht zum dunkelgrünen Wetterfleck paßte.

„Du, Marie?"

Sie überhörte die Enttäuschung in seiner Stimme und befahl: „Red und mach keine Geschichten! Der Toni muß zu seinen Geschäften in die Stadt zurück und kann höchstens noch bis zum Abend bleiben. Wenn jetzt in Felseneck die Mordbuben nur so herumrennen, brauch ich erst recht einen Schutz. Alsdann!"

Nach der Enttäuschung war die nächste Regung des Stefan Rührung darüber, daß ihn die Marie aus dem Kotter holen wollte. Deshalb fragte er sie ganz mild: „Was sollt ich nachher tun?"

Sie schnaufte wie ein Pferd, das einer zu schnell über den Berg hinaufgetrieben hatte. „Stell dich nicht so an! Sag halt, wo du gewesen bist. Zier dich nicht, und mir ist es ein Ding, mit welcher schlechten Dirn du dich bei der Nacht herumdrückst. Der Tratsch muß ein End finden, denn sonst wär's schlecht fürs Geschäft."

Er lächelte verständisvoll und enttäuschte sie doch, denn er blieb dabei: „Ich bin unten beim Himmelbach herumgerannt, weil mir das Geschrei von den Rauschigen gelangt hat."

„Mit wem?" verhörte sie ihn ganz scharf. Auch ihr sagte er nicht mehr als: „Ihr müßt erst gar nicht herumstierln, es hat mich keiner gesehen."

Zehn Minuten später führte ihn der Gendarm hinüber ins Dienstzimmer vom Bürgermeister, wo schon ein höherer Polizist aus der Stadt wartete.

„Mach's gut", flüsterte die Marie hinter ihm nach. Und so leise, daß sie bestimmt kein Gendarm hören konnte: „Mich müßt einer so lieb haben. Ich tät ihn nicht im Stich lassen!"

Eine Stunde später ließen sie den Stefan Becker frei, und er kehrte ins Kramerhäusl zurück. Als Hausknecht der Marie Schup.

Zwei Wochen vor Weihnachten erwarteten die Leute von Felseneck die Heimkehr des Gustl Hannauer aus dem Spital.

Der Stefan wiederholte seine Bitte, aber die Marie schaute ihn grad verständnislos an. „Mitten während der Arbeitszeit? Du zeigst dich heute besser überhaupt nicht auf der Straße, denn die Polizei hat dich nur aus Mangel an Schuldbeweisen freigelassen. Deine Unschuld ist damit noch lange nicht bewiesen, und in Felseneck halten dich genug Leut für einen Mordbuben. Vor allem die vom Hannauer-Hof."

Nur eine Hannauer wußte ganz bestimmt, daß er den Gustl nicht niedergeschossen haben konnte. Ihr zuliebe ertrug er jeden Verdacht, denn gar nie hätte er ausgesagt, daß er mit ihr im Heu gewesen sei.

Die Dorfleute kamen aus den Häusern und stellten sich am Straßenrand auf, wie wenn ein fremder Prinz eingezogen wäre. Da waren sie auch schon: Im ersten Auto fuhr der Bürgermeister Franz Borek aus Kritzen, neben ihm hockten drei Gemeinderäte. Dann kam ein Krankenwagen aus der Stadt. Das dritte Fahrzeug hatte der Hannauer-Bauer gemietet, um mit seiner Frau und der Tochter den Gustl heimzubegleiten. Die Sutter-Leute waren aus ihrem Wirtshaus gelaufen und winkten mit weißen Tischtüchern. Leise sagte die Trude zu ihrem Mann: „Man muß fast glauben, daß der arme Gustl noch allerweil nicht in Ordnung ist. Krankenauto! Ob er jemals wieder der Bauer sein kann?"

„Gar nie. Und mit dem Jagern ist es für ihn auch vorbei. Wirst sehen", gab der Jörg voller Mitleid zurück.

Die Leute jubelten, bis sie das scheußliche, naßkalte Wetter wieder von der Straße in ihre Häuser zurücktrieb. Nicht einmal ausgiebig reden konnten sie über das Ereignis.

Die Goldmarie schob nur das Vorhangl an der Ladentür zur Seite und schrie ins Magazin hinüber: „Jetzt könntest du auch rauskommen und schauen. Oder drückt dich vielleicht doch ein schlechtes Gewissen?"

Dazu sagte der Stefan nichts, denn er hatte es längst aufgegeben, sich in jeder Stunde und immer wieder gegen boshaftes Sticheln oder ungerechtes Keifen zu verteidigen. Über die Schulter der Marie hin sah er die drei Autos vorbeifahren. Er dachte, wie leicht man eigentlich ein Menschenleben auslöschen konnte: mit einem Schuß oder einem Schlag. Oft genügte auch schon die Verleumdung aus Bosheit.

Die Goldmarie streichelte tröstend über den Arm ihres Helfers. Knecht sagte sie schon seit einiger Zeit nicht mehr. Sie redete ihm gut zu: „Vorsichtig sein, Stefan. Erst unlängst hab ich einen sagen gehört: Vielleicht hat doch kein Wildschütz, sondern ein Knecht unseren Gustl niedergeschossen. Das hab ich mir auch schon überlegt. Grund genug hättest du. Kann der Gustl den Hannauer-Hof nicht übernehmen, so muß die Burga Bäuerin nach ihrem Vater werden. Dann geht nichts mit ihr und dem Borek Hans, denn der wird seinen schönen Hof in Kritzen nicht aufgeben, damit er nach Felseneck in die Einöde ziehen kann. Gelt, Stefan, so ganz daneben bin ich nicht mit dieser Überlegung!"

„Spinn dich aus", bat er sie scheinbar ruhig, aber so leicht ließ sich die Kramerin nicht täuschen. Dazu atmete er viel zu schwer, und in seinen Augen stand Verzweiflung.

„Mich kannst du nicht anlügen, denn ich bin nicht ganz so deppert wie die Gendarmen!" triumphierte die Marie. Plötzlich packte sie ihn am Arm, zerrte ihn von der Tür weg und drängte ihn durch die Wohnküche zurück ins Magazin. „Da, arbeit 'was, damit du dir wenigstens das Essen verdienst!"

„Ja, Marie."

Er schleppte Kisten und Säcke, wie wenn er mit der schweren Plage alle schweren Gedanken niederdrücken hätte können. Aber der Stachel saß, bohrte sich immer tiefer und tat höllisch weh.

Nicht seine Schuld, daß die Kramerin aus Grant die Tür nicht ordentlich zugemacht hatte. Er sah halt durch den Spalt das Heiligenbild an der Eckbank lehnen, und das Eisentürl vom Wandfach stand offen. Vor sich hinmurmelnd, stapelte die Marie Silbermünzen in langen Reihen auf und streichelte über jeden Geldhaufen.

„Mit der Hälfte davon könnt ich mir mein Glück kaufen", flüsterte der Stefan. Dann wäre die Burga bestimmt mit ihm gekommen, und sie hätten sich in einem anderen Tal ein gemeinsames Leben aufbauen können. Wieder einmal packte ihn die Hoffnungslosigkeit so arg, daß er ans Davonrennen dachte. „Hart wie so ein Geldstück müßt ich sein und kein so gutherziger Lapp."

Vielleicht war es nur Zufall, vielleicht Schicksal, aber gleich am selben Abend nach dem Essen sagte ihm die Marie ganz unvermittelt: „Du bist und bleibst ein Lapp!" Ihre Mundwinkel zuckten tief herunter. „Stefan, du brauchst eine starke Hand, die dich weiterstößt und vielleicht sogar zu deinem Glück zwingt."

„Ja, Marie."

Er fragte erst gar nicht, worauf sie hinaus wollte. Am liebsten wäre er aufgestanden und über die Hühnersteige in seine Dachkammer hinaufgegangen. Dort war es zwar ein bißl eingeheizt, aber der Dezemberwind pfiff eisig unter dem Dach durch. So allein, hätte er wenigstens über sein Leben nachdenken können.

Ungeduldig zerrte die Marie ihr Haar an der Stirn über die tiefvioletten Flecken herunter. Sie wußte, wie häßlich sie der Haß machte, aber sie konnte halt auch nicht aus ihrer Haut. Den ganzen Tag über hatte sie gezögert, das hübsche Winterkleid anzuziehen. Jetzt war es dem Stefan gar nicht aufgefallen, weil er sich aus Sehnsucht nach der Bauerndirn abmarterte.

Er wiederholte so ruhig, wie wenn es gar nicht mehr sein Leben betroffen und von Grund auf verändert hätte: „Es ist eine beschlossene Sach, daß ich zu Ostern geh. In Felseneck wollen mich die Leut nicht mehr, alsdann dräng ich mich keinem auf. Viel zu viele schauen mich an, wie wenn ich doch den Gustl angeschossen hätt, und die Hannauer-Leut danken nicht einmal mehr für meinen

Gruß. Zeig ich mich beim Sutter-Wirt, so gehen die anderen Gäste fort."

Die Marie sprang von der Eckbank auf und verstellte ihm den Ausweg durchs Magazin. Sie hob die Hände und getraute sich doch nicht, sie an seine Schultern zu legen. Hastig bettelte sie: „Nicht fortgehen, Stefan! Schau, wenn ab Ostern noch der Toni bei uns ist, hab ich ein paar Menschen, auf die ich mich verlassen kann. Es wär nicht dein Schaden! Du weißt, daß ich dich mag. Als Mensch halt."

Er schüttelte den Kopf, weil sie offensichtlich gar nichts verstanden hatte, aber er zögerte doch, einfach aus dem Raum zu gehen. „Marie, es ist schon zu spät."

„Zum Reden?" Plötzlich brach ganz wirr aus ihr hervor, was sie in schlaflosen Nächten immer wieder überdacht hatte. „Wenn du doch bleiben tätest! Die Hannauer Burga wird einmal einen reichen Bauern heiraten, den Hans oder einen anderen. Wegen so einer darfst du nicht alles hinschmeißen. Ich aber... Stefan, willst nicht eines Tages mein Partner werden? Weil ich mich auf dich verlassen kann!"

Er hätte sie mit einer frommen Lüge aus Mitleid auf später vertrösten können, aber er spürte es an sich selbst, wie schmerzhaft die Ungewißheit einen Menschen von innen her ausfrißt. Deshalb hielt er daran fest: „Wir haben es vereinbart. Der Burga hab ich es auch gesagt: Ich wart auf sie bis Ostern und keine Stund länger. Verschachert der Hannauer seine Tochter schon vorher, so könnt's eher sein, daß ich fortgeh."

In ihrer Verzweiflung griff die Marie auch nach dem letzten Strohhalm und hätte dem Stefan sogar die Burga gegönnt. Zumindest für den Augenblick. Ihre Finger verkrallten sich in die Ärmel seines Jankers, und sie flüsterte heiser: „Ein bißl mehr Selbstbewußtsein, Stefan. Wenn der Borek die Burga nicht nimmt, wird sie vielleicht doch zu dir kommen. Jeder Tag, den du noch länger bleibst..."

„Eine entschiedene Sache." Aber nun klangen seine Worte nicht mehr so ganz fest entschlossen.

Dann gab die Marie einige Augenblicke zu früh auf und schrie ihn zornig nieder: „Gehst halt! Oder meinst du, bei der heutigen Arbeitslosigkeit könnt ich keinen anderen Hausknecht kriegen? Die Tür werden sie mir einrennen, und nicht nur solche Landstreicher wie du!"

„Ja, Marie."

Er ging durchs Magazin und über die Hühnersteige hinauf in seine Dachkammer.

„Wie denn sonst? Mit dem Schlitten!" befahl die Marie in feindseligem Ton. „Oder meinst, unsereins kommt zum Kassieren zu Fuß angerannt wie ein Knechtl?"

„Ich spann schon das Roß an." Er brachte ohnehin an diesem Morgen keinen Bissen hinunter. Eine Vorahnung warnte ihn, daß sich das Schicksal künftig mit jedem Tag mehr gegen ihn verschwören werde. Wer einmal ins Räderwerk geraten war, konnte gleich jede Hoffnung aufgeben. Den würde es zerfetzen wie in einer Häckselmaschine, ob er sich wehrte oder nicht.

„Grüß' dich, Lisl", sagte er zum Roß und klopfte ihm den Hals. „Heut kommst du wenigstens aus dem Stall und darfst dich auslaufen. Ich rat dir nur gut: Mach keine Mucken, denn die Marie könnt schnell zudreschen, und nachher kriegst du die Striemen, die eigentlich mir zugedacht wären."

Die Lisl schnaubte leise. Bevor noch die Kirchenuhr sieben schlug, spannte er das Roß vor den Schlitten. Auf die Minute genau kam die Marie aus dem Kramerhäusl. In diesem dunkelbraunen Mantel mit dem großen Pelzkragen hatte der Stefan sie noch nie gesehen. Dazu eine Pelzkappe, die sie schräg in die Stirn gesetzt trug. Mit den hohen Stiefeln schaute sie eher wie eine Gräfin als wie eine Dorfkramerin aus. Das freundliche Werben um ein versöhnliches Wort vom Stefan machte ihr Gesicht recht hübsch, und sie sagte: „Geh noch einmal ins Haus. Ich hab dir einen Mantel hingelegt, weil du bei der Saukälte nicht im Janker oder nur mit einem Wetterfleck fahren kannst." Beinahe hätte der Stefan in seiner Verbitterung gefragt, ob auch der Mantel von einem stammte, der sich erhängt hatte. Noch rechtzeitig fiel ihm ein, daß die Marie so eine demütigende Zurückweisung nicht verdient habe. Sie deutete sein Zögern falsch und entschied: „Du bleibst beim Roß, ich hol dir den Mantel."

„Ruhig bleiben!" befahl sich der Stefan und tätschelte doch dem Roß dabei die Kruppe. Er richtete die Leitseile, so daß sie ordentlich lagen. Dann glaubte er, seine Sehnsucht spiegelte ihm ein Traumbild vor. „Ich spinn!"

Unten beim Stall stand die Burga. Sie machte ihm ein beschwörendes Zeichen, er sollte nicht zu ihr hinkommen, aber sie zeigte mit den Fingern an: „Acht!"

Also doch, sie hatte ihn lieb!

Das schöne Bild verschwand, weil die Marie die eiserne Magazintür zuwarf und geräuschvoll mit zwei Schlössern versperrte. Dem Stefan schrie sie zu: „Da schleicht schon wieder ein Lump ums Haus. Hast nicht heute in der Nacht den Kerl an der Ladentür rütteln gehört? Grad angstig ist mir geworden, aber der Herr Stefan, der mich beschützen sollte, hat in seiner Dachkammer tief geschlafen."

Sie schaute ihm mißtrauisch ins Gesicht, weil er den Glücksschein aus Liebe zur Burga nicht schnell genug abdämpfen konnte. Ärgerlich warf sie ihm einen recht schönen dunklen Stoffmantel auf den Schlitten. „Anziehen!"

Sie ließ sich beim Aufsteigen nicht helfen und griff nach den Zügeln. Deshalb konnte der Stefan das Gefühl, einen so warmen Mantel zu besitzen, gar nicht richtig genießen. Er sprang auf den Schlitten. Ohne Widerrede ließ sich die Marie die Zügel aus den Händen nehmen, und sicherheitshalber holte er sich auch gleich die Peitsche. Ein Zungenschnalzer, die Lisl zog an. Jetzt sagte er: „Dank dir, Marie, aber…"

„Soll ich vielleicht verunglücken? Halt den Mund und schau auf die Straße!" keifte sie, doch es klang nicht wirklich zornig.

Im Dorf grüßten ein paar Weiber recht scheinheilig freundlich die Kramerin mit ihrem jungen Knecht. Nach den letzten Häusern fiel das Roß von allein in leichten Trab. Die Kufen zischten leise über die verschneite Fahrbahn. Der Stefan erlebte einen beglückenden vorweihnachtlichen Frieden, bis die Goldmarie mittendrein hastig sagte: „Weil's wahr ist! Wenn mich einer umbringt, merkst du gar nichts davon. Erst am nächsten Tag tätest du mich finden, tot im Blut!"

Er wußte schon, worauf sie wieder anspielte, und schnitt ihre herausgehaspelte Rede mit einem Lacher ab. „Was du dir einbildest! Mit den Morden ist es wie mit den Haupttreffern im Lotto. Man liest jede Woche davon in der Zeitung, aber selber trifft es einen nie. Zum Glück, tät ich sagen!"

„Verschrei's nicht, Stefan! Oft wach ich in der Nacht auf, es beutelt mich vor Kälte, und zugleich wird mir vor Todesangst heiß. Da wollt ich am liebsten ausrennen, aber wohin? Lach mich nur aus, ich weiß es bestimmt: Ich sterb in keinem Bett, sondern mich bringt einer um! Vielleicht gar du?"

Ernst nehmen konnte er ihre Angst genausowenig wie ihren Verdacht, er würde ihr etwas antun. Aber in ihrer Stimme rührte ihn etwas. Ans Keifen und an ihre Bosheit hatte er sich mit der Zeit gewöhnt, so daß es ihm auch nichts mehr ausmachte, wenn er das Opfer war. Nur dieses leise Klagen einer einsamen, armen Goldmarie tat ihm richtig weh. Deshalb versuchte er es noch einmal mit gutem Zureden: „Warum willst du dir auch jeden Tag noch mehr Feinde schaffen? Ist ja wahr, Marie! Solang du verzweifelten Leuten Geld auch ohne Notar und Sicherheit, nur so aufs Wort, borgst, bist du die Gute. Sobald du nachher die Schulden mit den Zinsen eintreibst, hast du wieder einen Todfeind mehr. Lohnt sich das?"

Sie mußte gar nicht erst lang überlegen, weil sie dies alles schon oft genug in ihrer Einsamkeit durchdacht hatte. Die Unsicherheit schwand aus ihrer Haltung. Das war wieder die herrische Kramerin und Geldverleiherin, die oft genug erfahren hatte, wie käuflich die meisten Menschen waren. Nur halt grad dieser Stefan Becker nicht! Aber sie meinte doch, es käme halt nur auf den Preis an, und darum wurden ihre Worte besonders ätzend: „Geld ist für mich wie die Sonne so notwendig zum Leben! Die einen Menschen sind gut oder schön, die anderen liebenswürdig oder gescheit. Mich hat keiner um meinetwillen lieb. Alsdann muß ich mir alles kaufen: Hochachtung, Freundlichkeit, Kriecherei. Für einen Hunderter oder einen Tausender finden sie mich dann nicht mehr ganz grauslich und..."

„Nein!" schrie der Stefan so zornig, daß die Lisl einen erschrockenen Sprung machte und mit dem Schlitten losraste. Erst mußte er das Roß wieder zu einer vernünftigeren Gangart zügeln, bis er sagen konnte: „Ich glaub, Marie, da bist du ganz daneben! Bei uns daheim hat der Pfarrer allerweil gepredigt: Liebe, die man kauft, hat einen Preis und keinen Wert. Hat der Pfarrer gesagt!"

Darauf antwortete sie erst gar nicht, bis sie unvermittelt aufschrie: „Wohin fahrst? Der Weg zum Stromberger biegt da nach links hinauf. Siehst du den Hof auf dem Hügel? Ein Wort von mir, und der Schuldenpinkel haust in der nächsten Stund ab. Dort müßte nur ein junger, tüchtiger Bauernsohn, einer wie du... Das willst du auch wieder nicht?"

Darüber hatten sie schon geredet, aber er wiederholte: „Ganz bestimmt nicht. Glück kann man nicht auf dem Unglück eines anderen Menschen aufbauen."

Ihre Augen wurden noch größer, noch dunkler. Sie flüsterte: „Geh, du Obergescheiter! Hat das vielleicht auch euer Pfarrer gepredigt? Nachher vergiß es nicht und denk gelegentlich daran, was du jetzt gesagt hast."

Schwere Tage voll Aufregungen, Tränen, Streit und Haß lagen hinter ihnen. Der Stefan meinte, er könne die Luft im Kramerhäusl nicht mehr länger atmen.

Kurz vor acht am Abend sagte er zur Goldmarie, daß er noch auf einen Sprung weggehen würde. Das war sein gutes Recht, und auf ihre Gerechtigkeit konnte er sich verlassen. Sie schaute nur flüchtig von dem Schulheft auf, in das sie die Namen ihrer Schuldner und ganze Zahlenkolonnen geschrieben hatte, und fuhr ihn an: „Kannst wenigstens anklopfen, bevor du in meine Stube hereinstolperst!"

„Ich hab geklopft", versuchte er schwach sich zu verteidigen. Vielleicht kam ihr Zorn davon, daß sie die Brille mit der schmucklosen Nickelfassung nicht schnell genug von der Nase heruntergebracht hatte.

„Mußt nicht so glotzen!" greinte sie beinahe weinerlich. „In meinem Alter braucht man eine Lesebrille! Ich bin halt nicht nur schiach, sondern auch halb blind. Ist dir das noch nicht aufgefallen?“

Was hätte er darauf sagen sollen? Jetzt wußte er, warum sie manchmal die Augen so schmal zusammenkniff: In seiner Gegenwart wollte sie halt keine Brille aufsetzen.

„Eine Stund müßt ich noch weggehen“, rückte er wieder mit seinem Anliegen heraus. Grad jetzt konnte er keine freundliche Antwort erhoffen, aber er durfte auch die Burga nicht vergeblich warten lassen.

Die Marie schaute ihn mißgünstig von unten her an. „Schon wieder ins Wirtshaus rennen? Dann jammern die Knecht, daß sie nie genug Geld in der Tasche haben! Woher auch, wenn sie alles versaufen!“

„Gar nie“, versuchte er, sich hinter einer Halbwahrheit zu verstecken. „Ich müßt nur ein paar Wörtl reden.“

Gleich keifte sie wieder: „Damit du über die Schup Marie spotten kannst! Die mit dem Schlitten eine Stund lang zum Stromberger gefahren und zuletzt nur mit ein paar Markln heimgekommen ist! Ich weiß es selbst und sag's dir allerweil: Wenn ich einmal mit der Gerechtigkeit aufhör und meine Geschäfte nach der Gefühlsduselei richt, dann ist es der Anfang vom End!“

„Oder der Anfang zu etwas Besserem“, widersprach er ihr. „Du hast immerhin die halbe Schuld eingetrieben. Hättest du dem armen Schlucker ausgerechnet ein paar Tage vor Weihnachten auch noch sein letztes Geld wegnehmen können?“

„Und ob!“ schrie sie und steigerte sich immer mehr in Wut. „Leicht auch noch, wenn du mich nicht so angeglurt hättest wie ein geprügelter Hund! Und was bringt mir mein ganzes Gutsein? Noch ein paar Jahre so weiter, und ich haus ab. Auf eines könnt ich Gift nehmen: Wenn die Schup Marie einmal im Dreck liegt, gibt ihr keiner aus Felseneck auch nur ein Glasl Wasser! Mir hat nicht der Pfarrer, sondern meine Mutter gepredigt. Weißt, was? Dreimal gut ist deppert!"

„Nur ein Stündl geh ich weg", wiederholte er bittend. Er hätte nach seiner Arbeitszeit gar nicht fragen müssen, aber er wollte ihr Keifen nicht noch mehr herausfordern. Längst war es acht vorbei.

Sie lächelte bösartig, weil sie ahnte, wohin er rennen wollte. Sorgsam schob sie ihre Abrechnungspapiere zusammen, damit er keine Zahlen ausspionieren konnte. Zuletzt versuchte sie noch, ihm die Freude zu vergällen, indem sie ihm auftrug: „Gelt, schaust aber nachher noch zu mir herein. Damit du wenigstens siehst, ob ich noch leb, oder ob mich in der Zwischenzeit schon einer totgeschlagen hat."

„Ja, Marie."

Durchs Magazin ging er noch langsam, weil sie es an seinen Schritten gehört hätte, wäre er gerannt. Gleich hinter dem Kramerhäusl bog er hinunter zu den Wiesen. Es war schon finster und nebelig, aber er kannte den Weg entlang den Ufern des Himmelbachs. Im Dunkelgrau tauchte der schwarze Schatten der Brücke auf. Ein Körper warf sich ihm entgegen, Lippen suchten seine Lippen zu einem ganz leidenschaftlichen Bussel. Dann jubelte die Burga flüsternd: „Ich hab's dir noch sagen müssen! Am liebsten tät ich's herausschreien: Der Vater hat ja gesagt! Jetzt liegt's an uns!"

Der Stefan spürte nur noch, wie es ihn packte, vom Herzen her bis in die letzten Fingerspitzen. Er dachte, daß es schön sein müßte, von so einem Glück umgebracht zu werden. Oder noch schöner, mit dem Glück zu leben!

Er riß die Burga in die Arme und drückte sie halb tot. Vor ihm breitete sich in der nebelnassen Nacht die ganze Welt golden aus! „Gelt, Burga, er hat ja gesagt zu uns, weil halt die Liebe doch stärker ist als alles andere. Ich muß es schaffen! Heut bin ich noch ein armer Hund, aber ich will für drei Leut arbeiten, damit ich verdien, was du in die Ehe mitbringst!"

Sie busselte ihn noch recht lieb, aber dann mußte sie sein Glück doch wieder ein bißl niederdämpfen: „Nein, Stefan, so weit ist es noch nicht. Noch nicht ganz so weit! Du erreichst auch am Berg den Gipfel nicht mit einem Satz! Vorerst hat der Vater entschieden, daß ich den Hof kriegen soll und dafür den Gustl sein Lebtag erhalten muß. Mein Gott, das tu ich von Herzen gern, weil ich meinen Bruder lieb hab. Fest steht, daß ich die Bäuerin sein werde und an meiner Seite einen tüchtigen, g'standenen Bauern brauch!"

Recht schnell erstarb im Stefan wieder alle Zuversicht, und es klang sehr bitter: „Ich bin überzeugt, daß dein Vater dabei nur an mich gedacht hat! Alsdann, was hätt sich da für uns geändert?"

„Alles, Stefan, alles!" Die Burga war noch voller Glück. „Du bist ein Bauernsohn und dazu noch ein sehr tüchtiger! Lieb hab ich nur dich. Nur dich allein! Auch heiraten werd ich dich eines Tages dürfen, denn der Hans muß in Kritzen bleiben. Als einziger Sohn vom Borek ist er sein Hoferbe und vielleicht sogar der nächste Bürgermeister."

„Willst du damit sagen, daß wir noch allerweil Hoffnung haben?"

Um seine letzten Zweifel zu zerstreuen, busselte sie ihn fast so leidenschaftlich, wie wenn sie schon die Seine gewesen wäre. In ihrem Taumel versprach sie etwas, womit sie seine ganzen Ängste überwand, nämlich: „Wenn sich der Vater dann noch allerweil gegen dich stellt, komm ich mit dir. Ganz gleich, wohin. Vielleicht irgendwo in den Dienst oder zu deinen Leuten. Aber heute bin ich mir schon sicher: Wir haben Oberwasser 'kriegt!"

Da begann auch er, an das Unglaubliche zu glauben, an das große Glück mit der Burga Hannauer.

Das war wenige Tage vor Weihnachten.

Am Weihnachtsmorgen brach die Wolkendecke auf, und in großen Flocken schwebte wieder Schnee zur Erde. Binnen einer Stunde wuchsen auf Bäumen, auf Heustadeln oder Strohschobern dicke flaumige Kissen. Wer nur ein bißl weiter über die Straße ging, kriegte einen weißen Flockenmantel.

„Das Geschäft läuft heuer gut", keuchte die Marie kurzatmig. „Stefan, such im Magazin zusammen, was ich dir da aufgeschrieben hab. Aber flott, denn die Leut wollen ihren Weihnachtskuchen nicht erst am Abend ins Rohr schieben!"

„Ja, Marie."

Seit den frühen Morgenstunden arbeitete er, daß ihm sogar im ungeheizten Magazin der Schweiß über den Körper sickerte. Er fragte sich nur, wie sie das in den vergangenen Jahren hatte allein schaffen können und wie sie mit allem zurechtkommen wollte, wenn er im nächsten Jahr nicht mehr hier sei.

„Früher hab ich nicht halb so viel Geschäft gemacht wie heuer." Sie lobte ihn mit einem Lächeln. „Du hast gut eingekauft, Stefan, und die Weiber sehen halt hinter der Budel lieber dein freundliches Gesicht als meine grantigen Falten."

„Red nicht so!" schrie er sie an. „Allerweil jammern und schimpfen, das macht dir erst die Falten!"

Sein zorniges Aufbrausen überraschte sie, aber gleich bügelte sie ihn nieder: „Arbeiten sollst und nicht Unsinn reden! Ich gehör nicht mehr zu den dummen Nocken, die auf dein Gesüßel hereinfallen. Ich nicht!"

Bis Mittag hielt sie das Geschäft offen, dann befahl sie ihrem Helfer: „Mach die hölzernen Läden zu! Wenigstens zu Weihnachten darf unsereins auch einmal Mensch sein."

„Jetzt kannst du endlich auch ausruhen, Marie." Er verriegelte und versperrte die Türen von innen her.

„Ausrasten?" Sie lachte, und diesmal klang es sogar fröhlich. „Ich hab noch alle Händ voll zu tun. Bestimmt gehst du heut noch weg?"

Das war wieder so eine heikle Frage. Eine Ausrede auf den Sutter war nicht möglich, weil am Heiligen Abend das Wirtshaus geschlossen blieb. Er wußte nicht einmal, ob und wie er die Burga treffen könnte. Also sagte er recht bitter die Wahrheit: „Ich muß erst schauen, was sich für mich ergibt. Kann ich schon auf meine Kammer gehen?"

Sie hörte ihm gar nicht zu und sagte vor sich hin: „Mohn- und Nußstrudel backen. Dazu gibt's am Abend Tee mit Zitrone oder Rum. Einen g'stagelten Tee! Jedes Jahr wieder. Dann kommt der Toni, weil halt Weihnachten das Fest der Familie ist."

„Ja, Marie."

Er meinte, sie habe ihm schon frei gegeben, aber dann schrie sie ihm noch ins Magazin nach: „Um sechs bist hier! Um die Stund hab ich allerweil für meine Dienstleut die Bescherung gemacht."

„Ja, Marie."

Das traf sich gar nicht so schlecht, denn auch die Burga mußte bestimmt am Heiligen Abend bei denen sein, zu denen sie gehörte. Hauptsache, nicht auf dem Borek-Hof in Kritzen!

In seiner Kammer holte der Stefan aus dem Schrank, was er schon längst vorbereitet hatte: Für die Burga eine Krippe, in vielen Nachtstunden gebastelt und mit selbstgeschnitzten Figuren eingerichtet. Da fehlten nur noch die Vorderbeine vom Ochsen, und dem Engel, der von der Höhe herunterschwebte, mußte er das Band mit dem schönen Sprüchl an die Hände kleben: „Frieden auf Erden allen Menschen, die guten Willens sind!“

Lächelnd hielt er seinem pausbackigen Himmelsboten vor: „Hättest dir auch ein kürzeres Sprücherl einfallen lassen können!“

Zum Glück merkte er noch rechtzeitig, daß er dem heiligen Josef kein Gesicht gemalt hatte. Als er zuletzt sein Werk prüfend anschaute, war er damit zufrieden. Nachher holte er ein recht schönes Porzellankrügerl hervor, das sich als Blumenvase eignete. Mit Glasfarben hatte er ein Muster und in der Mitte ein M draufgemalt. Ganz klar, daß er auch der Marie etwas zu Weihnachten schenken wollte.

Um vier schlich der kleine Faber Poldi über die Hühnersteige herauf und brachte dem Stefan eine Nachricht. Der schenkte ihm dafür in seiner Freude ein Schafl aus der Krippe für die Burga.

Kurz nach fünf war es in den Straßen von Felseneck schon dunkel. Um die Straßenlaternen wirbelten Schneeflocken, als wollten sie überhaupt nie auf die Erde fallen. Die Kirchenglocken dröhnten feierlich über das Dorf. Hinter vielen Fenstern lag der warme Schein von Kerzenlicht. Eltern beschenkten ihre Kinder.

„Schön“, sagte der Stefan leise vor sich hin. Das Heimweh packte ihn so arg wie noch nie, seit er vom Elternhof weggegangen war. Heimweh nach der Zeit, als er selbst noch ein Büberl gewesen war. Eine bunte Karte mit einem Schlitten und dem Christkindl darauf hatte er schon heimgeschrieben und eine ganz ähnliche bekommen. Mit vier Unterschriften: Vater und drei Brüder.

Zweimal ging er ums Wirtshaus, dann kam der Sutter Jörg heraus, der von der ersten Stunde an sein Freund gewesen war. „Stefan, sie ist schon da. Gelt, aber nicht zu lang bleiben, denn 'bald jemand etwas merkt, heißt es gleich, ich wär ein Kuppelwirt."

„Dank dir, Jörg. Du bist mir wirklich ein guter Freund." Sie reichten einander grad feierlich die Hände.

Im Vorhaus sagte aus der Dämmerung her eine weibliche Stimme: „Ein frohes Fest!"

„Dir auch, Trude", gab er zurück, worauf ihn die Wirtin umarmte und herzlich auf beide Wangen busselte.

Schon drängte ihn der Wirt weiter. „Sie sitzt im Extrastüberl. Da könnt ihr euch ungestört aussprechen. In einer Stund?"

„Um sechs muß ich schon wieder daheim sein, im Kramerhäusl. Die Marie hat gesagt, ich soll kommen. Alsdann bleibt nur eine halbe Stund." Dennoch fühlte er sich selig vor Glück, eben richtig weihnachtlich.

Dann machte die Burga einen Schritt auf ihn zu, strahlend schön, mit einem sanften Leuchten über dem Gesichtl. „Frohe..." Ihre Stimme erstickte fast in Tränen.

Mit einem leisen Aufseufzen sank sie an seine Brust. Sanft streichelte er über das Haar, das so seidig war wie von einem Engel. Er gelobte es ihr und sich selbst: „Das letzte Weihnachten, an dem wir noch auseinandergehen müssen. Nachher kann uns nichts mehr trennen."

„Nie wieder", versprach sie. In der Heiligen Nacht glaubte sie daran, daß die wahre tiefe Liebe über alles

Feindselige siegen müsse. Wenn nur die Menschen guten Willens waren!

Die Uhr hätte sich vielleicht aufhalten lassen, die Zeit nicht. Mit jedem Herzschlag wurde ihr kurzes Glück noch kürzer.

„Ich hätte auch schon gehen müssen", tröstete sie ihn, aber an diesem Abend fiel ihnen das Auseinandergehen besonders schwer. „Du weißt gar nicht, wieviel Herzblut ich dafür geben tät, wenn ich mit dir beisammen bleiben dürft. Für immer! Daran sollst du glauben, was auch..." Sie vollendete dann ihre Rede ganz schnell, fast hastig: „Was auch die Leut ratschen mögen." Zugleich holte sie aus ihrer Umhängtasche ein kleines rundes Packerl, das in Weihnachtspapier gewickelt war. Rundherum ein goldenes Bandl mit einem Tannenzweig. „Für dich."

„Mein Gott, Burga, daß du daran gedacht hast! Aber ich hab dir auch etwas gemacht. Eine Kleinigkeit."

„Stefan!" Sie schaute voll Rührung auf sein Geschenk, das in Seidenpapier eingepackt war.

„Dank dir, und denk noch heute an mich. Sagen wir so: Immer wenn die Glocke vom Kirchturm eine ganze Stunde schlägt, schauen wir aus dem Fenster, du in meine Richtung, ich in deine."

„Ja, Burga." Er schluckte recht schwer. „Irgendwo dazwischen werden wir zusammentreffen. Ich schick auch allerweil ein Bussel mit."

„Und ich dir eines!"

Der Jörg kam ins Extrazimmer und erinnerte sie: „Stefan, du mußt doch heim, hast du gesagt. Und für die Burga wird's auch höchste Zeit, denn akkurat heute ließ ich den Hannauer-Bauern lieber nicht warten!"

Langsam und traumverloren ging der Stefan zum Kramerhäusl. Sein Herz war noch übervoll mit Liebe zur

Burga und mit dem Glauben, daß für alle Menschen, die einander wirklich lieb hatten, zuletzt alles gut ausgehen müsse. Sein Traum zerriß nur ganz plötzlich, als vor ihm aus der Nacht ein mächtiger Schatten wuchs, ein Tier, das sich aufbäumte. Eine Männerstimme schrie ihn zornig an: „Teufel, kannst nicht aufpassen, du Hammel, du depperter! Rennst auf der Straße… Ja, du bist's!"

Der Stefan stand wie versteinert da und brachte kein Wort heraus. Das machten nicht nur die paar Sekunden Todesangst, sondern da war noch etwas viel ärger. „Du!"

„Starr mich nicht an wie ein Gespenst, die Rauhnächte kommen erst!" lachte der Hans Borek. Er neigte sich vom Schlitten und reichte dem Knecht die Hand. „Alles Gute, Stefan. Ich hab nicht geahnt, daß ich dich heut noch auf der Straße treff. Sonst wär's mir auf ein Geschenk nicht angekommen. Wenn du wieder nach Kritzen kommst, such mich heim! Dann werd ich dir vielleicht schon etwas Großartiges sagen können!"

„Was?" fragte der Stefan, weil er nicht glauben wollte, daß seine schreckliche Ahnung Wahrheit sein dürfe.

Der Hans lachte glücklich. „Nichts verschreien! Nur so viel: Der Vater hat's mir heut zugesagt, daß wir den Hof in Kritzen verkaufen. Er will nur mehr Bürgermeister und Wirt sein. Alsdann könnt ich mein ganzes Geld bei meiner Zukünftigen… Stefan, bist narrisch 'worden? Was teufelst du so davon?"

Er torkelte wie ein Rauschiger durch die Nacht. Von der Kirchenuhr schlug es sechs.

Eine Stunde später empfing ihn die Goldmarie recht ungnädig. Sie verstellte ihm die Schwelle vom Magazin zur Wohnstube, und ihre Stimme zitterte vor Zorn: „Könntest auch rechtzeitig daherkommen! Oder meinst, ich muß für meinen Knecht den ganzen Heiligen Abend Zeit haben? Zieh deinen Wetterfleck aus und wisch dir übers Gesicht. Es ist ganz naß. Schneit's draußen noch so arg?"

„Nein, Marie."

Damit sie nicht erraten sollte, was ihm das Wasser in die Augen getrieben hatte, redete er sich auf den Nebel aus. Von ihren mißtrauischen Blicken las er ab, daß sie ihm ohnehin nicht glaubte. Deshalb atmete er auf, als er über die Hühnersteige zu seiner Kammer hinaufgehen durfte. Von der Aufregung zitterten ihm noch die Knie, aber künftig würde er hart bleiben. Nicht mehr so viel Gefühl und nie mehr so tanzen, wie die Burga pfiff! Seinem Spiegelbild, das ihm mit großen, verzweifelten Augen entgegenstarrte, sagte er feindselig: „Mußt gar nicht so dalkert schauen! Geschieht dir recht, wenn dich jeder zum Narren macht, denn du verdienst es nicht anders. Die Burga muß nur mit den Fingern schnalzen, und schon kommt der depperte Kasper Stefan Becker angerannt. Aber jetzt langt's mir!"

Damit hatte er sich schon wieder eine ganze Menge Wut von der Seele geredet, und er sagte sich, daß der Schein auch trügen könnte. Warum hätte ihn noch vor einer Stunde die Burga so anlügen sollen? Und nicht einmal der Hannauer-Bauer würde sein Dirndl zu einer Ehe ohne Liebe zwingen. Es lag also nur an der Burga, daß sie ihrem Vater sagte, wen sie lieb habe!

„Kommst, oder muß ich dich mit einer goldenen Kutsche die Treppe runterfahren lassen?" schrie die Kramerin bei der Hühnersteige herauf.

„Ja, Marie."

Als er in die Stube trat, hatte sie schon ein paar Kerzen auf dem Christbaum angezündet. Ein milder, warmer Schein machte den Raum anheimelnd. Man sah nicht einmal mehr die Kisten hinter der Truhe und die Kartons auf der Kredenz. Bei Kerzenlicht schaute sogar die Marie recht hübsch aus. In ihrem schwarzen Haar, das sie sorgfältig in die Stirn gekämmt trug, schimmerten Lichterfunken. Sie hatte das bodenlange Festdirndl angelegt, das mit dem Samtmieder, mit dem weitfallenden Rock und der hauchfeinen Leinenbluse. Die Seidenschürze schillerte in vielen Farben. Dazu trug sie schwarze Trachtenschuhe mit echtsilbernen Spangen. Im Stefan tobte noch die Kränkung über die Burga, aber das wollte er vor der Kramerin unbedingt verbergen. Aus lauter Befangenheit brachte er kein freundliches Wort über ihr Aussehen heraus. Nur die Überraschung in seinen Blicken konnte sie als Bewunderung deuten. Sie wies ihn mild zurecht: „Schaust vielleicht wieder einmal weg von mir. Alsdann, den Baum hab ich schon am Vormittag aufgekranzt."

„Hätt ich mir nicht gedacht... So schön, das Fichtl."

Sie nahm ihn an der Hand, nicht herrisch oder derb wie sonst, sondern eher behutsam, und führte ihn zum Tisch. Da lagen gut zwölf Pakete. Alle sorgfältig in Weihnachtspapier gewickelt, mit Goldbandln und Reisig geschmückt. An jedem baumelte ein Anhänger mit herzlichen Wünschen. So viel! Der Stefan getraute sich gar nicht hinzuschauen! Wenn er da an sein bescheidenes Geschenk dachte, wurde ihm ungut. Er schreckte zusammen. „Mein Gott, Marie, ich komm gleich wieder! Ich hab dein Geschenk oben vergessen."

„Das kannst du später holen!" rief sie noch. Aber er hörte nicht auf sie, drehte sich auf der Stelle um und wollte zur Tür ins Magazin laufen. Aus Ungeschicklichkeit stieß er gegen die Marie, so daß sie zurücktaumelte. Grad noch rechtzeitig fing er sie auf und hielt sie fest, denn sonst wäre sie hingefallen. In ihrer Überraschung wehrte sie ihn nicht ab. Er wußte auch nicht recht, wie er sie wieder von sich drängen sollte. Befangen wie ein ganz junges Ding, schob sie die Hände auf seine Schultern und flüsterte: „Vorerst ein frohes Weihnachtsfest, Stefan. Ich tät mir wünschen, es sollt nicht unser letztes sein."

Weil sie um so viel kleiner war als er, stellte sie sich auf die Zehen und drückte ihm auf jede Wange ein Bussel. Ohnehin nur ein flüchtiges, aber als sie mit ihrem Mund von einer Seite zur anderen wechselte, geschah eine Panne: Dabei streiften ihre Lippen über seine.

„Auch frohe Weihnachten, Marie", sagte er und nahm sie um die Mitte, damit er sie wegschieben konnte. „Ich wünsch mir recht, daß wir beisammen bleiben. Wie's kommt. Felseneck ist ja nicht so groß. Jessas, hab ich doch mein Geschenk holen wollen!"

„Komm aber gleich wieder", mahnte sie ihn recht lieb.

Er rannte die Hühnersteige hinauf. In seiner Kammer war es saukalt, und er machte erst gar kein Licht, weil er ohnehin wußte, wo er das Krügerl für die Marie in seinen Schrank geschoben hatte. Vom Kirchturm schlug es acht, Zeit für einen Gruß hinüber zur Burga. Ob auch sie jetzt an ihn dachte? Vielleicht stand sie, Hand in Hand, mit dem Borek Hans vor dem Christbaum! Vom Hannauer-Hof kam kein Lichtschein herüber, denn es schneite noch immer in dichten, schweren Flocken. Der Stefan flüsterte: „Burga, ich hab dich lieb. Und es kann gar nicht sein, daß du mich so grauslich verraten hast!"

Also schickte er doch ein Bussel über die Dächer hin. Dann nahm er das in Seidenpapier gewickelte Krügerl und stieg außen am Haus die Treppe wieder hinunter. Es war ihm recht unangenehm, daß er für die Marie nur ein so unbedeutendes Geschenk vorbereitet hatte, wogegen sie doch einen Berg von Paketen unter den Christbaum gelegt hatte. Die schauten ganz nach Strickjanker, Fäustlingen und Wollsocken aus.

Als er in die Stube trat, umfing ihn gleich wieder die weihnachtliche Feierlichkeit. Ein verständnisvolles Lächeln auf den Lippen, spöttelte die Marie: „Hast du erst für mich ’was machen müssen?“

„Geh, gar nicht! Alsdann, es ist nur eine Kleinigkeit... Weißt ohnehin, daß ich wenig Zeit und noch weniger Geld und so...“

Sie erlöste ihn aus seiner Befangenheit, indem sie das Packerl entgegennahm und recht behutsam aufmachte. In ihren Augen stand eine ähnlich glückliche Erwartung wie in denen eines Kindes. „Mein Gott, Stefan! Hast gar du das draufgemalt? Ein M für meinen Namen! Weißt, ich hab schon lang nichts Selbstgemachtes mehr bekommen. Eigentlich überhaupt nie mehr, seit... Schön ist Weihnachten nur mit meiner Schwester, der Lisbeth, gewesen. Bis sie auf das Gesüßel von so einem Lumpen hereingefallen ist. Von der Stund an hab ich sie verloren, weil sie nur noch den gesehen hat... Wirklich, Stefan, du hast mir eine recht große Freud gemacht!“

Noch einmal ging sie einen Schritt auf ihn zu. Zwar legte sie jetzt nicht mehr die Arme um ihn, aber sie gab ihm ein Bussel auf die Wange. Dann ging sie zum Christbaum und suchte von den zwölf Paketen zwei heraus. Es waren die kleinsten. Die hielt sie ihm hin und sagte: „Sollst heut auch nicht leer ausgehen. Viel ist es nicht, aber das Christkindl wird schon gewußt haben, daß du nicht allerweil brav gewesen bist.“

Als er die Geschenke entgegennahm, fragte er: „Darf ich sie gleich aufmachen?“

„Freilich“, erlaubte sie ihm. „Ich muß doch wissen, ob du damit eine Freud hast.“

Andächtig zog er die Silberbandl herunter und wollte die Verpackung vorsichtig aufwickeln, aber die Marie hatte sie an den Rändern verklebt. Über seine Bedenken lachte sie: „Zerreiß das Papierl! Nächstes Jahr sollen die Leut neues kaufen, denn davon leben wir Kramer."

„Ist der schön! Ein Kalender!"

Sie nahm ihm das Büchl aus der Hand und blätterte beispielsweise ein paar Seiten auf. „Schau, da steht alles drinnen, was ein Bauer über das Jahr wissen muß. Was er etwa zu dieser Zeit im Garten oder auf dem Feld arbeiten soll, und wie er das Saatgut berechnet. Im Anhang hast du etwas über Tierhaltung: vom Karnickel bis zum Roß."

„Dank dir, Marie. Das ist grad das passende Geschenk für mich. Du verstehst halt, daß ich auf keinen Fall für alle Zeiten der Hausknecht in einem Kramerladen bleiben kann. Ich bin ein Bauernsohn und gehör auf eine Landwirtschaft."

Schon ein bißl gekränkt, pries sie das Leben eines Kaufmanns: „Es ist gar nicht gesagt, daß einer neben dem Kramerladen nicht auch eine Landwirtschaft führen kann. Das wäre sogar günstig, wenn einer in seinem Geschäft verkauft, was er selbst angebaut und geerntet hat."

Soweit überhörte der Stefan eine etwa mögliche Anspielung und sagte noch einmal: „Ein schönes Büchl! Marie, ich hab eine Riesenfreud."

Schon wieder halb versöhnt, forderte sie ihn auf: „Jetzt schaust gleich das zweite Geschenk an. Klein, aber oho! Darüber wirst du dich vielleicht noch mehr freuen, denn so etwas muß ein junger Herr haben!"

„Bin ich vielleicht ein junger Herr?" lachte er, weil ihn so viel Freundlichkeit von der Marie verlegen machte. In den letzten Monaten hatte er davon nichts gemerkt. Als er das kleine Paket aufmachte, schaute ihm die Marie über die Schulter. Dann wäre es ihm beinahe aus den Händen gefallen, und er schrie auf: „Nein! Ich glaub, ich spinn!"

Eine Uhr! Tatsächlich eine ganz moderne, wie sie jetzt die Stadtleute trugen: für das Armgelenk und ohne Zeiger. Dafür blinkten unaufhörlich Zahlen. Die Marie nickte und sagte unüberhörbar bedeutungsvoll: „Damit du allerweil weißt, was es geschlagen hat."

„Marie!"

Erst später dämmerte ihm, daß er sich eigentlich genau so verhalten hatte wie alle anderen: Sobald er etwas einsackeln konnte, erschien ihm die Goldmarie längst nicht mehr schiach und grauslich! Er packte sie und busselte von allen Seiten her ihr Gesicht ab. Sie war es dann, die ihn wegdrängte und verlegen ermahnte: „Vielleicht wirst bald wieder vernünftig! Wie schau ich aus, wenn du mich so zurichtest!"

„Weil ich gar so eine Freud hab!"

Unter dem Weihnachtsbaum lagen noch gut zehn weitere Geschenkpakete, aber die rührte sie einstweilen nicht an. Statt dessen führte sie ihn zu einem Tisch, wo Teehaferl standen. „Hock dich!"

Sie machte beim Herd das Feuertürl auf. Erst meinte er, sie wollte noch ein paar Scheite nachlegen, aber sie fischte mit dem Schürhaken ein glühendes Eisentrumm aus dem Feuer: den Stagl von ihrem Bügeleisen. Zum Stefan sagte sie: „Gehst in meine Schlafkammer. So wart doch! Auf dem Nachtkastl steht der Guglhupf, den ich für heut gebacken hab. Der sollt auch noch eine Überraschung sein, weil du vom letzten nur ein Stück bekommen hast. Der Nuß- und der Mohnstrudel gehören ohnehin auf jeden Fall zu einem richtigen Heiligen Abend. Bei euch daheim nicht?"

Der Stefan lächelte versonnen. „Eigentlich schon, aber

wir sind so viele gewesen, daß es für einen Strudel oder Kuchen nie gereicht hat. Deswegen hat die Mutter zum Nachtmahl meistens beim Fischer einen Karpfen aus dem Teich gekauft. Und für nachher hat sie Schmalzkrapfen gebacken. Ich sag dir, Marie, auch das ist ein schönes Weihnachten gewesen. Halt daheim!"

Sie hatte ihm nur halb zugehört, warf einen Blick auf die Uhr und befahl mit der üblichen herrischen Stimme: „Mußt keine langen Predigten halten. Das macht später der Pfarrer bei der Christmette. Stell den Guglhupf und die zwei Strudel auf den Tisch. Bevor wir essen, schaust noch nach, ob alle Türen anständig versperrt sind!"

„Ja, Marie."

Allein schon der Tonfall hatte ihn daran erinnert, daß er noch immer Hausknecht und Leibwächter war.

„Weg da!" schrie sie ihn an und riß den Deckel vom großen Eisentopf herunter. Als sie den glühenden Stagl wieder in den Tee versenkte, zischte und brodelte es, und zugleich verbreitete sich im Raum ein Duft von Orangen, Zitronen und gebranntem Zucker. Das war halt Weihnachten! Auf den ganzen Pflanz und Glanz konnte man verzichten, aber der Mohnstrudel, der Nußstrudel und der g'stagelte Tee gehörten dazu.

„Ich komm schon zum Tisch", kündigte die Marie an. Eifer und Ofenhitze hatten ihr rote Wangen gemacht. Das stand ihr gar nicht schlecht, weil es die harten Linien verbarg, die ihr das Leben vorzeitig ins Gesicht gekratzt hatte. „Hock dich und steh mir nicht im Weg!"

Einen so schönen Abend hatte der Stefan schon seit langer Zeit nicht mehr verbracht, denn ähnlich anheimelnd war es nur noch daheim gewesen. Die Marie schnitt die Strudel an und prüfte, ob keiner sitzen geblieben sei. Erst dann legte sie auf jeden Teller eine Schnitte mit Mohn und eine mit Nuß.

„Dank dir, Marie."

„Iß! Spar dir die Lobesreden, die Fülle vom Mohnstrudel ist eine Spur zu weich geworden. Wenn ich aber auch seit Jahren nichts mehr gebacken hab." Plötzlich verstummte sie. Da war etwas, das sie niemandem eingestehen wollte. Am wenigsten sich selbst. Sie holte aus der Kredenz eine Flasche. „Rum macht den Tee noch feiner. Aber nur einen Spritzer nehmen!"

„Wirklich nur ganz wenig", bat er. „Ich vertrag nichts Scharfes."

Darauf konnte die Marie keine Rücksicht nehmen, weil der Rum gleich in die Teekanne kam. Sie seufzte tief und wohlig: „Schön, so ein Weihnachten."

Der Ofen, die Kerzen auf dem Baum und der gestagelte Tee machten es im Raum recht heiß, aber der Stefan getraute sich nicht zu fragen, ob er seinen Janker ausziehen dürfe. Nur wie von weit weg hörte er die Kramerin vom Geschäft reden. Sie nannte Zahlen von ihrem Konto, jammerte gleich wieder über Außenstände und hatte ein sonniges Lachen auf den Lippen.

„Spät wird's", murmelte die Marie und schaute immer öfter auf die Uhr. Mit der Zeit wurde sie verärgert. Erst strich sie mit der Hand über ihre Stirn, als hätte sie Kopfweh. Dann zupfte sie wieder ihr Haar bis fast an die Brauen herunter. Weil sie den Blick des Stefan merkte, pfnurrte sie ihn an: „Bist beim Essen eingeschlafen? Wenn's weiter so langweilig ist, mag ich nicht bis zur Mitternachtsmette herumhocken. Wo er nur bleibt? Nichts als Sorgen muß man sich um ihn machen! Da kann ich reden, was ich will. Unbelehrbar, wie seine Mutter gewesen ist. Aber wie's geschehen ist, hätt sie sich an mich gehängt! Für ihn bin ich auch nur die alte, schiache Tant, gut zum Aussackeln, weil sie für jedes freundliche Wort ordentlich auslaßt!"

„Marie!" Er sah grad fassungslos die Veränderung in ihrem Gesicht. „Wie kannst du so denken! Ausgerechnet heut, zu Weihnachten, müßt ein jeder Frieden machen. Schau, sogar ich..."

Die Uhr der Marie ging ein bißl nach und schlug erst jetzt die volle Stunde. Also wäre es noch Zeit für einen Gruß zur Burga hinüber gewesen, aber da klagte die Goldmarie mit einer so zittrigen Stimme, daß er Mitleid kriegte: „Hab ich das notwendig?"

„Er wird bestimmt noch kommen", versuchte der Stefan, sie zu trösten. Es war keine Absicht, daß er dabei zum Christbaum und zu den noch ungeöffneten Packerln schaute.

Aber diesmal langte es ihr. Sie wollte sich nichts mehr vorlügen, sondern sagte recht hart: „In dieser Heiligen Nacht legt ihm nicht einmal mehr die goldene Gans Eier. Komm, Stefan!"

„Was? Soll ich den Tisch abräumen?" Er war erschrokken von der Bank aufgesprungen.

„Herkommen sollst zum Christbaum. Alsdann, ich hab für dich noch ein paar Kleinigkeiten. Red mir nicht dagegen! Nimm das ganze Klumpert! Ich brauch niemanden..."

Dabei drückte sie ihm ein Paket nach dem anderen in die Arme, und er mußte sie alle nehmen, weil sie sonst auf den Boden gefallen wären. „Marie, das..."

„Mund halten!" schrie sie ihn kreischend an, weil sie ihre Tränen nicht mehr zurückhalten konnte. „Geschieht mir doch recht, wenn ich aber auch mein Herz an einen Lumpen häng, nur weil er der Bub von meiner Schwester und einem Lumpen ist! Sein Vater ist der ärgste Schuft gewesen, und der Toni wird genau nach ihm. Pack das Zeug und verschwind in deine Kammer! Ich will jetzt niemanden sehen!“

„Morgen geb ich dir alles zurück“, schlug er ihr noch vor. Aber das hörte sie gar nicht, sondern sie befahl ihrem Knecht im bei ihr üblichen Ton: „Zur Mitternachtsmetten kommst mit! Die Verbrecher achten keinen Weihnachtsfrieden, und ich will mich nicht grad in der Heiligen Nacht erschlagen lassen!“

„Ja, Marie.“

Durchs Magazin leuchtete ihm noch der Schein aus der Küche, aber hinter ihm krachte die Eisentür ins Schloß, und die Marie sperrte sich von innen her ein. Im Freien packte ihn die eisige Nacht mit Schneetreiben. Die vielen Weihnachtspackerl in den Händen, kam er nur mühselig die Hühnersteige hinauf. Erst in seiner Kammer kriegte er wieder genug Luft zum Atmen, und sein Herzschlag beruhigte sich. Achtlos ließ er die Geschenke aufs Bett fallen. Er stellte sich ans Fenster. Die ganze schöne Weihnachtsstimmung war zerstört. Beinahe fühlte er sich jetzt noch unglücklicher als in den letzten Tagen. Verkauft von der Burga, allein und verlassen wie die Goldmarie. Später legte er sich aufs Bett. Ohne viel Freude schaute er seine neue Armbanduhr an. Die Leuchtziffern sprangen auf die ganze Stunde, genau elf. Nur zögernd rappelte sich der Stefan auf, trat ans Fenster und sagte in die Nacht hinaus: „Burga, wenn du mich überhaupt noch lieb hast und zu mir herüberschaust, nachher geb ich dir ein Weihnachtsbussel. Aber ich glaub halt an kein Glück mehr.“

Das erste Klopfen überhörte er, dann schreckte er aus seinem Träumen halb auf und rief: „Komm herein!“

Die Tür ging auf. Das Gesicht der Marie strahlte vor

Glück. Wegen der Kälte verschränkte sie die Arme und zog das Umhangtuch fest über die Brust. Mit ein paar schnellen Schritten war sie so nahe beim Stefan, daß ihm grad ängstlich wurde. Sie flüsterte: „Er ist schon gekommen. Gelt, ich brauch die Geschenke wieder. Nicht die Uhr und das Büchl, aber das andere Zeug. Bist mir doch nicht bös, wenn ich's zurückhaben will?“

„Gar nie“, beruhigte er sie. „Ich hab's gewußt und deshalb erst gar nichts angerührt. Alle Maschen, Bandl und Sterne sind noch dran.“

Er lud ihr die zehn Pakete auf. Im nächsten Augenblick schreckten sie zusammen, wie wenn man sie bei etwas Schlechtem ertappt hätte.

„Frohe Weihnachten!“ kam eine Stimme von der Tür her, und der Toni streckte seinen Kopf in die Kammer. Er kam ganz herein, zog hinter sich die Tür ins Schloß und schaute sich genau um. Sein Lachen klang ein bißl ölig: „Das ist also das Liebesnest! Auf einmal ist die Marie-Tant verschwunden und hat mich stehen lassen wie einen angemalten Türken.“

Schnell erklärte sie, wie wenn sie sich vor ihm hätte rechtfertigen müssen: „Ich bin nur schnell herauf zum Stefan, weil ich ihm die Geschenkpackerl für dich mitgegeben hab. Gelt, Stefan, zum Aufheben.“

„Ja, Marie.“

Der Toni ging weiterhin in der Kammer im Kreis, bis er plötzlich ein helles Lachen ausstieß. „Stefan, jetzt weiß ich, warum du wie ein Mönch lebst! In so einer Saukälte müßte auch die heißeste Liebe einfrieren!“

Der Marie war so ein leichtfertiges Reden gar nicht recht, weshalb sie sagte: „Ich geh hinunter. Hier holt man sich ja den Tod!“

„Gelt, Frau Tant!“ stimmte ihr der Toni scheinheilig

zu. Er roch nach gestageltem Weihnachtstee oder Zitronen- und Orangensaft, aber mit viel Rum. „Geh nur, Marie-Tant. Bei so einer Kälte frierst du dir in der dünnen Bluse das Herzl ab!"

Als er gar nicht daran dachte, mit ihr zu kommen und seine Geschenke in Empfang zu nehmen, stürmte sie zornig aus der Bodenkammer. Hinter ihr krachte die Tür ins Schloß. Der Toni aber flehte geradezu beschwörend: „Heiliger Stefan, erbarme dich meiner! Die Alte gibt keinen Frieden und verlangt mir die Generalbeichte über mein schlechtes Leben in der Stadt ab. Wohin das Geld kommt, das sie mir manchmal zusteckt. Und ich soll mir mit meiner Leichtfertigkeit das Leben nicht versauen. Das ist ein frohes Fest! Jetzt kommst du mit mir hinunter, denn vor dir kann sie nicht so arg weiterkeppeln. Für ihr Mundwerk tät sie glatt einen Waffenschein brauchen, aber ich laß mich nicht aus dem Kramerhäusl ekeln. Da ist noch allerhand für mich zu holen. Sollst auch nicht leer ausgehen, Stefan! Ich hätt halt einen Plan mit der alten Keifen!"

Solche Reden des Toni Schup konnte der Stefan nicht länger anhören. Schlecht wurde ihm dabei, kotzübel! Da war aber in ihm auch ein Gefühl, das ihn warnte, er sollte die Marie in dieser Nacht nicht schutzlos allein lassen. Nur deswegen kam er mit hinunter.

Auf der Hühnersteige patzte ihnen der Wind nassen Schnee ins Gesicht. Das verdroß den Toni so arg, daß er noch einmal aufjammerte: „Heirat sie! Wirst sehen, Stefan, ans Geld gewöhnst du dich genau so schnell wie an ihre Anhänglichkeit, und nachher hab ich meine Ruh!" Als sie durchs Magazin gingen, stieß der Toni einen Schrei aus: „Himmel, in dem Häusl gibt's sogar Ratzen! Höchste Zeit, daß hier ein Mann für Ordnung und ein bißl Lebensfreude sorgt!"

Er stolperte in das Zimmer. Die Goldmarie baute gerade die Packerl wieder unter dem Christbaum auf. Sie schaute ihm besorgt entgegen. „Bub, hast du dir weh 'tan? Das Licht im Magazin hat einen Wackelkontakt. Aber dem Stefan kann ich 'was hundertmal sagen, es geschieht nichts!"

Um sie zu versöhnen, legte der Toni die Arme um ihre Schultern und tat ihr schön, bis sie ihn lachend von sich stieß. Da sagte er noch: „Hast es dem Stefan halt nicht lieb genug gesagt, Marie-Tant! Nicht lieb genug!"

„Wenn du nicht der Bub von meiner Schwester Lisbeth selig wärst!" seufzte sie und bemühte sich, trotz ihrer Traurigkeit zu lächeln. Lang dauerte ihr Zorn auf den Toni ohnehin nicht an. Sie gab ihm seine Geschenke, eines nach dem anderen. Bei jedem stimmte der Toni ein Freudengeschrei an und busselte die Frau Tant voller Dankbarkeit ab. Nur über die Farbe der Schijacke schnitt er heimlich zum Stefan hin ein schiefes Gesicht.

Sie setzten sich noch einmal an den Tisch, wo die Marie auch noch das letzte Stück Mohnstrudel aufschnitt. Damit sie auf dem Kirchgang nicht frieren sollten, spritzte sie den Tee wieder reichlich mit Rum. Das hatte aber auch zur Folge, daß der Toni immer lustiger wurde. Plötzlich packte er die Marie, schubste sie zum Stefan hin und forderte den heraus: „Los, trau dich, ihr ein Weihnachtsbussel zu geben! Stell dich nicht so an, sie beißt dich bestimmt nicht! Oder muß ich der Tant erst verraten, was du mir vorhin anvertraut hast?"

„Was hat er über mich gesagt, Toni? Ich will's wissen!" Das klang alles noch recht nach Gaudi, aber in den Augen der Kramerin flackerte ein Licht, das er bisher noch nie entdeckt hatte.

Als der Toni mit der Sprache ohnehin nicht gleich heraus kam, beschwor ihn der Stefan mit einem zornigen Lacher: „Untersteh dich und verdreh alles!"

„Reden sollst!" befahl ihm die Marie.

Mit einem zufriedenen Lächeln ließ sich der Toni das Ratschen abzwingen. „Du willst es, Marie-Tant. Alsdann, er hat gesagt, daß du dich richtig sauber herausgemausert hast. Das kommt davon, weil du und er..."

„Toni!" schrie der Stefan auf, denn er ahnte, welch ein Unheil der leichtfertige Lotter heraufbeschwören könnte. „Ich hab das ganz anders gesagt!"

Der war voll in Fahrt gekommen und ließ sich nicht mehr bremsen. Vor Lachen glucksend, flachste er: „Marie-Tant, er hat gesagt, daß du ohnehin recht sauber g'stellt wärst. Aber in seiner kalten Dachkammer friert er sich zu Tod. Wenn er vielleicht zu dir herunterziehen könnt?"

„Mund sollst halten!" kreischte ihn plötzlich die Marie nieder. Sie zitterte vor Abscheu. In ihrer Hilflosigkeit mußte sie einem leid tun. „Lump, herzloser! Machst dich über mich noch lustig? Keine Angst, Stefan, dem glaub ich ohnehin kein Wort!"

Er wäre nicht der Schup Toni gewesen, hätte er die Frau Tant nicht doch nach zehn Minuten wieder um den Finger gewickelt. Ganz bestimmt machte er sich keinen einzigen Gedanken darüber, daß er jemanden verletzt haben könnte, die Marie oder den Stefan.

Kurz vor Mitternacht lernten sie aber noch einen ganz anderen Toni kennen. Der stellte sich ans Fenster und schaute zwischen den Gitterstäben in die Nacht hinaus. Die Marie und den Stefan schien er vergessen zu haben. Leise sagte er zu sich allein: „Christmette. Ich mag das Feierliche. Wie wenn's gestern gewesen wär, erinnere ich mich: Die Mutter und ich gehen durch den Schnee. Der knirscht unter meinen Füßen, und ich fang zu plärren an, weil ich dem Christkindl seine glitzernden Edelsteine nicht zertreten will. Ist das ein Leid gewesen! Schon damals hab ich niemandem wehtun können. Nicht meine Schuld, daß bald darauf die Mutter gestorben... wie wenn ich auch tot... So ein Schmarren! Gehen wir in die Kirche? Ein Toni Schup kann ein bißl Fürsprache beim Herrgott allerweil brauchen."

Über die Feiertage hielt die Marie ihren Laden geschlossen. Der Toni tanzte die ganze Zeit um sie und schwärmte von der schönen Zeit, wenn er einmal hier leben und bei ihr im Geschäft arbeiten dürfe. Manchmal allerdings wechselte seine Stimmung wieder recht schnell von Zuversicht auf Sorgen. Er befürchtete halt: „So eine Umstellung wird noch eine Stange Geld kosten. Wenn's nach mir ging, Frau Tant, so könnt ich schon beim Ostergeschäft mithelfen. Aber ich muß halt auch mit jedem Zerquetschten rechnen, und deshalb dauert alles um so länger."

Die Marie stellte sich, als durchschaute sie ihn nicht. Wenigstens ärgerte oder kränkte sie sich kaum mehr, denn sie hatte begriffen, daß sie für ein jedes bißl Glück in den Eisenschrank hinter dem Heiligenbild greifen mußte. Mit schmal zusammengepreßten Lippen überrechnete sie die Summen, von denen er so nebenbei redete. „Da kommt allerhand zusammen, Toni."

Ein siegesbewußtes Funkeln trat in seine Augen, und dafür versprach er feierlich: „Alles nur geborgt, denn ich werd's dir mit Zinsen und Zinseszinsen zurückzahlen. Arbeiten will ich wie ein Ochs! Noch mehr als dein Stefan!"

„Mein...?" Sie wurde unruhig. „Wo ist der Stefan? Den hab ich heut noch gar nicht gesehen."

„Fehlt er dir?“ erkundigte sich der Toni recht teilnahmsvoll und ließ sich auch durch ihre zornige Handbewegung nicht abstellen. Er blieb freundlich und riet ihr: „An deiner Stelle tät ich ihn besser behandeln. Warum hast du ihn heut nicht zum Frühstück gerufen? Liebe geht durch den Magen.“

Recht giftig wies sie ihn zurecht: „Was mischt du dich allerweil in Sachen, die dich einen Schmarren angehen? Am Feiertag muß sich der Stefan nicht die ganze Zeit an meine Kittelfalte hängen!“

Über das makellos rasierte, parfümierte und eingekremte Gesicht des Toni huschte ein unschuldiges Lächeln. Dabei setzte er ihr den nächsten Stachel in die Seele: „Kittelfalte ist gut gesagt, Marie-Tant. Jetzt fällt's mir wieder ein: Vorhin hab ich den Stefan den Weg zum Himmelsbach hinausgehen gesehen. Mit einem Kittel an seiner Seite. Von der Weiten hat sie beinahe ausgeschaut wie die Burga. Weißt ohnehin, welche ich meine: die Hannauer Burga. Bildsauber, tät ich sagen!“

Die Blicke der Marie erstarrten vor Kränkung in Feindseligkeit. Sie stellte den Milchhafen so hart auf den Tisch zurück, daß er überschwappte. Kurzatmig schnaufte sie: „Was kümmert's mich? An seinem freien Tag kann er treiben, was ihm taugt.“

Wie sie zitterte, tat sie dem Toni beinahe leid. Er ging zu ihr, halste sie freundschaftlich und flüsterte: „Geh, Frau Tant, steh nicht so bucklert da, denn sonst glaubt der Stefan wirklich, du wärst schief gewachsen. Dabei hat er mir erst unlängst gesagt...“

„Laß mich auch einmal allein!“ schrie sie plötzlich auf und wischte mit dem Handrücken über ihre Wangen. „Hock dich ins Wirtshaus oder mach 'was Nützliches, aber verschwind aus meiner Stube!“

Er zuckte mit den Achseln und wurde überhaupt nicht böse. Stolz hätte er sich in seiner Lage nur ganz zuletzt leisten können. Nach einer Weile bemühte er sich sogar um eine Versöhnung und bat: „Mußt nicht schon wieder bös sein, Marie! Wenn du sie hören willst, hab ich sogar eine Neuigkeit für dich, über die du Freud haben kannst."

„Wüßt nicht, was das sein sollt!" gab sie kalt zurück und drängte ihn schon zur Tür. „Ich muß Ordnung machen im Zimmer, denn du hast dein Zeug wieder einmal von einem Eck ins andere geschmissen!"

Beim Hinausgehen sagte er ihr doch das Neueste vom Dorftratsch: „Bald wird's eine Hochzeit geben in Felseneck. Der Borek Hans kriegt die Burga. Die Entscheidung ist gefallen."

Der Stefan konnte sich kaum bewegen. Wie wenn ihn ein Blitzschlag aus heiterem Himmel gelähmt hätte! Nur mühselig formte er die Worte und brachte sie kaum über die Lippen: „Und ich hab dir geglaubt! Erst jubelst du, weil alles in Ordnung geht. Und heut sagst du mir ganz kalt: Es ist ohnehin alles entschieden, alles verloren."

Die Burga ging noch schneller vor ihm her, damit er ihr auf keinen Fall ins Gesicht schauen konnte. Von ihren Augen hätte er alle Verzweiflung abgelesen, die sie mit ihren Worten ableugnete. Nicht mehr schwach sein! Sie würgte die Tränen hinunter, bis sie beinahe sachlich erklären konnte: „Es ist schon einmal so bei uns Hannauer-Leuten: Der Hof gilt mehr als das Verliebtsein. Deshalb hat mir der Vater rechtzeitig einen reichen, anständigen und herzensguten Bauern zum Mann ausgesucht. Das war lang, bevor du in unser Dorf gekommen bist. Warum alsdann hätt ich nein sagen sollen?"

„Eben, warum!“ schrie er sie an. Noch nie war er zu ihr so aufbrausend und grauslich gewesen wie an diesem Morgen. „Bauern können gut rechnen. Warum sollt man sich da schlechter verkaufen?“

Damit machte er es ihr fast leichter, auf ihrem Standpunkt zu bleiben. „Auch wie ich dich noch nicht gekannt hab, ist das zum Hans keine richtige Liebe gewesen. Erst seit ich dich kenn, weiß ich... Ein bißl verschaut hab ich mich schon in ihn. Das schon.“

Sie wollte nur ehrlich sein und ihm alles erklären, aber er schrie auf: „Mußt es mir gar nicht so genau schildern, ich hab mir schon mein Bild gemacht. Von jetzt an laß ich mich von dir nicht länger hinhalten! Niemand kann mir mehr in mein Leben pfuschen, du nicht und nicht die Marie!“

Gleich wurde die Burga hellhörig, gab die Verteidigung auf und schlug zu: „Ach, so einer bist du! Hast vorgesorgt? Lang schon! Wenn nicht ich, nachher eine andere mit Geld! Viel kann ich mir auf deine Lieb einbilden!“

„Und ich mir auf deine! Du mußt dir gar nicht um so viel besser vorkommen als die Goldmarie. Die braucht meine Gesellschaft, solang der Toni nicht da ist. Und ich bin für dich gut gewesen, wie du gemeint hast, der Borek tät in Kritzen bleiben. Bis jetzt hat mich jede herumgeschupft, wie es ihr in den Kram gepaßt hat! Aber das ist vorbei! Hörst, Burga, vorbei für immer!“

„Du verdrehst alles!“ klagte sie, und in ihren Augen stand schon wieder mehr Verzweiflung als Zorn. Daran merkte sie auch, daß sie gar nicht so stark war, wie sie sich geben wollte, und sie lenkte ein. Grad versöhnlich erinnerte sie ihn: „Ich hab dir allerweil gesagt, wir kommen nicht mit dem Kopf durch die Wand. Aber du willst nicht einmal ein paar Wochen oder Monate auf mich warten. Vielleicht ändert sich… Mein Gott, Stefan, du hast hier ein so gutes Leben wie nie zuvor. In unserem Dorf sind sie dir alle mit Freundschaft entgegengekommen, auch der Hans und der Gustl. Aber du willst dich zu schnell aufs hohe Roß setzen!"

Jetzt verstand er die Welt nicht mehr. „Burga, hast du vergessen, daß ich längst nur noch aus Lieb zu dir in Felseneck bin? Lauter Freunde sollt ich haben? Dein Vater hat mich zum Aufgeben zwingen wollen, und alle seine Freunde haben mitgetan! Wie ein Lump deinen Bruder angeschossen hat, haben gleich alle geschrien, das könnt nur der fremde Knecht gewesen sein! Dir zulieb hab ich mich einsperren lassen wie ein Stück Vieh im Schlachthof! Mit einem Wörtl hätt ich mich freikaufen können, aber damit wär auch dem reichen Bauern Hans Borek die Freud an der Hannauer-Tochter verdorben worden. Wie das geklungen hätt: Die Burga mit dem Knecht im Heu!"

„Stefan!" klagte sie, und es klang verzweifelt. „Red nicht grauslich über unsere Lieb."

Er hörte und sah nichts mehr in seiner Enttäuschung. Nur deshalb konnte er sie anschreien: „Tu nicht auf einmal so zimperlich! Was ist schon Großartiges dran an unserer Lieb? Bevor du einen Borek heiratest, willst du halt die Gaudi und das Schöntun mit…"

Sie warf sich herum, hob die Hand zum Zuschlagen. In ihren Augen brannte der Haß aus einer zerstörten Liebe. Aber der Stefan versuchte nicht die geringste Gegenwehr. Fast schaute es aus, als wartete er auf diesen Schlag, der alles zerstört und ihn für immer von der Burga freigemacht hätte. Schon in den nächsten Augenblicken brach ihr Zorn zusammen, und ihre Hand sank herunter. Aufweinend schmiegte sie sich dem Stefan an die Brust und fragte ganz verzweifelt: „Warum? Warum nur? Sag's du mir!"

Ganz so schnell kam er diesmal über die Enttäuschung nicht hinweg, und er hielt ihr vor: „Ich pack die Ungewißheit nicht mehr lang. Noch gestern hab ich gemeint, für uns tät jetzt alles in Ordnung kommen."

„Hab ich doch auch gemeint." Sie weinte still vor sich hin und barg ihr Gesicht an seiner Wange. Gleich fühlte sie so viel Zärtlichkeit für ihn, aber mit ihren Schwierigkeiten standen sie noch immer dort, wo vorhin der Streit begonnen hatte.

Deshalb klagte sie der Stefan weiterhin an: „Der Borek muß nur kommen und euch das Geld für seinen Kritzener Hof auf den Tisch legen, und schon richtet die Burga Hannauer wieder die Brautkammer. Weißt du eigentlich, welche Buchstaben du ins Bettlaken von deiner Aussteuer sticken sollst?"

Sie riß sich von ihm los. Nichts als fort! Voller Verzweiflung brach es aus ihr: „Jetzt langt's! Jeder redet nur vom Hof und vom Geld! Denk wenigstens du einmal daran, daß ich ein Mensch bin! Dich hab ich lieb, aber meinen Vater kann ich auch nicht verlieren! Wenn du meine Not nicht verstehst, nachher halt mich für schlecht! Mir ist das nicht mehr wichtig!"

In ihm verwandelte sich die Liebe durch Leid zu Feindseligkeit. Grad eiskalt wurde es in ihm. Darum konnte er so hart von ihr verlangen: „Eine Entscheidung, Burga! So oder so. Es muß mir recht sein, aber ich laß mich nicht länger für'n Narren halten. Auch nicht von dir! Ich warn dich!"

Lachend flüchtete sie aus Leid, Verzweiflung und Angst in ihren Bauernstolz und rief: „Willst mir 'leicht drohen? Du, das mag ich überhaupt nicht. Und wenn mir der Vater den Hof nicht gibt? Für dich ist es ein Ding, ob du auf einem Bauernhof oder bei der Kramerin den Knecht machst. Aber ich..."

Zu spät verstummte sie, weil sie merkte, daß man ihre Worte ganz anders verstehen konnte, als sie gemeint waren. Den Stefan trafen sie besonders empfindlich. In seinem Stolz verletzt, gab er genau so unüberlegt und zornig zurück: „Wenn du überhaupt ein Herz hättest, müßtest du mit deiner Entscheidung nicht monatelang herumziehen. In deinen Augen bin ich allerweil der Knecht, und nachher kann ich ebenso gut im Kramerladen bleiben! Bei der Marie! Auf der Stell wirst du dich entscheiden: ja oder nein! Ich muß es wissen! Gleich!"

Fast noch im selben Augenblick wurde ihm klar, daß auch er zusammenredete, was er gar nicht so sagen wollte. Zu spät. Die Burga schrie schon: „Dank dir! Dank dir, daß du mir die Augen noch rechtzeitig geöffnet hast! Jetzt müssen wir nicht mehr miteinander reden!"

Sie rannte zum Dorf zurück. So schnell zerbrach, was vielleicht ein Leben lang hätte halten können. Aber wie lange dauerte überhaupt ein Leben? Der Tod schlich längst durchs Dorf, durch Felseneck, am zweiten Feiertag, dem Stephanitag.

„Künftig wird sich in eurem Dörfl viel ändern!" prahlte der Schup Toni im Gasthaus. „Jörg, ihr könnt mir schon einen Ehrenplatz freihalten am Stammtisch, denn neben den Knechtln schmeckt mir nicht einmal dein Bier!"

Der Jörg Sutter erkannte die neue Linie, und wer hätte es ihm verübeln wollen, daß er sich darauf einrichtete? Er meinte es wirklich ehrlich, als er dem Toni riet: „Stellst dich halt gut mit dem Hochwürden, mit dem Lehrer und vor allem mit den Großbauern. Bei unserer Goldmarie sitzt du ohnehin an der Quelle."

Das vielsagende Lachen des Wirtes ärgerte den Toni, so daß er drohend spöttelte: „Sollt ich vielleicht sogar dir nachrennen? Du verstehst überhaupt nichts, Sutter!" Er bemühte sich, seiner Stimme einen bösen Klang zu geben. Das gelang ihm nur unvollkommen, weil er im Wesen gar kein Harter war. Im Gegenteil, eher batzweich. Aber nicht zum ersten Mal hätte sich ausgerechnet ein Schwächling unter Zwang zu einem Brutalen gewandelt! „Stell dich gut mit mir, Sutter, denn ich hab deinen Namen im Schuldenbüchl von der Frau Tant ganz oben stehen gesehen. Schon, daß wir zwei uns einigen könnten, aber da müßt für mich 'was herausspringen. Ein Wort von mir genügt!"

Der Sutter-Wirt brachte von der Schank zwei Maß Bier. „Gesundheit, Toni! Alsdann: Wenn deiner Tant mancher Schuldner durchs Netz schlüpfen und seinen Kopf aus der Schlinge ziehen könnt, so wär's doch ihr Schaden."

„Aber nicht unbedingt auch der meine!" Der Toni merkte, daß ihn der Sutter Jörg recht gut verstand, und so sagte er ohne weiteres Herumreden: „Sie ist hart und hat meine Mutter ins Elend gejagt. Mir gibt sie noch lang nicht die Hälfte vom Laden, wie mir das zustehen tät. Ich bin halt kein Unmensch, der einem armen verschuldeten Bauern die Bettstatt unterm Hintern wegschleppen ließe. Also müßte man nur immer rechtzeitig mit mir reden. Verstehst?"

„Und die Goldmarie?" wollte der Sutter wissen. „Wenn die 'was merkt, verjagt sie dich! Und dann gnade uns Gott!"

„Die Alte!" lachte der Toni geringschätzig, weil ihm

das Bier gar so schnell in den Kopf stieg. „Du hast noch allerweil nichts verstanden! Die Zeiten ändern sich. Bis jetzt hat sie mich genug für die paar Zerquetschten schikaniert. Künftig hab ich die Hosen an, und wenn sie nicht tanzt, wie ich pfeif, nachher…"

Dazu machte er eine Handbewegung, die viel bedeuten konnte.

„Du kannst sie doch nicht umbringen!" lachte der Sutter. Im nächsten Augenblick entsetzte er sich über seine Worte, weil ihm bewußt wurde, daß auch er schon solche Gedanken gehabt hatte. Aber nur immer ein paar Sekunden lang. Und weil der Toni eine so wirkungsvolle Pause einlegte, drängte ihn der Wirt: „Red halt weiter!"

Der künftige Herr vom Kramerhäusl machte noch einen Schluck aus dem Maßkrug, verzog das Gesicht und verlangte: „Bring mir doch lieber einen Rotwein, denn an das viele Bier muß ich mich erst gewöhnen. Wo ich bisher daheim gewesen bin, hab ich mehr Wein, Sekt und Champagner getrunken."

Nach dem zweiten, dritten Glas vom besten Italienischen ließ er die Katze aus dem Sack: „Gelt, Sutter, es bleibt unter uns: Den ersten Teil krieg allerweil ich, versteht sich. Den zweiten nimmt meine Tant. Aber den dritten könnt bald einer einsackeln, der mit ihr alles teilen wird: das Kramerhäusl, das Land und… Ich hör Glokken. Hochzeitsglocken! Braut in Weiß!"

Er lachte über seinen Spaß so herzlich, daß der Sutter erst recht nicht wußte, wieviel er für wahr halten sollte.

„Die Marie?" vergewisserte sich der Wirt ungläubig. „Sag nur, der Stefan tät die Marie heiraten!"

Eine Weile sonnte sich der Toni in der Bewunderung, weil er sich selbst am meisten bewunderte. Ein Meisterstück, wie er sich den Kuppelpelz verdienen würde! Und so posaunte er es voll Stolz heraus: „Warum nicht? Goldfedern hat sie und alles andere zum Glücklichsein auch. Wenn sie einen lieb hat, könnt sie ihm sogar ein gutes Weib werden."

An diesem Nachmittag lachte der Toni Schup noch recht übermütig. Den Tod, der schon durch die Straßen von Felseneck schlich, sah er nicht. Bei auch nur einem Blick in die Zukunft wäre ihm das Grausen gekommen. So wie der Zigeunerin beim Schützenmahl, als sie aufschrie: „Leid und Tränen und keine Hoffnung... Ich seh Blut..."

Später konnte man nicht mehr erfahren, auf welche Weise die Nachricht von der bevorstehenden Heirat zwischen der Goldmarie und dem Stefan Becker unter die Leute gekommen war. Keiner wollte darüber ein Wort geratscht haben. Auch nicht die Sutter Trude, der ihr Mann die Neuigkeit brühwarm und unter dem Siegel der Verschwiegenheit in der Küche anvertraut hatte.

„Wie du willst, Vater", sagte die Burga Hannauer. Ihr Gesichtl schimmerte wächsern bleich wie das einer Toten. Vom Fenster aus schaute sie hinüber, wo hinter dem Kramerhäusl der Goldmarie eine Dezembersonne kraftlos über das Dorf heraufkroch. „Ich bin mit allem einverstanden. Vielleicht gibt's nachher eine Doppelhochzeit in Felseneck. So eine Gaudi haben wir schon lang nicht mehr gehabt!"

„Doppelhochzeit?" Der Ludwig Hannauer kümmerte sich nicht um den Tratsch der Weiberleut, aber eine Ahnung warnte ihn. Deshalb war er sich gar nicht mehr so sicher, ob die Heirat mit dem Borek Hans für seine Burga das große Glück bringen würde. Am meisten erschütterte ihn, daß sie plötzlich alles so schicksalergeben hinnahm.

Ohne Widerstand, aber auch ohne die geringste Spur von Freude. Darum sagte er noch einmal: „Ich bin kein Unmensch. Kind, weißt ohnehin, daß ich für dich nur das Beste will! Überleg dir die Antwort, aber dann sag's mir ehrlich: Willst wirklich den Hans heiraten? Noch gestern hast du dich mit Händ und Füßen dagegen gewehrt, und heut?"

„Heut ist nicht gestern!" klagte sie leise vom Fenster her. Jetzt stand die Sonne grad über dem Schornstein vom Kramerhäusl, und der Rauch stieg kerzengerade in den Himmel. Das verhieß ein gutes, wunderschönes Wetter. „Kannst dem Hans sagen, daß ich ihm mein Jawort geb. Und wenn ich 'was zusag, nachher halt ich's auch."

„Eine Entscheidung fürs Leben!" ermahnte sie der Vater, wie wenn sie plötzlich die Rollen gewechselt hätten. Sie aber flüsterte: „Die Entscheidung ist schon längst gefallen. Ich hab's nur nicht gewußt."

Ziemlich spät am Abend wollte der Stefan noch einen Glühwein beim Sutter-Wirt trinken. In seiner Kammer war es eisig kalt. Zwar glühte das Eisenöferl, aber durch viele Ritzen in der Wand zischte die Kälte vom Dachboden herein. Außerdem hoffte er auf einmal wieder auf ein Wunder. Wenn es der Burga gelungen wäre... wenn ihr Vater doch ja gesagt hätte zu ihm... wenn halt zu Weihnachten alles anders geworden wäre? Ein Weihnachtswunder!

Wie er es gewohnt war, ging er zuerst durchs Magazin, um der Marie Bescheid zu geben. Sie saß auf der Eckbank mit dem Toni und sagte recht freundlich: „Daß du dich auch noch anschauen laßt! Wir haben schon gemeint, du wärst in deiner Kammer eingefroren."

Er deutete auf die Uhr. Acht vorbei. „Gelt, ich geh noch auf einen Sprung zum Sutter. Vielleicht einen heißen Tee."

Die Goldmarie tadelte ihn: „Was mußt du wegen so einem Tee ins Wirtshaus rennen? Den kann ich dir auch machen."

„Nix da!" mischte sich der Toni ein. „Geh ruhig ins Wirtshaus und laß dich auf keinen Fall gleich in der ersten Stund von ihr anhängen! Wie man sich bettet, so liegt man! Kommst aber nicht zu spät heim, denn die Marie-Tant und ich haben nachher vielleicht noch 'was mit dir zu feiern."

Er lachte nett und gutmütig, so daß man ihm kaum eine Lumperei zugetraut hätte. Schon gar keinen Totschlag oder Raubmord!

„In einer Stund bin ich wieder da", versprach der Stefan. Er meinte, bis dahin könnte sich das große Wunder ereignet haben. Die neueste Sensation aus Felseneck wußte er noch nicht.

Unterwegs traf er ein paar Weiberleut aus dem Dorf. Die wieder sagten später, daß sie dem freundlichen Knecht keine so schreckliche Tat zugetraut hätten.

„Grüß euch, allseits!" rief er in die ziemlich gut besetzte Gaststube beim Sutter-Wirt. Dann verriet er, daß er doch nicht ganz so fröhlich war, wie er sich gab, denn er schlug die Einladung zum Stammtisch aus und setzte sich allein in den letzten Winkel. Dorthin ließ er sich seinen Glühwein bringen.

„Wohl bekomm's!" sagte die Sutterin und stellte ihm das Krügerl auf den Tisch. Sie war eigentlich schon immer recht nett zu ihm gewesen, aber diesmal kam noch Mitleid dazu. Darum setzte sie sich für ein paar Minuten an seine Seite. „Mein Gott, tun mir die Füß weh. Ganz geschwollen!"

„Jeder schleppt ein Leid mit sich", gab der Stefan zurück. Akkurat seine Worte machten ihm wieder bewußt, was ihn so niederdrückte. Seine Stimme zitterte, und er mußte sich von der Wirtin abwenden. Da konnte sie nicht anders und legte ihre Hand auf seine. Es schaute ohnehin grad niemand her.

„So ist das allerweil“, konnte sie ihm aus der Erfahrung ihres Lebens sagen, denn der Jörg war auch nicht die Erfüllung ihres ersten Liebestraums. „Im Frühjahr packt dich die große Lieb, aber die fliegt noch vor den Schwalben wieder fort. Danach kommt der Alltag in einer Ehe, und das ist nicht einmal das Schlechteste. Wenn du gescheit bist, denkst du gleich praktisch. Was einer hat, hat er.“

Bei ihrer Rede vom Träumen wäre ihm vielleicht die Burga eingefallen, aber ans Praktische hatte er noch nie gedacht. Er sagte deshalb nur: „Wird so sein, wie du sagst. Man müßt halt die Richtige finden.“

Er trank seinen Glühwein etwas zu schnell hinunter, denn am liebsten wollte er gleich ins Kramerhäusl zurückgehen. Eine ungute Vorahnung warnte ihn, daß er an diesem Tag nicht einmal mehr von der Trude etwas Angenehmes hören könnte. Aber schon war es fürs Davonrennen zu spät. Während die Wirtin das Markl kassierte, fragte sie ganz nebenbei: „Gelt, die Marie hält viel von dir?“

„Eigentlich ja“, antwortete er ohne zu überlegen. „Jetzt geh ich. Sie wartet schon, weil sie und der Toni mit mir noch etwas besprechen und feiern wollen.“

Die Trude seufzte erleichtert auf: „So kommst wenigstens bald darüber hinweg. Die Burga wär ohnehin für dich nicht die Richtige gewesen. Gut, daß alles entschieden ist.“

„Was meinst?“ Der Stefan schaute sie grad verzweifelt an. Wenn sie ihm aber auch die letzte Hoffnung auf ein Wunder zusammendrosch!

Als sie ahnte, daß sie ihm gar nicht geholfen und ihm sogar noch wehgetan hatte, verteidigte sie sich: „Mir haben sie's auch nur unter dem Siegel der Verschwiegenheit gesagt. Stefan, versprich mir, daß du dir nicht zu viel drausmachen wirst! Sie hat es selbst so wollen, die Burga. Sogar ihr Vater hat sie zuletzt vor der Vernunftehe gewarnt. Aber nein, was laßt sich schon so ein verwöhntes Ding sagen? Grad vorhin ist der Hannauer mit ihr zum Hans nach Kritzen hinuntergefahren. Das soll noch in der Stund Gültigkeit kriegen! Fünf Kinder will er der Burga machen, hat der Gustl einmal bei uns im Wirtshaus gesagt. Die ist ein strammes Dirndl und wird auch als Weib... Jessas, Stefan, wohin rennst? Stefan!"

Der irrte länger als eine Stunde die Dorfstraße auf und ab. Ein paarmal glaubte er schon, die Burga zu sehen. Sie war es nicht. Sie hätte es gar nicht sein können, denn die Sutter Trude war ganz sicher, sie sei mit ihrem Vater nach Kritzen gefahren! Der Stefan spürte nicht einmal die Kälte, die ihm durch seinen Wetterfleck und den Janker bis ans Herz kroch. Er ging am Schießplatz vom Schützenverein Felseneck vorbei. Hier hatte alles angefangen, sein Glück und... Eine Weile stand er unentschlossen in der Nacht, dann faßte er genau den Entschluß, zu dem er sich nie hatte durchringen können. Zurück ins Dorf! Keinen Augenblick mehr blieb er vor dem Hannauer-Hof stehen, sondern ging gleich durchs Tor. Es war Nacht, doch der Bauer versperrte seine Türen nicht so zeitig wie die Goldmarie. Er hatte keine Angst, jemand wollte ihn erschlagen.

„Was hat's?" peitschte ihm eine feindselige klingende Stimme wie ein Schuß entgegen. „Hast du noch 'was zu sagen, nachher komm ins Haus. Wer in der Finsternis umschleicht, wird von meinen Knechten davongeprügelt!"

„Gustl!“ Den Stefan erschütterte schon allein der Anblick, wie der junge Hannauer in seinen Krücken hing. Kein Bauer mehr, seit ihn einer zum Krüppel geschossen hatte. „Gustl, was fliegst du mich so feindselig an? Ich hätt nur noch 'was auszureden.“

Der machte mühselig einen Schritt zur Seite. Seine Stimme klang nicht mehr so hart, aber er sagte: „Komm herein. Für ein paar Minuten duld ich dich. Der Vater trifft dich besser nicht auf unserem Hof an, wenn er aus Kritzen zurückkommt.“

„Und warum?“

Der junge Hannauer steigerte sich schon wieder in Feindseligkeit. „Mach kein Theater mehr für die Ratschen. Es langt, was du meiner Schwester angetan hast.“

„Ich?“

Der Gustl humpelte voran ins Haus. Beinahe hätte der Stefan im Vorhaus die Schuhe ausgezogen, wie das einem Knecht zustand. Sie gingen weiter in die Stube. Der Hannauer-Sohn ließ sich schwer auf die Bank fallen, und den Stefan forderte er nicht einmal zum Hinsetzen auf. Statt dessen befahl er ihm barsch, etwa wie der Gemeindejäger einem Wilddieb: „Red! Bringen wir's hinter uns! Und nachher verschwind von hier für immer!“

Weil es sein mußte, schluckte der Stefan die Bitterkeit hinunter und bemühte sich um einen ruhigen Ton. „Gustl, wir haben uns allerweil recht gut verstanden.“

„Deswegen hast du dich auf den Hof geschlichen?“ schnitt er ihm das Wort ab.

Dieser Ton machte den Stefan plötzlich so narrisch, daß er es gerade heraussagte: „Die Burga und ich haben uns lieb!“

„Mund halten!“ schrie der Gustl auf. „Noch ein solches Wort über meine Schwester, und ich schlag mit meinen Krücken zu! Du hast verloren! Gleich auf zwei Seiten falsch spielen! So ein Narr! Pack zu, solang du wenigstens noch den Kramerladen kriegst, denn bald könnt's sogar der armen Goldmarie reichen. Verkauf dich gut, aber laß dich auf dem Hannauer-Hof nicht mehr sehen! Dich könnt' ich erschlagen wie…"

„Gustl, verstehst mich nicht? Die Burga und ich haben einander ehrlich lieb! Ich will sie heiraten. Als Bauernsohn…" Wie zu einer flehenden Bitte hob er beide Hände, aber da schlug der Gustl mit seiner Krücke zu. Ein Schrei – dann warf sich die Hannauer-Bäuerin vor den Knecht.

„Mach dich nicht unglücklich, Bub!" beschwor sie weinend ihren Sohn. „Der Lump ist es nicht wert, daß du seinetwegen zum Totschläger wirst! Stefan, dir sag ich's noch im Guten: Geh fort von Felseneck, renn in dieser Stund davon! Das wäre besser für alle! Ich verwünsch den Tag, an dem du zu uns ins Dorf gekommen bist. Alle hast du unglücklich gemacht: uns, die Burga, die Kramerin."

Er wußte gar nicht mehr, wie er auf die Straße gekommen war. Grad rauschig torkelte er fort aus Felseneck und wachte erst wieder auf, als er mit dem Kopf gegen einen vereisten Fichtenstamm schlug. Der körperliche Schmerz machte ihn nüchtern. Nicht einschlafen, nicht sterben! Noch einmal mit der Burga reden. Die Augen tränten ihm in der Kälte. Ein milchiger Mond erleuchtete die Waldstraße. Einmal schreckte der Stefan aus seiner Erstarrung, als ein Auto recht schnell über die eisige, verschneite Straße vorbeifuhr. Von Felseneck in Richtung auf Kritzen zu. Die roten Schlußlichter verglühten in der Nacht. Beinahe war es dem Stefan, als wäre mit dem Toni Schup auch noch der letzte Mensch fortgefahren, der ihn vielleicht in seiner Verzweiflung verstanden hätte.

„Narr!" brüllte der Bauer auf und riß seine zwei Pferde

an den Zügeln zurück. „Wie kannst du mir in die Roß rennen! Du Depp, du depperter!"

„Vater", sagte das Dirndl neben ihm auf dem Schlitten. „Fahr weiter, denn das ist der Knecht von der Kramerin!"

Mit letzter Kraft hielt sich der Stefan am Eisengriff des Kutschbocks fest, als könnte er damit den Hannauer-Bauern daran hindern, über ihn und über seine Liebe zu fahren. Er bettelte: „Burga! Sag du mir, daß es nicht wahr ist! Daß du mich nicht verraten hast! Du kannst den Borek gar nicht heiraten, weil du nur mich lieb..."

„Fahr zu, Vater!" sagte sie ganz klar und ohne jede Spur von Erregung. „Treib die Roß an! Ich hab keine Lust mehr, mir das verlogene Gejammer anzuhören!"

Der Hannauer zögerte. Da riß sie in ihrer Verzweiflung plötzlich die Peitsche aus seiner Hand und hieb auf die Pferde ein, daß sie entsetzt losrasten. Der Stefan starrte ihr regungslos nach, wie wenn er in diesen Augenblicken erfroren, gestorben wäre. Nur langsam konnte er die Hände vors Gesicht heben, damit er nicht länger nachschauen mußte, wie die Burga davonfuhr. Für immer weg von ihm.

Gegen Mitternacht kam er zum Kramerhäusl zurück. Wie ein Roboter setzte er mechanisch einen Fuß vor den anderen. Fort aus seinem bisherigen Leben.

Und geradewegs ins Verhängnis!

„Da ist noch Licht in ihrem Zimmer", sagte er leise vor sich hin, als er schon den Fuß auf die erste Stufe der Hühnersteige gestellt hatte. „Ich muß mich bei ihr melden."

Er glitt auf dem Eis aus und konnte sich nur im letzten Augenblick am Geländer festhalten. Die Tür ins Magazin war von innen her versperrt, doch den Schlüssel ertastete er auf dem Brett der kleinen Luke. Er sperrte auf. Den

Schalter fand er im Dunkeln, aber das Licht ging wieder einmal nicht an. Alle Leitungen am Zerfallen, alles zu Ende. Und da wußte er auf einmal: Keine Stunde länger hier bleiben! Ich kann nicht mehr, ich halt's nicht durch. Nicht ums Verrecken!

Die Marie hatte ihn bis in ihr Zimmer gehört, machte die Tür auf und fragte ins dunkle Magazin heraus: „Ist da einer? Gib Antwort, oder... Bild dir nicht ein, daß ich mich fürcht! Ich hab den Revolver vom Vater in der Hand! Du Totschläger, ich...!"

„Ich bin's, Marie", meldete er sich und wunderte sich, wie fremd und kalt seine Stimme klang. „Meinetwegen schieß mich nieder, das ist mir ein Ding!"

Er torkelte und konnte sich gerade noch an einem Stapel Kisten erfangen. Dann riß es ihm den Boden unter den Füßen weg. Es machte ihm gar nichts aus, daß er vornüber fiel. Liegen bleiben und nie wieder aufstehen müssen! Aber die Marie packte mit kräftigen Armen zu und mußte ihn mehr tragen, als er sich noch schleppen konnte. Vorwurfsvoll grollte sie: „Bist ein Narr. Wenn ich nicht mehr aufgewesen wär! Meinst, du hättest über die Hühnersteige hinaufkriechen können? Wie du zitterst, du armer Hascher!"

Sie ließ ihn auf die Eckbank hinsetzen. Mit geschlossenen Augen lehnte er den Kopf zurück an die holzgetäfelte Wand. Wie in einem Traum spürte er, daß sie ihm den Wetterfleck über den Kopf zog. Seine Pudelhaube fiel auf den Boden. Dann zerrte sie ihm den stocksteif gefrorenen Janker vom Leib. Er murmelte ein übers andere Mal: „Dank dir, Marie."

„Spar dir das Reden! Erst einen heißen Tee. Mit Rum? Ich werd dir schon 'was machen. Hast du 'was Gescheites gegessen? Wenn du dir die Händ erfroren hättest! Geht's schon besser?"

„Ja, Marie."

Sie schöpfte heißes Wasser aus dem Herdwanndl. Dann blies sie die Flammen durchs Feuertürl an. Als sie nach einer Weile mit dem dampfenden Tee und einem Stück Strudel zum Tisch zurückkam, schaute ihr der Stefan schon mit mehr Verstehen entgegen. Sie hielt ihm den Teehafen an die Lippen. „Trink, Stefan! Alles wird wieder gut. An so was stirbt man nicht."

„Ich kann aber nicht mehr", flüsterte er, weil er plötzlich wieder wußte, was geschehen war. „Ich mag nicht mehr."

Sie war voll Verständnis. „Meinst, ich hätt so etwas noch nie durchmachen müssen? Mit meinen Flecken von Geburt an. Ich bin auch nicht allerweil verbittert und menschenfeindlich gewesen. Trink noch einmal!"

Der Stefan gehorchte. Da war mehr Rum als Tee im Hafen. Nach dem Eis plagte ihn jetzt das Feuer, das ihm in den Kopf stieg. Er hielt die Marie an den Armen fest. „Marie!"

„Ja?" Grad daß es ihr nicht das Herz zerfetzte vor lauter Aufregung.

Das Weiterreden fiel ihm schwer. Sogar durch den Höllendunst aus Schmerz ahnte er, daß er ihr jetzt weh tun würde. Aber er mußte reden, jetzt gleich oder nie mehr, und so sagte er leise: „Ich geh fort, Marie. Für immer fort von Felseneck. Noch heute. Gleich!"

„Was redest wieder zusammen", verwies sie ihn nachsichtig und glaubte ihm noch kein Wort.

Schon wie er seine Entscheidung aussprach, wußte er, daß sie richtig war. Jede andere wäre verlogen gewesen wie das Gesüßel vom Toni. Die Goldmarie verdiente sich wenigstens Ehrlichkeit und Gerechtigkeit. Auch wenn diesmal die Ehrlichkeit genauso weh tun würde wie die

Gerechtigkeit. Seine Worte überstürzten sich dann, weil er wußte, daß schnelle Schnitte weniger weh taten als langsame. „Marie, begreif's: Ich muß fort und werd nie wieder nach Felseneck zurückkommen."

„Fort von mir?" stammelte sie fassungslos. „Sag das noch einmal! Spinnst?"

„Ich hab mich getäuscht", stöhnte er und dachte dabei nur an die Burga.

„Ich hätt mich so getäuscht in dir?" schluchzte die Goldmarie trocken auf. Für sie zählte nicht einmal mehr der Stolz, und sie bettelte grad: „Willst fortrennen wegen so einer hochnaserten Dirn? Das darfst du gar nicht! Zum ersten Mal in meinem Leben hab ich einen Menschen gefunden, der gut zu mir ist. Nicht wie der Toni, der Lump, der mich nur ausnützt. Ich hab's gleich gefühlt, daß du anders bist. Wenn du's nicht sagst, gesteh ich es: Ich hab dich lieb! Bleib bei mir, und du kriegst alles, was ich hab! Das Haus, das Geschäft, und ich hab viel Geld! Mußt mich nur gern haben!"

Er spürte, wie es ihm auch noch den letzten Tropfen Blut aus dem Gesicht trieb. Sie kam langsam auf ihn zu. Mit jedem weiteren Wort würde sie sich noch tiefere Wunden schlagen! Nur aus Angst, er könnte sie tödlich verletzen, umbringen, sagte er so hart: „Tut mir leid, Marie, wenn du dir 'was eingebildet hast. Ich mag dich, weil du im Grund ein guter Mensch bist und allein wie ich. Aber anders lieb hab ich dich nie gehabt. Wach auf, auch wenn dir das Aufwachen weh tut! Ich hab dir nichts vorgespielt, und du hast genau gewußt, daß ich nur die Burga..."

„Das schlechte Ding, das dich für einen Hof verkauft hat!" keuchte sie. Der Haß in ihrem Gesicht machte sie abstoßend häßlich. Nicht anzuschauen, wie sie sich in den letzten Minuten verändert hatte!

„Marie, glaub mir doch!“ beschwor er sie.

„Dir ’was glauben? Du bist genau wie der Toni! Mich ausnützen, belügen, betrügen und nachher wegschmeißen. Mannsbilder! Wie der Lump, der meine Schwester in die Schand und ins Elend gebracht hat!“ Er wollte zur Tür, aber sie verstellte ihm den Weg. „Stefan, wirst mich vielleicht doch ein bißl gern haben können? Ich muß auch zu einem Menschen gehören!“

Sie weinte krampfhaft auf und wollte sich an ihm festkrallen, aber da war es ihm schon gelungen, sie an die Seite zu drängen. Grad weil sich die reiche, arme Goldmarie vor ihm so demütigte, wurde es ihm zur Gewißheit, daß er keine Stunde länger bleiben dürfe. Sonst würde er nie mehr die Kraft zur Flucht aus dem Kramerhäusl aufbringen.

Da verlor sie wieder ein paar Sekunden zu früh die Beherrschung und schrie, tief verletzt: „Ein Lump bist! Gut, daß ich dich los werd, denn kaufen muß ich mir noch lang kein Mannsbild! Und wenn, so bestimmt keinen armseligen Knecht, der sogar einer Hannauer-Dirn zu schlecht ist! Hinaus, bevor ich dich zum Teufel prügel! Du Taddermandl, das nicht weiß, was es will! Und was du willst, kriegst du erst recht nicht! Versager! Mir wird schon schlecht, wenn ich mit dir die gleiche Luft atmen muß!“

Er torkelte durchs Magazin aus dem Haus und zog sich nur noch mühselig die Hühnersteige hinauf. In seiner Kammer stopfte er die paar Habseligkeiten in den Rucksack. Er zögerte, dann nahm er doch das Gewand mit, das vom Stammer Willi, der sich aufgehängt hatte, weil er das Leben nicht mehr ertragen konnte. Keinen Streit mehr mit der Goldmarie!

Eine Viertelstunde später warf er sich den Rucksack

über und ging wieder hinunter. Schon von der Magazintür her rief er: „Marie? Ich komm noch einmal. Wir müssen einander pfüat dich sagen, Marie!"

Als er darauf keine Antwort bekam, wurde es ihm unheimlich. Mit ein paar Schritten stürmte er durch den Raum, daß die Ratzen nur so pfeifend auseinanderstoben. Er drückte die Zimmertür auf und kriegte vor Erschütterung keine Luft. Keine weinende, verzweifelte Marie. Vor ihm stand eine vorgebuckelte Alte mit einem von Haß gezeichneten Gesicht. Ihre schwarzen Augen funkelten so drohend, daß er gleich die ganze Gefahr erkannte. Aber sie hatte sich schon wieder in der Gewalt, war bereit zum Zerstören und Vernichten.

Dem Stefan blieben beinahe die Worte im Hals stekken: „Gelt, ich tät auch um meinen Lohn bitten."

„Lohn?" wiederholte sie leise und eiskalt. „Wofür? Soll ich dir geben, was du verdienst? Da müßt ich mir die Peitsche vom Roß holen. Mein Toni sollt da sein! Der könnt's dir heimzahlen. Abstechen tät er dich wie ein Schwein!"

Er bewegte sich kein bißl weiter auf sie zu. Nur flüsternd erinnerte er sie: „Seit drei Monaten hab ich fast keinen Pfennig 'kriegt. Wenigstens, was die Eisenbahn kostet. Ich bitt dich."

„Geld!" lachte sie kreischend auf. „Dazu wär die Goldmarie wieder gut. Schön, dir stehen noch drei Monate Lohn für recht wenig Arbeit zu. Rechnen wir davon ab: Gegessen hast du viel und gut. Gewohnt. Meinst, ich tät dir alles auf dein schönes Gesicht schenken? Ein fast neues Gewand hast du mir abgenommen! Wenn ich das von deinem Lohn abzieh, schuldest du mir noch eine Menge. Sogar die Uhr hast du dir mit Schöntun erschlichen, du Lump!"

„Marie“, beschwor er sie, „so ist das alles nicht gewesen. Das weißt du. Gib mir nur so viel, daß ich nicht zu Fuß fort muß. Ich kann es mir doch nicht zusammenbetteln! Oder soll ich vielleicht einen erschlagen?“

Ganz unerwartet konnte sich die Marie sogar zu einem Lächeln zwingen. Sie zerrte das Haar in die Stirn und sagte so sanft, wie sie nur selten sein konnte: „Schön, Stefan, wir gehen im Guten auseinander. Was ich vorhin geplärrt hab, nimmst du mir nicht übel. Es wird halt schwer für mich sein, wieder ganz allein zu leben.“

„Der Toni“, versuchte der Stefan, ihren Stimmungsumschwung für ein letztes vernünftiges Gespräch zu nutzen, „der gehört zu dir, der Sohn von deiner Schwester selig.“

Sie wischte verächtlich durch die Luft. „Laß mich mit dem! Nur weil ich ihm heut zu wenig Geld für seine Weiber aus'lassen hab, ist er davon 'teufelt. Sollen sich alle fortscheren, alle.“

Ihr Gesicht verzog sich vor Ekel. Langsam ging sie zur Kredenz und holte aus dem untersten Fach eine halbvolle Weinflasche. Damit hatte sie noch vor ein paar Stunden auf eine glückliche Zukunft angestoßen. Weil sie keine sauberen Gläser fand, nahm sie zwei gebrauchte. Mißtrauisch verfolgte der Stefan jede ihrer Bewegungen, denn er fürchtete… Rattengift besaß sie grad genug fürs Magazin und Pflanzengift für den Garten. Sie schenkte die zwei Gläser voll, stellte sie auf den Tisch und die Flasche dazu. Leise bat sie: „Trink noch mit mir, Stefan. Ein bißl was zum Wärmen auf den weiten Weg. Gelt, wenn man sich herunterkränkt, redet man bald grauslich. So macht einen das Leben, und nach jeder Enttäuschung wird's noch ärger. Du wirst mir fehlen, ehrlich.“

Sie tranken, und der Stefan sagte: „Ich wär froh, wenn zwischen uns nichts Ungutes zurückbleiben tät.“

Das kostete sie einen bitteren Lacher. „Geh weiter, was sollt bleiben? Nichts, gar nichts!“ Sie stand auf. „Jetzt kriegst deinen Lohn. Zufrieden mit dreitausend Markl?“

„Nein, Marie, das wär zu viel!“ Wollte sie ihn schon wieder kaufen?

„Trink aus und halt den Mund!“

„Ja, Marie.“

Ohne jede Vorsicht nahm sie das Heiligenbild von der Wand und stellte es auf die Bank. Dann schloß sie das eiserne Wandkastl auf. „Da! Sollst nicht sagen, daß dich die Schup Marie notig bezahlt hätt! Dein Lohn!“

„Dank dir, Marie.“ Er zählte nicht nach und schaute gar nicht aufs Geld. Er meinte schon, jetzt wäre alles überstanden, jetzt könnte er fortgehen. Aber plötzlich hing sie an seinem Hals. Mit einer Hand verkrallte sie sich in seinem Haar, mit der anderen steckte sie ihm noch mehr zusammengeknüllte Geldscheine zu, allerweil noch. „Da, Stefan, sollst alles haben! Nimm's, ich brauch es nicht mehr!“ Sie schluchzte und busselte sein Gesicht ab, daß es ihm grad grauste. Das gab ihm genug Kraft, sich von ihr freizumachen. Wie wenn der Schlag sie getroffen hätte, erstarrte sie. Ihre Lippen zitterten. „Um Himmels willen, ich schäm mich so!“

Sie riß sich los und rannte im Zimmer wie verrückt im Kreis. Dann war sie plötzlich bei der Tür draußen im Laden. Er kam hinter ihr her. „Nein, Marie, mach keinen Unsinn, nimm mir nicht die Ruh fürs ganze Leben! Tu mir das nicht an!“

Er fand sie regungslos an einem Regal lehnend. Noch einmal redete er sie an, doch als er keine Antwort kriegte, ging er fort. Auf der Straße rannte er, wie wenn der Böse hinter ihm her gewesen wäre. Oder der Tod.

„Da stimmt 'was nicht", hechelte die Brunnerin und stellte sich auf die Zehenspitzen. Sie greinte den Oberhofer Fritz an: „Hebst mich halt ein Stück hinauf, damit ich oben beim Vorhangl hineinschauen kann! Mit der Marie ist 'was geschehen!"

„Was ihr Weiber allerweil zusammenspinnt!" knurrte der Fritz unwillig. „Sie wird halt gestern mit dem Toni und dem Stefan zu viel getrunken und heut verschlafen haben."

Zur Gaudi packte er sie doch um die Mitte und stemmte sie in die Höhe. Erst kicherte sie, dann stieß sie einen gellenden Schrei aus: „Laß mich runter! Jesus, drinnen schaut's aus! Alles durcheinandergeworfen!"

Sie schlugen mit den Fäusten an die Tür vom Laden. Keine Antwort. Zuletzt sagte sogar der Oberhofer: „Das kommt mir ungut vor. Telefonieren wir nach Kritzen um den Gendarm. Vom Sutter aus."

Der Gendarm Karl Schindler sah zwar keinen zwingenden Grund zur Beunruhigung, aber er versprach: „Komm ich halt. Ja, gleich."

Wie der Sutter so mit der Trude neben dem Telefon stand, schauten sie beide recht bleich und übernachtig aus. Sie flüsterte ihm zu: „Wie ich heut vor Mitternacht aus dem Fenster geschaut hab, ist grad der Stefan vorbeigelaufen. Mein Gott, die arme Goldmarie. Sie wird sich doch nichts angetan haben wegen so einem jungen Springer!"

Der Oberhofer Fritz meinte: „Herumstehen und Warten hat wenig Sinn. Vielleicht ist sie schon munter, die Marie, oder sie braucht Hilfe. Wenn der Stefan sich abgeseilt hat, kann ich mir vorstellen, was jetzt die arme Haut durchmacht."

Zu dritt gingen sie zum Kramerladen zurück, der

Oberhofer, der Sutter und die Brunner-Bäuerin. Ein paarmal versuchten sie es noch vergeblich mit Klopfen, bis der Sutter plötzlich schrie: „Fritz, Brunnerin! Wir dreschen die Fensterladen ein, und die Tür vom Magazin ist gar nicht zugesperrt!"

„Oder du hast einen Schlüssel gefunden und sie grad aufgesperrt?" argwöhnte der Oberhofer halb im Scherz. Wenn doch der Wirt schon einen Menschen erschlagen hatte! „Für einen, der mit der Marie spinnefeind gewesen ist, kennst du dich recht gut hier aus."

„Maul halten!" brüllte ihn der Sutter Jörg an, denn er konnte leicht die Gedanken des Bauern lesen.

Sie tasteten sich durch das dunkle Magazin. Die Tür zwischen Magazin und Wohnraum war überhaupt nur angelehnt, so daß die Brunner-Bäuerin recht besorgt flüsterte: „Wenn sie nur nicht im Rausch erfroren ist!"

Inzwischen schaute sich der Oberhofer Fritz schon in der Stube um. „Da hat einer ihren eisernen Wandschrank aufgemacht! Das Büchl mit den Schulden liegt auf dem Tisch. Sutter, steht da nicht dein Name ganz oben drinnen?"

„Spiel dich nicht mit mir, oder...", stöhnte der Wirt, unterdrückte aber im letzten Augenblick noch die gefährliche Drohung.

Hintennach schob sich die Brunnerin an der Wand entlang. Zitternd vor Angst, flüsterte sie: „Jetzt muß ich's euch sagen: Ich hab bei ihr im Laden noch spät Licht gesehen. Und ich hab's nicht nur geträumt, daß einer die arme Goldmarie gepackt, geschlagen und gewürgt hat!"

„Damit rückst du erst jetzt heraus?" schrie sie der Sutter an, doch er wirkte fast erleichtert. „Dann ist es der Stefan gewesen. Die Trude hat ihn über den Kirchenplatz davonteufeln gesehen!"

„In ihrer Schlafkammer ist sie auch nicht", rief die Brunner-Bäuerin. Aus lauter Neugierde traute sie sich halt am weitesten vor.

Aber dann, im Laden, stockte ihnen allen der Herzschlag. Bei dem gräßlichen Anblick konnten sie nicht einmal schreien. So viel Blut! Und mitten drinnen lag die arme Goldmarie auf dem Rücken, mit weit aufgerissenen Augen voller Entsetzen.

Der Gendarm Karl Schindler stieß die Leute zur Seite. Mit einem Blick überschaute er alles. „Tot! Der Schup Marie hilft keiner mehr. Die ist erschlagen worden! Wahrscheinlich Raubmord, denn die Geldlade an der Kassa steht offen. Im Wandschrank liegt nichts mehr. Nur das Schuldenbüchl..."

Im nächsten Augenblick kreischte die Brunnerin grell auf: „Der Stefan ist es gewesen! Ich hab's gesehen! Gewürgt und erschlagen hat er sie, der Verbrecher!"

Den Stefan Becker erwischten sie gleich zwei Bahnstationen weiter im Wartesaal. Er hockte auf einer Bank, wie tot in sich zusammengesunken. Erst als ihn der Gendarm kräftig an der Schulter geschüttelt hatte, schreckte er auf.

„Die Marie?" wiederholte er und begriff noch immer nicht, worum es ging. „Ich leugne gar nicht, daß ich heute in der Nacht von ihr fortgegangen bin. Um Himmels willen, ist sie tot?"

Die zwei Gendarme wechselten Blicke und verstanden einander. „Mitkommen!"

„Was ist mit ihr? Ich wehr mich doch gar nicht und komm ohnehin mit. Aber sagt mir endlich. Was ist mit der Marie geschehen? Hat sie sich am End doch umgebracht?"

„Fragen stellen nur wir!" putzte ihn der Uniformierte

zusammen. Dann wurde sein Blick starr. „Ja, was ist nachher das?"

Der Stefan preßte unwillkürlich die Hand auf seine Jankertasche, aus der Geldscheine hervorschauten, und verteidigte sich: „Was willst? Lohn für drei Monate. Die Marie Schup hat mir gegeben, was mir zugestanden ist."

Schon hatte der Gendarm zugegriffen und hielt dem Knecht eine Handvoll großer Scheine hin. „Bist du so gut im Dienst gewesen, Becker? Das wär eine Menge Geld für drei Monate. Meinst nicht?"

„Nein!" schrie der Stefan auf, weil sie ihm die Arme auf den Rücken rissen, daß sie in den Gelenken krachten. Handschellen schnappten zu, und als er sich noch allerweil ganz wild wehrte, duschten sie ihm ein paar. Jetzt konnte er nur aufschluchzen: „Ich hab der Marie nichts gestohlen!"

Als sie ein paar Stunden später den Stefan durch Felseneck führten, war das ganze Dorf auf den Beinen. Die meisten Leute starrten in dumpfer Feindseligkeit auf ihn, einige schrien ihm wüste Drohungen nach, und sogar der Sutter Jörg murmelte fassungslos: „Das hätt ich von ihm nie gedacht."

Schon recht nahe beim Kramerhäusl war pötzlich ein Schrei zu hören. Eine Gestalt warf sich der Gruppe entgegen, stieß die Polizisten zur Seite und umschlang den Stefan. Die Burga!

„Mein Gott, Handschellen!" klagte sie verzweifelt, und alle ringsum hörten sie schreien: „Alles meine Schuld, Stefan! Nur weil ich zu feig gewesen bin! Dafür bekenn ich mich jetzt zu dir! Du mußt es wissen, Stefan: Ich hab dich lieb und wart auf dich..., sogar wenn..."

Sie busselte ihn ab, auf die Wangen, auf den Mund. Der Neumann-Gendarm wollte sie zur Seite drängen und bat sie ohnehin recht mild: „Mach kein Aufsehen, Burga. Es wird sich noch herausstellen. Alles kommt auf!“

Schon zerrten sie den Stefan weiter, und er hörte sie nur noch klagen: „Vergib mir, Stefan! Alles muß noch gut werden, und nachher komm ich mit dir! Wohin du willst. Bis ans Ende der Welt, oder auch nur bis ins Armenhäusl!“

Die Handschellen schnitten schmerzhaft in seine Gelenke, aber er mußte ihr doch antworten. Ihr zuliebe schrie er zurück: „Bring dich nicht auch noch ins Unglück! Burga, hast du früher nicht den Mut gehabt, so stehst du's jetzt erst recht nicht durch. Alles Klagen hilft nichts mehr!“

„Glaub an die Gerechtigkeit in der Welt!“ beschwor sie ihn weinend.

„Gerechtigkeit, Burga? Daran sind schon so viele gestorben.“

Auf den Wink eines Polizisten in Zivil packten die beiden Gendarmen wieder härter zu. Der Stefan sah nur noch, wie plötzlich aus der Menge der Hannauer-Bauer auftauchte und seine Tochter wegriß. Weg vom Mörder der Goldmarie!

Die Polizei bemühte sich ehrlich, den Tod der Marie Schup aufzuklären, aber die Geschichte blieb undurchsichtig. Man bekam mit Sicherheit nur heraus, daß sie in ihrem Laden von hinten her mit einem Kilogewicht ihrer Waage erschlagen worden war. Der Täter hatte nicht ein Schloß gewaltsam aufgebrochen. Die Unglückliche mußte ihrem Mörder alle Türen bis zum Geld hin selbst aufgemacht haben. Nur damit er bei ihr bleiben sollte? Wie zum Beispiel der Stefan Becker, dessen Schatten die Brunner-Bäuerin durch einen Spalt im hölzernen Fensterladen gesehen hatte. Und der auf alles eine Antwort wußte. Beweisen konnte man ihm gar nichts.

„Und ich glaub ihm jedes Wort!" sagte die Burga Hannauer zum Polizisten, der sie verhörte. Er glaubte niemandem und auch ihr nicht. Um die Unschuld des Stefan Becker zu beweisen, beschuldigte sie Gott und die Welt, aber damit machte sie sich in Felseneck und in Kritzen viele Feinde. Auch als sie den Verdacht auf den Toni Schup lenken wollte, brachte das nichts. Der Toni war schon lang vor dem Streit des Stefan mit der Kramerin weggefahren. Bei dem eisigen Wetter kam sein Auto in einer Kurve von der Straße ab und kippte in einen Graben. Zu Fuß ging er bis zu einem Waldgasthof, wo er übernachtete. Die Wirtin konnte beschwören, daß er nach dem Abendessen das Haus nicht mehr verlassen hatte. Erst am nächsten Tag schleppte ein Bauer mit seinem Ochsenpaar den Sportwagen aus dem Graben. Weitere drei Stunden arbeitete ein Mechaniker, bis der Motor wieder lief.

Der Stadtpolizist, der einen höheren Rang einnahm, sagte: „Wir können ihm nichts beweisen, und dem Untersuchungsrichter genügen unsere Indizien nicht. Also muß ich ihn freilassen. Damit stellen wir ihm die Falle! Wir bitten ihn, er soll in Felseneck bleiben. Dort beobachten ihn die Dorfleute besser, als unsere Kriminalbeamten das könnten. Er wird sich verraten, denn nach meiner Vermutung fehlen von der Beute noch gut zwanzigtausend Mark. Die holt er sich eines Tages, und dann haben wir ihn für die nächsten zwanzig Jahre in Pension."

Man entließ den Stefan aus der Haft und legte ihm nahe, er sollte in Felseneck bleiben. Der Beamte erklärte ihm das recht freundlich, beinahe freundschaftlich: „Nur damit wir Sie jederzeit fragen können. Selbstverständlich suchen wir weiter nach dem Mörder, und dabei werden Sie uns bestimmt helfen wollen?"

„Wenn Sie mich nur aus dem schrecklichen Käfig herauslassen, bevor ich den Verstand verlier", flüsterte er.

Er kam allein und ohne Polizeibegleitung heim nach Felseneck. Ein paar Leute schrien, sie wollten keinen Mörder in ihrem Dorf haben. Genau wie damals, half ihm auch jetzt wieder der Sutter Jörg, denn der sagte ihm: „Kannst bei mir wohnen, Stefan. Ich hab's am eigenen Leib erfahren, wie schnell einen die guten Mitmenschen verurteilen. Dabei glauben Sie an ihre Gerechtigkeit! Die ist halt manchmal mörderisch."

„Ja, Sutter, mörderisch."

So zog der Stefan in die billigste Kammer vom Wirtshaus, und die Trude kochte preisgünstig für ihn, weil sie an seinem Unglück bestimmt keinen Pfennig verdienen wollte. Als er von Tag zu Tag immer schlechter ausschaute, schob sie ihm noch manchen Teller Essen hin, den sie überhaupt nicht berechnete.

„Willst nicht wenigstens ab und zu aus dem Haus gehen?" drängte ihn der Jörg. „Sonst hättest du gleich in deiner Zelle bleiben können. Die wär bestimmt besser geheizt gewesen als das Kammerl. Ich warn dich, Stefan: Hör auf zu grübeln, denn sonst verlierst du noch den Verstand!"

„Gar nie!" beruhigte der ihn. „Ich seh heute vieles klarer als früher. Zeit genug bleibt mir zum Nachdenken: am Tag, weil mir niemand eine Arbeit gibt; und in der Nacht, wenn ich keinen Schlaf find."

Erst mit der Zeit wurden im Dorf wieder Stimmen laut, die sich für den Stefan einsetzten. Eigentlich hatten ihn viele für unschuldig gehalten. Die meisten sogar. Man konnte sagen: fast alle.

Es klopfte an seine Kammertür.

„Komm herein, Jörg", rief der Stefan und richtete sich in seiner Bettstatt auf. Wenn er sich mit der Tuchent fest einwickelte, spürte er die Kälte nicht so arg. Zu heizen war die Kammer nicht, aber er hatte sich eigensinnig geweigert, eine bessere zu nehmen, als er mit dem Lohn von der Marie zahlen konnte. Ohne die Möglichkeit zum Arbeiten wurde sein Geld ohnehin von Tag zu Tag weniger. „Komm rein, Jörg, mach keine Faxen... Du?"

Er fuhr ehrlich erschrocken auf und sprang vom Bett.

„Freust du dich gar nicht?" bettelte die Burga. Auch wenn sie allen Mut zusammennahm, getraute sie sich von der Tür nicht gleich weg. Bis zuletzt Sehnsucht und Mitleid viel größer wurden als ihre Angst. Langsam drehte sie den Schlüssel im Schloß um. „Wenn du mich noch ein bißl lieb hast, Stefan, schickst du mich nicht weg. Ich bin doch so verzweifelt!"

Mit einem Sprung war er bei ihr und verstellte ihr den Weg. Seine Augen in dem abgemagerten Gesicht schauten hart und feindselig auf sie. Die Mundwinkel zuckten ihm herunter, ganz ähnlich wie früher der Marie. „Was willst noch von mir? Die Hannauer-Tochter kann doch nicht zu einem Knecht in die Kammer gehen! Dazu noch zu einem, den die Polizei beobachtet, weil er ein Mörder sein könnt. Wenn du nur noch eine Minute bleibst, schreibt das einer von den Wächtern auf, und nachher wissen es..."

„Meinetwegen sollen es alle erfahren", flüsterte sie und legte ihre Hände auf seine Schultern. „Ich sag's ihnen noch voll Stolz! Und ich geh nur, wenn du mich nicht mehr bei dir haben willst. Sag: Burga, ich will nichts mehr von dir wissen, denn du hast mich verraten! Darauf tät ich dir sagen: Mir haben sie erzählt, daß du mich schon vorher mit der Schup Marie verraten hättest, bei ihr bleiben und sie vielleicht sogar heiraten wolltest. Darum..."

„So eine Gemeinheit!" schrie er auf. „Den grauslichen Tratsch hat sich die Arme doch nicht verdient. Aber eines Tages wird die Gerechtigkeit siegen!"

„Nicht auf die Gerechtigkeit warten!" flehte sie ihn weinend an. Nach einer Weile konnte sie weiterreden und ihm erklären, wie sie das meinte: „Schau, gerecht ist auch mein Vater gewesen, wie er gemeint hat, es wär gut und richtig, wenn ich den Hans heiraten tät. Stefan, endlich einmal muß die Liebe stärker sein als alles andere, denn sonst kommen wir aus dem Teufelskreis nie wieder heraus!"

Mit dem Verstand begriff er noch lang nichts, aber er sah ihre Augen in Tränen schwimmen. Da war seine Liebe stärker als jede Vernunft. Er mußte einfach die Arme um sie legen. Ein glückliches Aufseufzen, und sie sank an seine Brust vor. Mitten im größten Elend erlebten sie auch das größte Glück.

Der Frühling kam wieder ins Land. Noch immer hauste der Stefan beim Sutter-Wirt. Von der Polizei aus hätte er nicht mehr in Felseneck bleiben müssen, aber jetzt wollte er nicht mehr fortgehen. Was er zum Leben brauchte, verdiente er mit Arbeit beim Jörg. Nur wenn er ab und zu auf einem Hof aushelfen durfte, wurde ihm schmerzhaft bewußt, daß er ein Bauer sei und immer bleiben werde. Er sah ein, daß der Hannauer seine Tochter keinem zur Frau gab, auf dem noch immer der Schatten eines Mordverdachts lag. Daran würde sich auch nie mehr etwas ändern, denn die Polizei hatte keine neuen Spuren gefunden.

Grad im Frühling war der Stefan manchmal nahe daran, den Selbstbinder zu nehmen. Wie einst der Stammer Willi. Nur das Warten auf die Burga gab ihm noch genug Freude zum Weiterleben.

Es geschah dann an einem Abend mit seidenweicher Märzluft. Der Stefan verlöschte die elektrische Lampe, die keinen Schirm hatte. Er zündete eine Kerze an und stellte sich ans Fenster. Von dort aus sah er auch die Lichter im Kramerhäusl, wo seit einer Woche die Haberl Fanni mit ihrem Knecht hauste, die neue Kramerin.

Als es an der Kammertür klopfte, rief der Stefan leise: „Komm herein, Burga. Es ist offen. Ich steh beim Fenster."

„Ich bin's nur", sagte eine leise Stimme freundlich von der Tür her.

„Du?" Eine schreckliche Angst würgte ihm die Luft ab, denn das Vergangene packte ihn schon wieder. Seit der gewissen Nacht hatten sie nicht mehr miteinander geredet, der Schup Toni und er. Als der Besucher einen Schritt ins Licht machte, schreckte der Stefan zurück. Mager war der Toni geworden, und er hielt sich fast so vorgekrümmt wie früher die Marie, wenn sie sich besonders unglücklich fühlte.

Der Toni schaute sich in der Kammer um. „Armselig, könnt man sagen. Weißt, ich hab nur sehen wollen, wie's dir geht."

„Und warum?" Der Stefan schob ihm den einzigen Hocker hin und setzte sich aufs Bett.

„Warum? Bist mir doch fast wie ein Freund gewesen, und ums Haar wären wir Partner geworden. Ein bißl zu früh ist sie gestorben, die Marie-Tant." Er lachte leise vor sich hin. Auch jetzt war er noch modisch gekleidet und pomadisiert. An seinen Fingern glänzten drei protzige Ringe, aber er war unrasiert. Unter seinen Augen lagen tiefe Schatten.

Der Stefan verließ sich aufs Raten: „Bist 'leicht gekommen, weil's dir dreckig geht?"

„Mir? Du spinnst! Gut steh ich mich!" pfnurrte der Toni den Knecht genauso an, wie das früher die Marie getan hatte. Doch im nächsten Augenblick brach es aus ihm wie ein Strom von vergiftetem Blut: „Ich kann nimmer, Stefan! Schlecht geht's mir, hundsmiserabel! Am Verrekken bin ich und kann nicht mehr weiter, wenn du mir nicht hilfst! Stefan, nur du..."

„Schon wieder ich!" fuhr der wild auf, weil in ihm alle Wunden zugleich aufrissen.

Der Toni brach in Schluchzen aus, daß ihm die Tränen über seine unrasierten Wangen flossen. Er bettelte so demütig wie zuletzt die Marie: „Bist recht gut zu mir gewesen! Eigentlich wär mir schon allerweil die Hälfte vom Geld und vom Kramerhäusl zugestanden, der Anteil von meiner Mutter selig. Deswegen hab ich auch zur Frau Tant gesagt: Recht muß Recht bleiben!"

„Ich vertrau längst nicht mehr auf Gerechtigkeit!" unterbrach ihn der Stefan hart. „Oder haben die Vertreter vom Recht schon gemerkt, daß ich sie nicht umgebracht haben kann? Wenn die mich ganz freisprechen täten, könnt sich die Burga gegen ihren Vater durchsetzen und mein Weib werden. So aber..."

„Ich tät dir so gern helfen, Stefan." Wieder klang seine Stimme verlogen.

Plötzlich konnte der Stefan das Gesüßel nicht länger hören, und er sagte es ihm offen ins Gesicht. „Du bist ein Lügner und Heuchler! Wenn du 'was tust, nachher nur für dich!" Und weil er dem Toni doch nicht den gerechtfertigten Tritt in den Hintern geben konnte, forderte er ihn nach einer Weile auf: „Wenn du dich unbedingt bei mir ausreden mußt, so fang halt an."

Dafür hörte er das Furchtbarste, denn der Schup Toni würgte bereitwillig sein Geheimnis heraus: „Ich hab sie umgebracht, die Frau Tant! Aber tätest du mir glauben, daß ich sie gar nicht angerührt hab? Niemand in Felseneck würde mir glauben! Dir sag ich's ehrlich: Ausgeraubert hab ich sie, und kein bißl hat sie mir leid 'tan. Genausowenig, wie meine Mutter ihr leid 'tan hat. Sie ist am Tod der Mutter mitschuldig, ich an ihrem! Das ist eine Gerechtigkeit!"

„Gerechtigkeit", wiederholte der Stefan erschüttert.

„Ich muß es loswerden, denn sonst krepier ich daran!" Der Toni jubelte beinahe vor lauter Freude am Geständnis. „In der ganz bestimmten Nacht hat sie nur wenig Geld aus'lassen, weil sie auf dich eine Viechswut gehabt hat. Mit ein paar Markln, einem Trinkgeld, hat sie mich abgespeist und hinausgeschmissen. Ich hab ihr dafür alles Schlechte gewünscht, nur nicht den Tod. Ich wär auch gleich in die Stadt zurückgefahren, aber der Teufel hat mir ein Haxl gestellt und mir meinen Sportwagen in der Kurve von der vereisten Straße geschmissen. Zum Glück hab ich im nächsten Gasthof ein Zimmer bekommen. Bildsaubere Wirtin. Woher das Geld für die Reparatur vom Auto nehmen und nicht stehlen? Da bin ich beim Gasthof hinten wieder hinaus. Ein Ausländer hat mich mit seinem Auto ein Stück mitgenommen, weil man doch bei uns allerweil einen so schönen Weihnachtsurlaub machen kann. Das letzte Stück bin ich zu Fuß gelaufen."

Als der Toni eine Weile nur noch dumpf vor sich hinbrütete, forderte ihn der Stefan auf: „Hast schon angefangen, so mußt du alles sagen. Wirst sehen, das hilft dir wirklich."

Die Jammergestalt auf dem Hocker richtete sich auf

und log: „Weil ich doch nur 'kommen bin, damit ich dir helf."

„Was hat's mit der Marie gehabt? Red, oder...!"

Der Toni sank wieder in sich zusammen, und es war, als wachse aus seinem Rücken ein runder Buckel hervor. Ganz verzweifelt flüsterte er vor sich hin: „Jeder braucht einen Menschen, mit dem er reden kann. Ich hab's einem Pfarrer in der Stadt gesagt, aber der hat mich aus dem Beichtstuhl verjagt. Ohne tätige Reue geht nichts mit der Freisprechung von der Sünd, hat er gesagt. Ehrlich, Stefan, ist es nicht deine Schuld gewesen, daß die Marie-Tant zuletzt so verbittert 'worden ist? Wie ich bei der Nacht zurückgekommen bin und ihr mein Unglück mit dem Auto erzählt hab, hat sie mir keine lumpige Mark mehr geben wollen. Da bin ich ins Geschäft hinaus, hab das Geldladl aufgerissen, aber schon ist sie hinter mir nach. Alles ist so schnell 'gangen. Ich weiß wirklich nicht..."

„Weil du's nicht mehr wissen willst!" schrie ihm der Stefan hart ins Gesicht. „Gesteh alles, denn sonst hilft dir das Reden so wenig wie die Beicht ohne Absolution. Also?"

„Nein!" stöhnte der Toni auf und schlug sich mit beiden Fäusten auf die Augen. Das schreckliche Bild blieb. „Sie ist gestolpert und hingefallen. Mit dem Kopf rückwärts. Grad auf das runde Kilogewicht aus Eisen. Wie es sie hing'haut hat... Es hat nur so gekracht, und das Blut ist hervorgeschossen. Ich hätt ihr helfen wollen, aber da hat sie mich mit gebrochenen Augen angestarrt. Stefan, ich hab's nicht ausgehalten, denn ich bin nicht hart und stark... Hinaus aus dem Kramerhäusl. Im Vorbeigehen... Ich hab doch das Geld gebraucht. Niemand hat mich gesehen, niemand kann mir 'was nachweisen. Aber ich kann nicht mehr davonrennen, weil mir die Marie-Tant überall nachkommt! In der Nacht starren mich ihre Augen an, und ich hör das Krachen. Stefan, ich schwör dir..."

„Ich glaub dir", sagte der ganz ruhig und meinte das ehrlich. Was dies für sein Leben bedeuten könnte, bedachte er noch gar nicht.

Lang blieb es zwischen ihnen still. Ein Luftzug hatte die Kerze ausgeblasen. So mußten sie einander wenigstens nicht in die Augen schauen. Nach einer Weile flüsterte der Toni Schup: „Zeig mich an!" Aber schon im nächsten Augenblick lachte er boshaft: „Nur nützt dir das nichts, denn ich werde alles abstreiten."

„Du weißt genau, daß ich dich nicht anzeigen werd, Toni. Du bist von allein zu mir 'kommen. Die Entscheidung liegt nur bei dir."

Man hörte den Toni aufatmen, und er kriegte schon wieder sein Lumpenlachen. Aus Erleichterung über die Dummheit vom Stefan. Wenn der geahnt hätte, wer zu Weihnachten der Burga so über drei Ecken hatte zukommen lassen, daß die Goldmarie mit ihrem Knecht verliebt... Mit einem Schlag fühlte sich der Toni auch wieder selbstsicher, weil halt der Stefan noch weichherziger und lahmlackerter war als er selbst! Deshalb stichelte er sogar noch: „Wenn du mich anzeigst, Stefan, bringt die Polizei bestimmt die Wahrheit aus mir heraus. Die haben ihre Methoden, und ich bin ein Feigling. Nach den ersten Watschen red ich, weil ich kein Blut sehen kann. Am wenigsten meines. Nachher bist du aus dem Schneider, und der Hannauer wird dir vielleicht sogar die Burga geben. Was ist dir mehr wert: die Freiheit von einem Lumpen oder dein Glück mit der Burga?"

Der Stefan schüttelte den Kopf. Er kam sich gar nicht

so anständig vor und auch nicht viel besser als der Toni. Aber er blieb bei dem, was er einmal zur Marie gesagt hatte: „Auf dem Unglück von einem anderen kann ich mein Glück nicht aufbauen."

„Gut so!" lachte der Toni. Jetzt hatte er endgültig Oberwasser. „Alsdann geh ich und bin nie bei dir gewesen. Ich fühl mich wirklich leichter. Mir hat's geholfen, und du bleibst ohnehin dein Lebtag ein Depp. Pfüat dich, Stefan!"

Am nächsten Morgen durchraste ein Gerücht das Dorf. Wie Feuer sprang es von Haus zu Haus und entfachte die helle Empörung. „Der Schup Toni ist es gewesen! Der hat die arme Goldmarie umgebracht, die seelensgute, die ihr Lebtag keinen Feind gehabt hat!"

Der Sutter Jörg sagte es jedem, der in sein Wirtshaus kam: „Ich hab's allerweil gewußt, daß der Stefan unschuldig ist. Die Gerechtigkeit siegt zuletzt!"

Alle stimmten ihm zu, nur der Stefan fuhr ihn grad fuchtig an: „So ganz schuldlos bin ich auch nicht an dem, was geschehen ist. Da haben gar viele die Goldmarie umgebracht! Der Toni hat sich wenigstens aus freiem Entschluß gestellt."

Die Sutter Trude mischte sich drein und sagte vor allen: „Nur einer ist wirklich zur Marie gut gewesen: der Stefan! Schon in der ersten Stund, wie er zu uns 'kommen ist, hat er die Arme beim Schützenfest allein sitzen gesehen. Niemand von uns hat sie angeredet und auch mit ihr ein bißl Gaudi gemacht. Wer hätt sie schon auf den Tanzboden führen wollen? Der Stefan ist hin zu ihr und hat sich dafür gar keinen Vorteil ausgerechnet. Seht ihr, deswegen hat sie ihn auch wirklich echt gern gehabt. Wenn's bei uns in Felseneck einen gibt, der sie nicht umgebracht hat, nachher ist das der Stefan."

Von Herzen fröhlich ging es aber erst wieder her, als der Stefan Becker die Hannauer Burga heiraten durfte. Endlich wieder eine Hochzeit, der Anfang vom Glück, der schönste Anlaß zum Feiern. Vor allem die Weiberleut strahlten, weil diesmal ein Märchen wahr wurde: Der einfache Bauernsohn aus der Fremde kriegte das sauberste, anständigste und liebste Dirndl aus Felseneck. Bei so viel Liebe spielte halt das Geld überhaupt keine Rolle mehr!

Das ganze Dorf war auf den Beinen. Die Leute säumten die Hauptstraße bis zum Kirchenplatz, denn zu sehen würde genug sein. Erst kam der Bräutigam. Der hatte es nicht recht weit vom Sutter-Wirt herüber zur Kirche. Darum ging er ganz schlicht zu Fuß, aber an die zwanzig Dorfburschen drängten sich um ihn als Ehrengeleit.

„Ein g'standener Bauer und ein so viel anständiges Mannsbild!“ schwärmte die Brunner-Bäuerin von ihm. „Dem liest man das Gutsein schon von den Augen ab. Der könnt zu keiner grauslich sein!“

Jubel brauste am anderen Dorfende auf und kam langsam näher zum Kirchenplatz. Er begleitete den prächtigen Hochzeitszug der Braut, deren Familie und aller Nachbarn. Sieben Wagen mit den schönsten Pferden! Vor dem Kirchentor stieg zuerst der Gustl ab. Ein Knecht drückte ihm zwei Stöcke in die Hand, denn Krücken brauchte der junge Hannauer seit einem Monat keine mehr. Er half noch seiner Schwester, der Braut, beim Absteigen. Alle freuten sich mit den zwei tapferen jungen Leuten. Sogar der Hannauer-Vater lächelte stolz. Nur flüsternd bat er seine Frau: „Lisa, fang um Himmels willen nicht schon jetzt zu trenzen an! Wir gehen zur Hochzeit von unserer Burga und nicht zu ihrem Requiem. Was sollen die Beckerischen von dir denken!“

Die standen vor der Kirche in einer Reihe: der Vater

mit drei Söhnen, einer besser g'stellt als der andere. Sein vierter war der Bräutigam, der Stefan. Sie wirkten gar nicht weniger selbstbewußt und bauernstolz als die Hannauer-Leute.

Grad als sie alle miteinander durchs Kirchentor einziehen wollten, preschte noch ein Wagenzug heran. Diesmal aus der anderen Richtung, von Kritzen her. Allen voran der Borek-Bürgermeister mit seinem Hans. Wie die Leute ihm zujubelten, war das eine fast schon gewonnene Wiederwahl. Der Hans strich sich sein rotblondes Haar zurück und schüttelte dem Stefan herzlich die Hand. So laut, daß es alle Umstehenden hören konnten, sagte er: „Freut mich besonders, daß du grad mich zum Brautführer genommen hast! Gelt, ich kenn dich halt schon um eine Stund länger als die Leut von Felseneck! Wer hätt sich damals so etwas gedacht?"

„Man weiß halt nie, wie's kommt", gab ihm der Stefan recht.

Sie zogen in die Kirche ein. Wer einen Platz in dem kleinen Gotteshaus ergattert hatte, erlebte mit den jungen Leuten die feierlichen Augenblicke mit. Auf dem Weg zum Altar zögerte der Stefan noch einmal, wie wenn ihn eine unsichtbare Hand zurückgehalten hätte. Er schaute hinüber zu der Bankreihe, wo die Menschen voll Ehrfurcht einen Platz freigelassen hatten. Auf dem Messingschild stand der Name von einer, die nicht mehr hatte kommen können: Marie Schup. Als der Stefan weiter zum Altar ging, lag tiefer Ernst auf seinem Gesicht.

Der Hochwürden wartete schon und empfing die Brautleute, die so heldenhaft zusammengehalten hatten, mit einem gütigen Lächeln.

„In Liebe und Treue, bis daß der Tod euch scheidet!" verlangte der Herr Pfarrer.

„Ja“, sagte der Stefan, und die Stimme zitterte ihm. Der Gedanke an den Tod würde für ihn allerweil etwas Fürchterliches behalten.

Gleich darauf schluchzte die Burga ihr Ja gerade noch so deutlich heraus, daß es der Geistliche gelten lassen konnte. Somit erklärte er sie zu Mann und Frau, und sie mußten einander vor aller Augen busseln.

Der Hannauer-Bauer drückte sein Dirndl an sich.

„Mußt dich nicht fürchten, Burga! Wenn er auch nur einmal nicht gut ist zu dir, kriegt er's mit mir zu tun, und ich komm ihm mit dem Stecken!“

Dann reichte er dem Stefan die Hand. Eigentlich hatten die beiden Männer einander von der ersten Stunde an hoch geschätzt. Die Hannauer-Bäuerin umarmte und halste ihn. Endlich durfte sie doch vor lauter Glück trenzen. Sie machte das Gamsfrackl vom Stefan naß mit Tränen und flüsterte: „Jetzt ist alles gut 'worden, Bub!“

„Ja, Mutter.“

Da waren noch die Becker-Leut, die sich in der neuen Verwandtschaft kein bißl befangen fühlten. Im Festsaal vom Sutter-Wirtshaus fanden sich alle zu einer großen, glücklichen Familie zusammen. Vor lauter Festreden wäre ihnen beinahe das Essen kalt geworden. Nachher ging's auch nicht ganz so übermütig lustig zu wie sonst bei Hochzeiten in Felseneck. Irgendwo in einer Ecke vom Festsaal hockte, in sich zusammengesunken und einsam, die Goldmarie. Mit all ihrem Geld beachtete sie niemand. Nur der Stefan und noch ein paar Menschen konnten sie sehen.

„Wir werden unser Leben einrichten, wie es sich gehört“, sagte der Stefan zu seiner jungen Frau beim Ehrentanz sehr ernst. „Gemeinsam packen wir's. Nur lieb behalten müssen wir einander.“

„Was immer auch geschieht, Stefan, uns trennt niemand mehr!"

Später tanzte der Stefan mit der Sutter-Wirtin. Sie und der Jörg gehörten zu seinen ersten und treuesten Freunden in Felseneck. Inzwischen drängte sich ein kleiner Bub, der Faber Poldi, durch die Leute zur Braut und flüsterte geheimnisvoll: „Rauskommen sollst einen Augenblick. Da ist einer, der mit dir reden muß, hat er gesagt. Und ein Markl hat er mir auch gegeben, damit ich nicht sag, wie er heißt."

Die Burga hatte grad kein schlechtes Gewissen, aber ein ungutes Gefühl. Gab ihr vielleicht der Hans doch keine Ruhe? Sie huschte aus dem Festsaal und ließ sich vom Poldi in den Gastgarten führen. Bevor sie noch richtig mißtrauisch werden konnte, war es schon zu spät. Drei Mannsbilder, die sich mitten im Sommer Pudelhauben übers Gesicht gezogen hatten, packten sie. Nur noch einen kleinen Krächzer konnte sie ausstoßen, dann hoben sie starke Fäuste auf einen Pferdewagen. Ein Schnalzer, und die Roß stürmten los.

„Teufel, Stefan! Jetzt haben sie mir die Braut auch noch gestohlen!" schrie der Borek Hans. Sein Gesicht lief vor Zorn so rot an wie sein Haar, und an den Schläfen traten ihm die Adern heraus. „So eine Schand!"

„Meine Burga? Was regst du dich da auf! Allerweil noch und in alle Zeiten meine Frau!" Der Stefan kannte halt das Brauchtum und die Gaudi in der Gegend nicht so genau.

„Meine Sach!" schrie der Hans zurück. „Wenn sie die Braut stehlen, muß sie der Brautführer suchen und dem Bräutigam zurückbringen. Aber meinetwegen, hilf mir, sie zu finden. Damals hast du dem Gustl beigestanden, damit er seine Zieltafel zurückgekriegt hat, heut geht's um dein Weib!"

Sie sprangen auf den Pferdewagen der Borek-Leute. Der Stefan schüttelte den Kopf und sagte: „Nach meinem Gefühl geht's nicht nach Kritzen hinunter. Ich denk an den Gustl und seine Rache..."

„Da hätten wir nicht so weit. Ich richt mich wieder nach deinem Gefühl, Stefan." Und schon nach ein paar Minuten lenkte der Hans die Roß auf den Wirtschaftshof des Hannauer-Bauern ein. Wie ausgestorben lag das Anwesen da, weil doch alle beim Sutter-Wirt feierten. Jetzt wurde es dem Stefan unheimlich. Er meinte halt, auch so ein alteingeführtes Brauchtum könnte Gefahren heraufbeschwören. Nicht noch im letzten Augenblick die Burga verlieren!

Die beiden Männer schlichen zur Haustür. Verdächtig: nicht verschlossen! Auch im Vorhaus trafen sie auf niemanden. Mit einem Sprung warf sich der Borek gegen die Küchentür, aber die war nicht einmal ins Schloß gedrückt, so daß sie aufsprang und der Hans mitten in den Raum stolperte. Übermütiges Lachen donnerte aus der Stube. Rund um den festlich gedeckten Tisch saßen drei unzertrennliche Freunde: der Hannauer Gustl, der Oberhofer Fritz und der Prendl Ernst.

„Grüß dich Hans", sagte der Gustl freundlich. „Wozu schmeißt du dich so an die Küchentür? Heut hat sogar die Kuchldirn arbeitsfrei!" Und mit einem Blick auf den Stefan, der recht ratlos daneben stand: „Da schau ich aber! Der Bräutigam hat seine Gäste im Stich 'lassen. Gehört sich das?"

„Wieviel?" fragte der Borek Hans, bevor sich noch der Stefan unpassend dreinmischen konnte.

Der Gustl schaute hinüber zur Wanduhr. „Schon sieben. Armer Stefan, das wird eine freudlose Hochzeitsnacht werden. Ohne Braut fehlt dir bestimmt 'was! Aber ich bin kein Unmensch. Hans, für meine Schützentafel hast du mir im Vorjahr zwei Fässer Bier und zwanzig Liter Roten abgenommen!"

„Einverstanden!" schrie der Borek schnell, weil er meinte, er käme so billig davon.

Mitten in das Gelächter seiner Freunde donnerte der Gustl: „Das ist eine Beleidigung! Meine Schwester sollt nicht mehr wert sein als eine luckerte Zieltafel? Hans, feilsch nicht, denn der Stefan müßt es ausbaden. Vier Faß Bier und vierzig Liter Roten. Gilt's?"

„Gilt!" stöhnte der Borek Hans. „Aber verrat's nicht meinem Vater. Für ein so schlechtes Geschäft könnt er mich glatt enterben. Nichts als Spott und Schaden hab ich heut!"

Damit war die alte Rechnung für diesmal ausgeglichen, der Frieden zwischen Kritzen und Felseneck wieder hergestellt. Ganz still ging der Stefan in die Brautkammer. Dort saß auf einem Stuhl die Burga, die jetzt sein Weib war. Ihre Augen strahlten vor Glück und Sehnsucht. Sie breitete ihre Arme weit aus, und da zog er sie an sich. So ein Bussel, und gleich noch eines. Die Ehe fing schön an!

Die Burga drückte die Tür ins Schloß, nur dem Stefan kamen doch Bedenken. Er meinte halt: „Die werden bös sein auf uns. Soviel ich bisher begriffen hab, gibt's bei euch eine ganze Menge Hochzeitsbräuche."

„Tät dir so passen!" Sie lachte so lieb und weich. Dabei halste sie ihn voll Sehnsucht. „Auch wenn's noch nicht der Brauch ist, könnt ein Dirndl einmal den Bräutigam stehlen. Stefan, ich hab so auf dich gewartet und viele Nächte um dich geweint! Ab heut gebe ich dich keine Stund mehr her!"

„Gar nie!" bekräftigte auch er. Und beim Busseln, das immer aufregender wurde, flüsterte er ihr zu: „Gelt, Burga, ich hab einmal gehört, daß es zwischen Bräutigam und Braut auch eine ganze Menge schönes Brauchtum gibt."